文
景

Horizon

社科新知　文艺新潮

立斋文存

刘东
……… 著

悲剧的文化解析

从古代希腊到现代中国

（上卷）

上海人民出版社

目 录

自序

据说，本院的早期导师陈寅恪教授，曾经在某次上课的时候，讲过这么一段不同凡响的话——“前人讲过的，我不讲；近人讲过的，我不讲；外国人讲过的，我不讲；我自己过去讲过的，也不讲。现在只讲未曾有人讲过的。”于是到了后来，追慕这位学术大师的人们，就将这一番自我限定，总结为陈先生的“四不讲”。

仔细寻思起来，陈先生的那前三种“不讲”，大体上还是比较容易做到的，可就是最后的那种“不讲”，也即就连“自己过去讲过的”，也都要留心提防着不再讲，则除非是每学期都必开新课，否则就很难去效仿师法了。另外，如果从教学的操作层面来看，则无论是从课程建设的角度，还是从知识传授的角度来考虑，一旦刻意地要来这么来做，还会带来意外的负面效果，——毕竟知识是要求相对稳定的，所以，即使这班同学听过了的，下班的同学仍然需要听。

不过，从研究型大学的要求出发，我们仍可把陈先生的上述说法，当作一种严于律己、不稍懈怠的治学精神，来不拘字面地、更加灵活地加以理解。比如，我们又在他写给罗家伦的一封信中读到，“至于所授之课，如自己十分有把握者，则重说一番，如演放留声机器，甚觉无兴趣”，正说明了他的这种心情。——这也就是说，即使对于已经讲过了的、属于哪个学术方向的内容，只要你作为示范“研究过程”的教师，又要到课堂上再度开讲，都要先去重新进入研究的心态，重新阅读与此相关的，特别是以前尚未读完或者完全忽略掉的材料，以检讨以往大胆讲出的论点，到了今天看来是否还能站得住，乃至重新潜入昔日的想象空间，找回曾经在那里焕发过的激情……只有这样，当你再次走上历久弥新的讲台时，才不会是索然无味地照本宣科，才能使教学生涯保持应有的味道，也才能让旧有的研究逐渐完善。

上面这一番话，也可作为我本人的“夫子自道”，因为围绕着这个“比较悲剧”或曰“悲剧的文化解析”的课题，算起来已给同学们讲过四遍了。——这中间，一次是在美国的斯坦福大学，两次是在隔壁的北京大学，尔后又在清华园里讲过一次。正因为这样，在自己心中的预期目标中，也很希望这回能是最后一次，此后便可以自信它业已成熟，可以放心大胆地交稿到坊间，由它再去传递给整个学界了。不过在眼下，对于正在重新备课的自己来说，真正想要实现这个计划的前提，仍是重新抖擞起“精、气、神”来，再次进行温习、反刍和修补，以便能够照顾到更多的侧面，也能论述得尽量深入而周备。

应当坦率地承认，这么长久不放地抓住“悲剧”的论题，还是因为自己尚不能达到“耳顺”的境界，做不到“无可无不可”地忘情世事，或者反过来说，也是不愿只因从事这个“美学”专业，就索性只把唯美主义的风花雪月和诗词歌赋，当作了回避人间苦难的“正当”理由。恰恰相反，我倒是宁愿把这个特定的专业，当作去深入涉入人间事务的门径。事实上，也同样是在这样的心情下，才促动着我后来又“自讨苦吃”，不再满足于这个视界有限的专业，而渐次闯入了国际汉学和政治哲学的领地，那更是要把两只眼睛都圆睁着，紧盯住发生在现世人间的——特别是发生在这块土地上的——林林总总的、花样翻新的不公与不忍。

不过，却也可以反过来说，在我自幼养成的天性中，偏又是最厌恶、最敏感这些丑恶与血腥的，而且，也正是基于这样的天性，我才会对诸如此类的人间苦难，既不忍目不转睛地念念不忘，又不愿没心没肺地撇开不顾。——实际上，还是出于这样的心理，从早年的那本《西方的丑学》，到眼下的这本《悲剧的文化解析》，最能长久笼罩自己的感性世界，而又激起了默默理性思索的，也总是人世间的这类可怕事物。很有可能，在连自己也不能完全明确的潜意识中，正由于这些东西最能暗中引起惊觉，致使经年累月都无法释怀，才只好用咬紧牙关的写作活动，尝试以学术性的思考来克服它，至少也要比前人更能把它说开。

我当然也意识到了，就算完成了对于这类话题的克服，在美学、艺术社会学乃至其他学术领域，自己还是剩下了太多的东西要写。如此衡量起来，自己或已在人间“苦难”的课题上，踟蹰和迁延了太久的时日。不过，又聊可转念来自慰的是，眼下借以廓清这类话题的研究方法，也同样是在这种踟蹰和反思中体贴出来的，而它又绝不会只适于悲剧的文化分析。由此，如果再大胆地展望一下，要是这里所使用的研究方法，特别是当笔者沉潜于比较文学时，所逐渐磨得尖利的比较方法，被证明是可以引入传统美学研究的，那么，此后就将有更多的“比较美学”论著——既要包括我本人的，也会包括其他后来人的著作——以举一反三的势头快速地涌现出来。果能如此，也便有可能引领这门曾被称作“美学”或“びがく”的学科，走出它刚一引进便已陷入的思想迷宫。

还要补充说明，这项研究既可以说是“比较美学”的，而从另外的角度或标准来看，又可以说是“比较戏剧学”的，既然它已把比较文学最擅长的方法，不光带进了传统的美学研究，而且带进了传统的戏剧研究。事实上，为了达到本书所谓“文化解析”的目的，它是既望远又显微地展开了中外对比，从而把每一章的关切重点，都首先放到了对于某出剧作的细读上——从古代希腊的悲剧作品，到文艺复兴的悲剧作品，到现代西方的歌剧作品，到传统中国的杂剧戏文，直到现代中国的话剧戏曲……既然如此，我就很希望也通过这样的努力，来善意地提示那些戏剧专业的从业者们：在当代中国的特定学术语境中，哪怕是在处理最富于乡土气的剧种，也同样要具备进行跨界对比的能力，因为现代中国的戏剧艺术，原本就是在跨文化的语境中展开的。

那么，什么才是这种“比较文学”的犀利方法呢？如果简单和形象一点地回答，那就是能像分析化学家那样，让目力得以钻进现有的物体之中，甚至能看穿组成它的分子式，以致当一粒石子在别人的眼中，还只表现为力学上的坚硬固体时，却能在你的解析中被一眼看穿，而呈现为“碳酸＋钙”之类的文化“化合物”。——当然另一方面，即使有了这种微观的方法，再从“比较文学”的立场来看，还要佐以更为远大恢弘的眼界，才能既精细又开阔地看到：当文明的长河越过了“轴心时代”那个断崖之后，其实在这个星球上所发生的主要事件，总会表现为那几大“圣哲”之间的对话，或者说，表现为那几种价值理念的对话与渗透，乃至排斥与冲突。

也正因为这样，还需要进一步来提醒：除了进行精细的文化“分解”之外，比较学者作为文化上的“化学家”，还必须更上一层地发挥想象，去自我作古地操作文化上的“化合”。无论如何，只要能上升到足够宽阔的视野，就终会发现由本书所追述的那些文化变异，无论包含了多少曲解与误读，都无非是作为一波文明高峰的希腊，借助于近代西方的全球性扩张，而终于突破了往年在地理上的阻隔，来跟同样作为文明高峰的中国，就价值问题进行艰苦而漫长的对话。——如果能够站上这样的高度，也就不难心胸开阔地看出，在这场远涉重洋的艰难对话中，不管出现过多少变形与讹误，碾压与压迫，实则中国文化都并不是全然消极的，相反，在它固有的文化基因深处，倒潜藏着去阐释和发挥它的主动性。

因而，足以让我们“悲极生乐”的是，恰在这场文化的冲突或倾轧背后，或者说，恰是因为有了如此激烈的化合反应，我们反而更应当求同存异地看到，其实在这两大世界性文明之间，倒是罕见地共享着一连串的文化要素，包括多元、人间、现世、经商、感性、审美、乐观、怀疑、有限、中庸、理性、争鸣、论理、伦理、学术、讲学等等。而说到底，也正是鉴于这两者间的“亲和性”，我在晚近以来才越来越倾向于认定，正被自己孜孜以求的“中国文化的现代形态”，绝不会只存在于本土的文化潜能中，而会更加广大而宽阔地，存在于文明与文明之间，特别是“中国与希腊”的“文化间性”中。

就此而言，至少我个人是越来越倾向于认为，也许更应当在“中国与希腊”之间，而不是在曾经的“中国与印度”之间，或者在后来“中国与希伯来”之间，才潜伏着当代问题的真实的解决可能。而如此柳暗花明的文化展望，也就足以推动我们去满怀惊喜地，在思想的充满偶然的曲折进程中，跳跃过它的宋明阶段与近代阶段，而直接抵达并勉力展开它的当代阶段。——只不过，那中间所潜伏着的巨大潜能，还是需要我们继续进行相应的深思，包括写出以此为题的专门著作来，才有可能被真正地挖掘、廓清与激活。而且，也只有到了那个时候，我们才有点可能去慷慨自许地认为，自己确实是在开始超越“轴心时代”了。

2015年9月12日于清华学堂218室

第一章　让高高在上者跪下来

——“大团圆”中的社会冲突

在跨越性地重新审视西方的悲剧文化之前，作为一种心情或感觉上的铺垫，也作为一种观察和对比的参照，有必要先来平心地重新认识和估价一下中国固有的戏文。这是因为，在西风劲吹了近两个世纪以后，如今作为“常识”的对于这些戏文的标准理解，说白了都不过是某种“发明的传统”而已；换句话说，它们都已然经由“五四”以来的新派学人之手，而被重重地打上了带有强烈外来蔑视的印记。——这也就意味着，只要是仍然基于带有如此偏见的出发点，那就很难在中国的戏文和希腊的悲剧之间，建立起真正具有学术价值的可比性，从而得出一系列既有历史意义又有现实意义的结论了。

一、潜在颠覆与想象满足

我曾经借着议论索尔仁尼琴的话题，说到了“混搭”文、史、哲各科的妙处，还讲到了像《古拉格群岛》这类作品的纪实性，恰正是俄苏文学的特点乃至优点之一。而由此得出的反命题自然就会是，在这类坚持要替历史“记住”点什么的文学样式中——

> 一旦支撑话语的史料被从釜底抽去，想象本身也就成了无根的游谈，而“文学性”的思维也就能包打天下了。晚近以来，差不多的无端麻烦都出自文学系，正可以追溯到这样的根由。[1]

此外，在写完那篇文章以后，我还又应芝加哥大学两位同事的合作要求，撰写了一篇先供他们去讨论的提纲，在其中提出儒家对于历史记述的道德关切，开拓了记述往事的中国风格，并就此构成了中国史学的主要底色；而缘此，也就在中国文明的特定语境中，奠定了史学高蹈于其他科目的独有地位。正是出于这个缘故，历史学出于其自身的充足理由，才需要去自觉地不同于

1 刘东:“古拉格的拉锯”,《文景》, 2013 年 5 月。

文学；否则人类文化的丰富性，肯定会蒙受巨大的、难以弥补的损失。[1]

当然话说回来，这种对于史学之充足理由的特别尊重，并不意味着就非要在学科上“厚此薄彼”。无论如何，自己还是曾经长期任教于文学系（所）的。所以，在写完了那两篇文字之后，接着就想再来说说文学自身——当然这里是指广义的包括戏文与评话在内的“文学”——看看它又是怎样自觉地有别于、丰富着甚至颠覆着史学的，而由此也就可以见出，文学又是怎样不无意外地，自有一番本身的充足理由。

只不过，在今番这种钩玄提要式的写作中，也就不遑去详述文学史的相关细节了，否则恐怕就免不了要耐住性子，当个索然无味的“文抄公”。基于这样的理由，我也就仅限于先在开头处来提示一下：在对于文本或故事进行改编的过程中，从史学中的《三国志》，到文学中的《三国演义》，再到舞台上的“三国戏”，或者从史学中的《新唐书》，到文学中的《长恨歌》，再到舞台上的《长生殿》，这种广义的文学总是有意无意地在跟史学拉开距离。

由此而开门见山地挑明：这就牵出了一个至少未曾被广泛留意的侧面——以往在中国民间被超拔作“人格神”的某些形象，

---

1 刘东：“对于往事的中国记述”，载《中国青年报 · 冰点周刊》，2014 年 1 月 15 日。

从诸葛亮到关羽再到岳飞，当然还有秦琼和尉迟恭之类，实则在相当大的程度上，都更属于文学式的或传说中的想象形象，而非史学中的或实际过程中的如实形象。而在这方面，相当微妙的辩证之处又在于，这些虚拟的形象或个性一经在想象中形成，则又由于语言艺术本身的“施行性”，转而变作了历史结构的真实部分，并千真万确地曾让历史的轨迹发生过偏转。

在这样的意义上，在我们的现世主义的语境中，尽管显得像是个不够恭敬的玩笑，然而中国世俗的神祇崇拜，也就确乎跟民间取乐或戏说的评书、戏文等等，存在着暗中的渊源与共变关系。也正是在这个意义上，对于原汁原味的中国“小说”——切不要“习惯成自然”地把它简单等同于西文的“novel”——与戏文的暗中欣赏，如果还不算是在自觉地甚至露骨地颠覆正史，那往往也是在跟处于边缘或底层的、曾在话语上被压制的文化异端，去进行会心快意地“密谈”或“偷情”。正由此才导致了，被金圣叹说成“人生至大幸福”的“雪夜围炉读禁书”，如果读的不是放纵情色之书，那也多半会是揭竿起事之书。

也是由于潜藏着这样的异端性，金圣叹才又有“老不看《三国》，少不看《水浒》”的说法，而后来，民间还又顺着这样的句式，广泛衍生出了所谓“老不看《三国》，少不看《西游》”，或者“男不看《西游》，女不看《红楼》”的说法。——如果大家由此得以联想到，只要把这几本书加在一起，便已凑成了通常所讲的古典小说的“四大名著”，那么，也就会对于以往时代的社会空间，以及曾在这种空间中蕴涵的异端性，获得更加宽阔和疏离的想象力。

不言而喻的是，既然有了这样的内容和空间，下层文学的潜在颠覆功能，也便属于一种中国特有的文化现象了。——比如，当年在义和拳揭竿而起的时候，便已有文人看出了在“看戏”与“反叛”之间的密切关联：

> 北人思想，多源于戏剧，北剧最重神权，每日必演一剧，《封神传》、《西游记》，为最有力者也。故拳匪神坛，所奉梨山圣母、孙悟空等，皆剧汇总常见者。愚民迷信神拳，演此劫运，盖酝酿百年以来矣。[1]

蔡元培对此也曾有过类似的观察：

> 戏剧之有关风化，人所共认。盖剧中所装点之各种人物，其语言动作，无一不适合世人思想之程度。故舞台之描摹，最易感人。且我国旧剧中之白口，均为普通语言，听之者绝无隔膜之弊。未受教育之人，因戏剧而

---

1 （清）罗惇曧:《庚子国变记》，上海：上海书店，1982 年，第 14 页。

> 受感触者，恒较为锐敏。尝见北京旧日戏园有所谓池座者，大抵为不识字之人所占，而每次采声，必先发自池座……就中国往事观之，旧剧感人之魔力，实为至巨。如清季拳匪之祸，肇于刚毅诸人，而此辈之见识，纯由观剧而得。刚毅尝谓人曰：“董福祥者，我之黄天霸也。”是即受施公案等戏剧之教育者，拳匪之不曰“神仙下界”，即曰“天将来助”，亦即本之于我国戏剧。[1]

而前二者之间，无论在思维方式还是在思想内容上的关联，到了研究中国下层社会的汉学名著中，亦曾被言之凿凿地描画了出来：

> 在义和团运动的起源过程中，作为华北民间文化重要组成部分的戏剧提供了这种叙述背景。通过戏剧的形式，历史上的英雄人物或神通广大的神灵被人们所熟悉。通过降神附体仪式，一个被广大华北人民所熟悉的传统，普通人也可以拥有这些伟大人物的力量。当拳民被某个神附体后，他们所表现出来的行为就与他们在戏

1 蔡元培：“在北京通俗教育研究会演说词”，《中国现代美学名家文丛·蔡元培卷》，杭州：浙江大学出版社，2009 年，第 59 页。

台上所看到的人物的行为是一样的，如各个拳手总是使用其附体神仙所使用的武器，受猪八戒附体的人甚至会用自己的鼻子拱来拱去。[1]

正因为这样，如果只是顺着国际学界的惯例，平面排列出所谓“文、史、哲”诸科的扇面，尽管也可以带来相当的启发，总还让人觉得不大够味。我近来越来越自觉地意识到，只有再下潜到中国社会的下层分野去，才能对“文学”进行更加透彻的观察。比如我们应能想到，正是在“评书戏文—民间俗神—社会下层”之间的共变关联，才导致了施耐庵笔下“替天行道”的梁山好汉形象，也才导致了吴承恩笔下“大闹天宫”的齐天大圣形象；甚至直到今天，要是能扯开嗓子当街喊出“路见不平一声吼，该出手时就出手”，都还让人们觉得那样的解气。所以，那些古代小说中表现出的受控想象，也肯定是来自某种特定的、不平则鸣的趣味，它使得蛰居于社会下层的，或者至少是怀才不遇的读者与观众，无论从文类的选择上，还是从好恶的偏向上，都注定要偏离于来自上层的训导。

由此再来平心地回顾，以往从早年王国维的比附做法开始，非要把《窦娥冤》之类的“苦情戏”，硬往“准西方”的“悲剧”

1 ［美］周锡瑞：《义和团运动的起源》，南京：江苏人民出版社，2005 年，第 258 页。

文体上归类，那反而会显得不伦不类，甚至会更让中国的艺术相形见绌。因为这样一来，势必要从《感天动地窦娥冤》的剧情中，截掉“血飞白练”“六月飞雪”和“亢旱三年”的戏份，否则，就实在跟所谓“命运悲剧”的结局不相吻合了；只可惜那样一来，尽管剩下的剧情在后来的革命年代，曾经好像较为贴合了“阶级斗争”的理念，然而，如从冷静下来的艺术眼光来看，却毕竟显得再平庸和俗套不过了。——天可怜见，这样的冤屈古往今来一直在发生，而眼下更是只要打开微博或微信就能看得到，所以关汉卿原本在剧中预设的悬念，只在于这一回窦娥的苦情能否例外地“感动天地”，从而于冥冥中罕见地见到一次正义，正如其老父于其结尾处所叹息的：

> 莫道我念亡女与他灭罪消愆，也只可怜见楚州郡大旱三年。昔于公曾表白东海孝妇，果然是感召得灵雨如泉。岂可便推诿道天灾代有，竟不想人之意感应通天。[1]

另外，也只有基于社会分层才能看穿，如果就观剧的情绪和预期而言，茶楼酒肆般的熙攘剧场氛围，和“生旦净末丑”的类

---

1 （元）关汉卿:《感天动地窦娥冤》,《汇校详注关汉卿集》中册，北京：中华书局，2006 年，第 1125 页。

型角色分工，更会使中国的戏文与希腊的剧诗，在情绪与格调上显示出绝大的距离来。——比如，和源自远古宗教礼仪的、庄重肃穆的希腊悲剧相比，为了各尽所能地发挥整个戏班的能量，尽管看似会游离于主要的剧情，关汉卿还是要给他笔下的丑角，编排出刻意取悦市井小民的、插科打诨式的逗笑表演：

> （丑扮官人引祗候上）我做官人甚殷勤，告状来的要金银。若是上司来刷卷，在家推病不出门。下官楚州州官是也。今日升厅坐衙，张千撺厢。（张千喝科）（净拖旦上。云）告状，告状。（张千云）过来。（做见科）（旦净同跪科）（丑亦跪科。云）请起。（张千）相公，他是告状的，怎生跪着他。（丑）你不知道，但来告状的就是我衣食父母。[1]

平心而论，这种搞笑的写法本身并不下作，也同样属于作家的神来之笔；不过在另一方面，又必须基于跨文化的直觉而意识到，这却既是埃斯库罗斯们根本不能想象的，也是他们的预期观众完全无法接受的。

再朝作为文化“前理解”的幽深之处来探察，虽说这种话语

1　关汉卿:《感天动地窦娥冤》，第 1099 页。

的“荒诞不经”，肯定是跟“忠孝节义”或“温柔敦厚”的正统理念不大相符，不过，要是反转过来看，或者综合起来看，历史进程的辩证效应偏又在于，恰因为在古代的社会底层，隐隐地保有着这种反抗精神，才使得儒者们对于君主的讽谏，和御史们对于过失的监察，还常常能起到相应的修正作用。这是因为，即使是“贵为天子”的当权者，由此也绝不敢肆无忌惮为所欲为，也要牢记“天听自我民听”的古训，也要警惕百姓们“水能覆舟”的危险，也须晓得自己那个“受命于天”的宝座，其最终的合法性究竟来自何方。——即使作为当今时代的中国人，能够确认到这样的历史复杂性，和来自下层的无形而恒定的压力，也是相当值得庆幸的，甚至是应当引以自豪的。否则的话，在当今这种环球性的跨文明对话中，我们自己所属的这个族群，就真要像魏特夫曾经描述的那样，成为逆来顺受的东方“治水”奴隶了；而且，如果真是那般悲观与可怜的话，那么过去历史中的种种改进，和今后历史中的种种企求，对于国人就都变成不可想象的了。

写到这里，就要把发散的话题再收拢回来。通过前边的这一通勾连，现在我们愈加清晰地意识到了：正因为过去舞台上的戏文和小说中的描写，是把意识的根须扎进了民间土壤，才暗中规定了它们的叙事情节，要悄悄地在朝着下层的意愿来转移。比如，对比一下《警世通言》中的早出文本和戏曲《白蛇传》中的衍生文本，我们就很容易循着这种故意改写的线索，去发现法海的形象是怎样由盛而衰的，而白蛇的形象又是怎样由邪转正的。——此外更加重要的是，现在大家已可会心地意识到，那中间肯定是另有某种规律性的东西，也就是说，在流传于民间的话本或戏文中，可以确凿地验证出某种下层的心理，它几乎总是要故意转向“荒诞不经”，从而几乎总是要越来越自觉地，而且是越来越明显地，去跟上层社会的“正儿八经”大唱对台。

出于同样的理由，从《长生殿》到《牡丹亭》中的鬼魅，再到《聊斋志异》中的狐仙，那种“野狐禅”式的连篇鬼话，在中国民间心理的广阔沃野中，也是越荒诞不经和不可思议，就越会妙趣横生和不胫而走。——正是由此，汉学家蔡九迪才从这类现象中，关注到了值得追踪探询的严肃学术问题：

> 作为一种文化与历史建构物，鬼魅形象无疑可透露赋予其特定形、意的文化心理与历史趋势。十七世纪及稍前时期（作者将之大略限定为1580年至1700年，即晚明至清初百多年间），“鬼魅文学”进入鼎盛时期，不仅数量远超前代，亦出现众多传世名作——写作繁盛的原因何在？[1]

1 杨彬彬：“评:《鬼魅女主角：十七世纪中国文学中的鬼魅与性别》”，《中国学术》，第三十辑，北京：商务印书馆，2011年，第434页。

如果稍加留心的话，其实对这种更“经典”的“小说”定义，我们从正史之外的文本记载中，早就可以言之凿凿地阅读到了，所以，我们也早就应当敏锐地意识到了，因为至少从蒲松龄的时代开始，这已经属于由来已久的、弥散于乡野市井的中国传统了：

> 相传先生居乡里，落拓无偶，性尤怪僻，为村中童子师，食贫自给，不求于人。作此书时，每临晨携大磁罂，中贮苦茗，具淡巴菰一包，置行人大道旁。下陈芦衬，坐于上，烟茗置身畔，见行道者过，必强执与语，搜奇说异，随人所知；渴则饮以茗，或奉以烟。必令畅谈乃已。偶闻一事，归而粉饰。如是二十余寒暑，此书方告蒇。故笔法超绝。[1]

有鉴于此，我才在研究“文革”手抄本时特意指出，尽管后来有了舶自西方的上层小说，然而由于这种下层传统的潜在传承，仍使它在“文革”的“焚书坑儒”之后，率先在那个熄灯后的大黑天里，粗野却顽强地露出苗头来：

---

1 邹弢:《三借庐笔谈·蒲留仙》卷六，见《清代笔记丛刊》石印本，上海：文明书局，民国间（1912—1949），第13页。

借助于“文革”时代这些不入“正流”的手抄本，我们却突然从中国底层的生活中，发现了所谓“小说”二字之最原汁原味的本土含义。它的第一层意思，无非是所谓“小”，即无论在内容还是形式上，都预先挑明了不会那么正儿八经，不会摆出西方大文豪的自命不凡，不会赋予这种文体太过沉重的承载；它的第二层意思，无非是所谓“说”，即具有强烈的口头讲述特征，以至于即使后世读到了载录的文本，也必须记得那不过是说书人的脚本，或者两场故事会之间的传递。[1]

由此也就不言而喻：那又必然是从社会下层强露出来的，或者至少可以说，是从被硬性打到了社会下层——比如五七干校或者劳改农场——的人群中强露出来的。于是，这也就越发引发了我们基于比较文学而发出的学科敏感：那些借着“小说”跟“novel”间的偶然语词搭桥，去强把蒲松龄跟托尔斯泰或巴尔扎克等量齐观的人，或者只想到“文革”的手抄本中去寻找中国的帕斯捷尔纳克或索尔仁尼琴的人，该是对文明间的“不可翻译性”何等地失察呀！

1 刘东：“黑天的故事：‘文革’时代的地下手抄本”，《道术与天下》，北京：北京大学出版社，2011 年，第 65 页。

二、于史无征而于心有本

接下来，就要顺势进行一些理论发挥了：那些看似“荒诞”的话本、评书或戏文，虽然对于往事采取了“戏说”的态度，无端地生造出“于史无征”的离奇情节，然而，在它们“荒诞不经”的表面形式之后，这类文本又另有一番自身的规定性在，并且也就在这样的意义上，又另有一种自身的严肃性在；不然的话，我们也就无从解释，它们何以会朝着如此确定的方向来步步发展和推演。——既是这样，那种暗中规定着这种方向的力量，也正是我们在此想要着重说明的，文学性思维的自身理由了。

正因为在“荒诞”的戏说中，又可见出相当严肃的一面，我们也就应当转念来彻悟到，文学和史学虽则有谐有庄，但那终究只属于表象上的分野，而如果就骨子里来讲，它们又都属于人类思维之不可偏废的侧面。——因此，就像人脑需要两个相连的半球，才能保持必要的平衡一样，人类的文学思维和史学思维，也同样需要彼此显出积极的互补性；而且，也只有当它们有效地叠加起来，我们的视野才会稍显得全面和正常，否则的话，就一定会导致精神分裂、思想偏执或行为偏瘫。

甚至进一步说，就算在史学之上又叠加了文学，我们对于文明事实的把握与理解，仍有可能还是留有相当的裂缝和盲区。否则的话，社会学的个案研究，人类学的田野调查，文化研究的结构解析，乃至纪录镜头的跟踪拍摄，如此纷繁多样的叙述方式，也就没有必要再跟着被发明出来了。——极而言之，尽管这样的知识扩张或爆炸，已经在强烈地挑战着我们阅读的能力，我还是要并不解渴地说，就算把现有文体方式全都囊括进来，我们的知识视野仍会闪出大量的裂缝，所以在这个意义上，作为一种古典理想的学识“通才”，终会是可望而不可即的人格极境。

当然无论如何，仍然值得感到庆幸的还是，仅就本文的论述要旨而言，我们毕竟还能在历史学的文体之外，又保有另一种要自觉去拉开距离的文体。从它们的本性来说，如果历史学的精神样态，自有一个修正或校准的基线，那就是迄今尚存的史料对此是否给予支持，那么，文学的精神样态，也自有一个修正或校准的基线，那就是人心本身对此是否愿意首肯，哪怕是在蹈空或虚拟的想象中予以首肯。——在这个意义上，对于史学与文学这两种思维方式，就不应该像亚里士多德在《诗学》里那样，只根据它们跟真理的“距离”而做出排序，而应转念看到它们实则各有各的真理，一个表达了事物之“实际如此”的一面，一个则表达了事物之“想当然尔”的一面。

即使只是沿着现在达到的简明立场，我们便已经可以去顺势澄清某些误解了。比如，经常给人们带来尴尬的是，不管学术界已经构造出了多少美学高论，可对于艺术作品的起源与标准，通行的看法总还会是最为朴素的“模仿论”；也就是说，一般大众——也包括掌管作品检查的、禀有一般品味的官僚——总会以“像，还是不像”的标准，来判定具体作品的高下、是非与成败。他们顶多会在碰到正中下怀的“夸张变形”时，如果本身还念过几天干瘪文艺理论的话，就去以一种强词夺理的口吻来说，这虽然并不属于“生活的真实”，但却属于“艺术的真实”，因而就仍然属于“更高的真实”。

出于同样的理由，如果回顾一下希特勒、斯大林等人的艺术标准，就不难从那种四肢发达的壮硕女体中，从那种浓眉大眼的样板造型中，或者从那种最终审判式的播音语调中，看出一个绝非偶然的共通点来，那就是绝对容不下任何对于生活外表的变形——尽管反过来说，如果再把这样的“真实形象”带入现实的生活，也肯定会把现实中的人群吓一大跳。而基于这种不约而同的品味，他们也就总会在绘画、文学和戏剧的形象中，要求去向现实的或写实的标准或品味看齐；如若不然，他们也就早为任何形式的越出雷池，准备好了诸如此类的严厉帽子：要么是“颓废”，要么是“腐朽”，要么是“资产阶级”，要么是“形式主义”，不一而足。

比如，从晚近以来的绘画界那里，对于徐悲鸿和林风眠之间的天平失衡，总会听到某些心有不甘的嘀嘀咕咕。只可惜，这些议论又总是不能放眼去看到：其实当年从车尔尼，到斯坦尼，到高尔基，再到巡回画派，根本就没给林风眠那样的“写意”笔墨，或者说，根本就没给塞尚式的“平行”主张，留下足以从容发展的想象空间。——别的不说，就连当年想要委曲求全地或曰跪着造反地，想要“接着”正统的话语来讲，也去把“现实主义”说成是“广阔的道路”，亦照样会被列入当年所谓的“黑八论”，而遭到开除党籍和打成右派的厄运。说到这里，忍不住就要引述一段当年的“黑论”，试试读者还能否从中品出任何“异端”的味道：

> 现实主义文学既是以整个现实生活以及整个文学艺术的特征为其耕耘的园地，那么，现实生活有多么广阔，它所提供的源泉有多么丰富，人们认识现实的能力和艺术描写的能力能够达到什么样的程度，现实主义文学的视野、道路、内容、风格，就可能达到多么广阔，多么丰富。它给了作家们多么广阔的发挥创造性的天地啊！如果说现实主义文学有什么局限性的话，如果说它对于作家们有什么限制的话，那就是现实本身、艺术本身和作家们的才能所允许达到的程度。[1]

反讽的是，既然如此拘泥板结的艺术道路，已被挑明了并不是“广阔的道路”，那就只能是相当狭隘的道路，乃至越走越窄

1 秦兆阳：“现实主义，广阔的道路”，《人民文学》，1956年6月号。

的死路了吧？很可能，正是针对其本国语境中同样刻板的模仿主张，简·爱伦·哈里森才写出了如下的议论：

> 亚里士多德说："艺术模仿自然。"对此有许多误解。它指艺术是对自然物体的复制或再现。但是，亚里士多德所说的"自然"并不是指受造物的外在世界，他的意思更像是指产生创造性的力量，而不是已经产生的。我们可将这句希腊文的句子翻译成"艺术，像自然一样可以创造事物"。或"艺术行为像自然一样正在创造事物"。[1]

那么，这样的释读就可以算作"正解"吗？——自己对这一点完全没有把握，而唯一能有点把握的也只是，这种解释肯定是有感而发的，其所针对的肯定还是那类"像，还是不像"的粗鄙标准。

然而，如果允许我从中国这边寻找例证，那么笔走龙蛇的古代"书法"又能像个什么呢？恐怕充其量也只能像是"汉字"吧？就算张旭（或林散之）的草书再受后人推崇，也并非因为它

---

1 ［英］简·爱伦·哈里森：《古代的艺术与仪式》，吴晓群译，郑州：大象出版社，2011 年，第 97 页。

真像“公孙大娘舞剑”（或“万马奔腾”）吧？同样，如果允许我继续从中国寻找例证，那么古代建筑外挑上翘的“飞檐”又能像个什么呢？恐怕充其量也就只能像是“屋角”吧？就算它给整个屋顶带来了飞举之势的幻觉，也并非因为它真像“大鹏展翅”吧？还有，如果允许我再来寻找例证，那么轻灵雅洁的明代家具又能像个什么呢？顶多也就只能像应用性的“桌椅板凳”吧？就算它曾被西方美术史家（如 Sarah Handler）推崇为“功能性雕塑”（functional sculpture），也并非因为它真像是希腊罗马的大理石雕塑吧？……

我想，正是出于这种高出一头的艺术理解，苏东坡当年才会写出“论画以形似，见于儿童邻；赋诗必此诗，定非知诗人”[1]的诗句来。而与此相关，自己近来颇有些迷恋石涛，所以，也就从他的笔下看到了与之相通的议论：

> 古人立一法非空闲者，公闲时拈出一个虚灵，只字莫作真识想，如镜中取影。山水真趣，须是入野看山时，见他或真或幻，皆是我笔头灵气。下手时他人旬起止不可得，此真大家也。不必论古今也。[2]

---

1 （宋）苏轼:《书鄢陵王主薄所画折枝二首》。

2 （清）石涛:《大涤子题画诗跋》卷一。

诸如此类的论述，又勾起了我对于往事的回想，因为自己在二十多年前便已写道：

> 在关于“程式和眼睛”的关系问题上，他（贡布里希——引者）所强调的后天习得的概念化物象对于人们审美体验的决定性影响，便跟我在十几年前登临黄山时的思考完全吻合，因为当时我就疑心，其实人们之所以对这座名山的山势特别地默契于心流连忘返，决不是因为它的外形如蔡仪说的那样更具有“典型性”，而只不过是因为人们先前已经看惯了中国传统的山水画。[1]

当然，如果石涛在此更强调的，是他作为画家的“镜中取影”和“笔头灵气”，那么我作为理论家更想强调指出的，则是艺术思维的“无中生有”的创造能力，以及它转而对于现实的能动关系。

顺便再来推荐一下，刚刚约请友人译出了马尔科姆·安德鲁斯的《寻找如画美》一书，这本书更让我们逼真地看到了此间的能动关系：

---

1 刘东：“艺术究竟是怎样流变的：述评《艺术与人文科学——贡布里希文选》”，《刘东自选集》，桂林：广西师范大学出版社，1997 年，第 97 页。

> 事实是，美学概念的如画美阶段从未真正结束过。我们把“the Picturesque”当作一个评价自然景色和古代建筑的术语使用，就像我们乔治时代的前辈们一样：唯一的区别是我们不再为它的精确意义而烦恼。尽管如此，它依旧传递着这样的一种感觉：我们所看到的一切与绘画、明信片、旅行日记和日历图片所宣传的理想化的乡村美非常相似……如画风景的存在如今依旧非常明显，一个简单的例子就是：现在我们在鉴赏自然风景时，其标准依旧非常依赖一切能够框定或界定的风景：照相机的取景器取代了克劳德镜的功能，成为确定美丽风景的手段，用之于现代旅游业对自然风景的推销。当前巨大的产业规模表明：我们所有人都在养成欣赏风景、评论风景的习惯，而这些习惯早在两百年前就已经被一个有闲的精英阶层发展和界定了。[1]

所以，千万不要被石涛所谓“搜尽奇峰打草稿”的说法给迷惑了，——那毕竟不过是些供他来发挥想象的草图。事实上，艺术思维一旦弄得“出神入化”起来，自会有其发端于人心的强大

1 ［英］马尔科姆·安德鲁斯：《寻找如画美》，张箭飞、韦照周译，南京：译林出版社，2014 年，第 315—316 页。

源泉，而现实生活中的纷纭物像，也无非是触发灵感的催化剂而已。与此同理，在诗风上跟同光体一脉相承的钱锺书，却竟在他的选本序言里引证毛泽东的《在延安文艺座谈会上的讲话》，即所谓“生活”的源泉“使一切文学艺术相形见绌，它们是一切文学艺术的取之不尽、用之不竭的唯一源泉。这是唯一的源泉，因为只能有这样的源泉，此外不能有第二个源泉”，从而认定“宋诗就可以证实这一节所讲的颠扑不破的真理，表示出诗歌创作里把‘流’错认为‘源’的危险。这个危险倾向在宋以前早有迹象，但是在宋诗里才大规模地发展，具备了明确的理论，变为普遍的空气压力，以至于罩盖着后来的元、明、清诗”。[1]就此，我们顶多也只能替他辩解说，那大概并不是出于理论的无能，或艺术品味的粗俗低下，而只是特殊语境下的违心变态说法。

由此可知，一方面无可讳言的是，文艺就是这么被“想当然”地被虚构出来的，并不能到现实中去找到它的“母本”，更不应沿着生活逻辑去对其进行“修正”，甚至也不应当表彰它是“高于”生活的。而另一方面又不可否认的是，文艺又的确是沿着人类的心向而生成的，直到它能凭空生造出一个不同的结构来，——此外，既微妙又辩证的又是，艺术家还的确就曾利用这样的虚构，来实质性地、强有力地和不可逆地，影响着我们赖以

1　钱锺书:《宋诗选注》，北京：生活·读书·新知三联书店，2004年，第12—13页。

生存的社会语境，无论是去美化它还是去败坏它、催眠它还是唤醒它。

如若不信，那就试想一下卡夫卡的《变形记》吧，那里哪有什么实际生活的影子呢？谁曾在现实环境中见过那种人变的甲虫？然而，西方的文化语境发展到了今天，又有哪一篇作品能够再大过它的影响？它简直使所有的现代人都多多少少地，变成了卡夫卡意义上的这只可怕的甲虫。——也正因为它的影响实在太过巨大，而且因为这种影响又太过压抑，我有时甚至会不厌其烦而且想入非非：要是他写过的那些倒霉玩意儿，全都被"不当回事"地付之一炬，那么当代西方如此丑陋的艺术表象，又会是怎样的一副模样呢，会不会比现在的更引人入胜一些呢？

……在生命的最后几个月里，他对自己的作品依旧保持自我批判的态度。按多拉·迪阿曼特回忆，他在柏林也保持自己从前的习惯，烧毁了自以为不成功的手稿。在这方面有一种明显的标度，他依据它给失败的作品进行内部分级。篇幅较小的、未经润笔过的短文他在抑郁期便二话没说加以销毁。篇幅较大的作品，他认为布局上有毛病但不是毫无价值的，便交给马克斯·布罗德，它们因此免于付之一炬的命运。[1]

当然了，正如晚年艾青的偶尔一句好诗所道出的："或许是不幸，我因你而延长了寿命"[2]——无论如何，卡夫卡的写作既已成为了我们的宿命，那么对于根本没有他的那个未知的世界，我们也就永远都不得而知了。不过，至少我本人还确切地知道，要是没有他当年进行"臆想"的自由，我大概就不会写出自己的那本处女作来。而反过来说，一旦他作品中那种无处不在缠绕的、让人透不过气来的梦魇，已被千真万确地刊行于世了，并被翻译成了各种主要的语言，那就不必说它投射给我本人的阴影了，它也整个地涂黑了西方乃至世界的心灵，到现在也看不出转机到底在哪里！

当然，如果从积极的方面来说——这也正是本文的主旨所在——又正是沿着这样的思路，才得以看出人类的"自由"一面，看出精神创造的随机性，看出艺术样式的生产性，看出历史进程的开放性，看出文学施于文明的"加减法"。反之，一旦连"做梦"的能力都被垄断了起来，艺术的想象也就被戴上了枷锁，不可能再平添出一个既独属于它本身的，又丰富了精神向度的意

1 ［德］彼得－安德列·阿尔特：《卡夫卡传》，张荣昌译，重庆：重庆大学出版社，2012年，第672页。

2 艾青：《给女雕塑家张得蒂》。

义世界。只是，如果再从消极的方面来说，由于总是会出现“路径”的固定依赖，也正是沿着这样的思路，我们在确认这种“自由”的同时，也就看出了人类进程的“必然”一面，看出了前人的那一番“随心所欲”，会如何吊诡地演变成为后人的宿命，看出了对于文明发展的陈陈相因，到底多不容易再进行扭转与克服。——事实上，也正因为已经确认到，作为一位“文明人”的历史地位，从来都是介乎这两者之间的，我才更要时不时地着意强调，只有在接受既定宏大结构的同时，又念念不忘自己所能享有的，哪怕是相当微小的“有限自由”，才有可能积分起修正历史的动能，从而克服命运中的外在的必然性。

三、将假就假与弄假成真

我们通过上面的简短论述，可以看出文学的另一番理由，反而出于想要“自觉求假”的精神，正因为这样，我才常爱引用尼采的一句名言:“是梦啊！让我索性梦下去罢！”更原汁原味地讲，尼采的此一论点是这样展开的:

> 此乃被缚的森林之神向能死者揭示的民族哲学:“最好是别投胎在世，其次是早死。”正是这种哲学组成了神界的背景。希腊人深知此在（Dasein）的骇人和恐

怖，遂将其遮蔽起来，以便能够生活下去：用歌德的象征性比喻来讲，就是十字架藏在玫瑰花下面。正因为如此，只有借助宙斯、阿波罗和赫耳墨斯等光辉形象去遮挡住命运的黑暗支配力，光明的奥林匹斯神统才达于君临天下的地位；命运的黑暗支配力曾经让阿喀琉斯早死，并注定俄狄浦斯弑父娶母。假如消除了这个“中间世界”的艺术表象，那就只能听从狄俄尼索斯的化身即林神的智慧了。也许就是出于这种必要性吧，这个民族的艺术天才创造了这些神。[1]

由此而不无意外的是，人们寻常爱把“真、善、美”挂在嘴边，以为那准是人生的全部真谛所在；可我们到了这里才恍然大悟，如果就艺术的本性而言，它反而是要把“假”字和“善”字结合起来；而且，也正如我在多年前就曾论述过的，正因为那“假”字背后又有“善”字在做支撑——

我们也决不可将这种借诗求假简单地看作圆古人之好梦。因为，人们的拳拳之心，借着怀旧、寻根、企

1 ［德］尼采：“狄俄尼索斯的世界观”，《狄俄尼索斯颂歌》，孟明译，上海：华东师范大学出版社，2013 年，第 341—342 页。

> 望复归的表面形式，实际上是展开了对价值理性的孜孜追求。人们坚定地认为，除非自己的生活有一种可靠的意义支点和价值尺度，否则芸芸众生便不堪一活！而在这种渴求之中，向后的回溯必然转化为向前的展望，招过去之魂必然转化为招未来之魂！因而，假戏又真唱起来——这种高蹈的精神又必然从遁世变成入世，从审美之维切入生活的现实维度。[1]

于是在这样的意义上，艺术这种“将假就假”的行为，反而又有可能“弄假成真”起来。先从抽象的层面来说，那自然是因为，“善”字又背靠着一种另类的“真实性”。也就是说，艺术的风筝虽然在“自由地”扶摇而上，却还是有一条纤细如发而若隐若现的牵线，在遥遥地收拢与控制着它，那就是作为“善”的主观欲求，包括人心中的想象、情愫、希冀与怀想，等等。正是出于这样的心灵需求，艺术才会并不拘泥于生活的表面逻辑，而要坚持创造出一个相对独立的文本结构。与此同时，也还是出于这样的心灵需求，艺术才有意要穿透现实生活的限制束缚，力争去呈示出隐在表象背后的那个意义世界。

---

1 刘东：“倾听德国性灵的震颤”，《理论与心智》，南京：江苏人民出版社，2001 年，第 213 页。

再从具体的层面来说，即使如此，又何至于同样属于主观的欲求，同样在满足着人心的渴望，然而若就不同戏剧的结局而言，在希腊那边竟要表现为“大毁灭”，而到中国这边却要表现为“大团圆”呢？由此看来，抽象“善念”的具体表现形式，则又可能是随机的和偶然的，它既取决于远古文明那各不相同的、眼下又已难于确考的“人类学之根”，也取决于此后文明进程中那一连串由诸多因素共同促成的、充满了主动选择机遇的“文化发明”。——正如约翰·奥斯汀（John Austin）所指出的，作为一种“施行话语”的语言行为，其本身也可以是一种实践活动，从而也就可以“无中生有”地引起实际效应，并催生出作为“真实”的社会事实来。正因为这样，人类语言这种“以言语行事”的能力，也就可以容许艺术的入神语言，借着“让我索性梦下去罢”的心态，从某个不无偶然的文明源头，沿着某种特殊的解释路径，去“一意孤行”地催生和助长下去。

> 奥斯汀的“施行话语”概念对传统的语言观提出严峻挑战，因为他发现了一类可与记述话语相对照的“施行话语”，其功用不是描述事实，而是实施某些行为。这就是说，奥斯汀发现了许多讲话具有重要的人类行动的特质。这个发现具有两个直接的含义。一个含义是，它使我们明白知道，我们不但可以拿语言去报道或描述

世界，而且还可以拿它去“做”许多人间事务。另一个含义是，研究人类的讲话，不但是语言的研究，而且在许多场合也是人类行动的研究。[1]

比如，还是接着卡夫卡的前述例子来说。一方面，正因为一上来就写出了《西方的丑学》这本书，也就使我本人对于发达物质生活的背后，从一开始就心存着相应的警惕，知道即使竭力漂洋过海也难说是在“逃往天堂”。甚至，至少就我自己的现有心态而言，我还曾把这看成了个人的难得幸运：“说来也许你难以置信，我一生中可能有很多的幸运和不幸，但其中最大的幸运，那就是没有出国，——出国的那些人大多对人文学术世界来说就算是消失了。”[2] 可另一方面，那些毕生以理工科为业的人们呢？很可能，一辈子都不知卡夫卡到底为何许人物，那反而算是他们的幸运与造化了。不过反过来说，万一他们“洋插队”插得够久了，于是在日益逼近那个“玻璃天花板”时，突然又读到了或者至少是听说了卡夫卡的《城堡》呢？那时候，他们会受到身边灰暗心境的传染吗？那时候，他们会觉得自己此生已是“悔之晚

1 ［英］约翰·奥斯汀：《如何以言行事》，杨玉成、赵京超译，北京：商务印书馆，2013年，“译者导言”，第 xix 页。

2 刘东：“理论之上的心智”，《用书铺成的路》，北京：北京大学出版社，2010年，第 17 页。

矣”吗？——纵然这世界是“远近高低各不同”的，也许正因为已然决定性地读过了他，至少我本人还是倾向于相信，由于那无形的梦魇掩藏得太深，所以，也只有在西方世界生活得足够久长了，才有可能在那种种“形式合理化”的表象背后，体验到被韦伯所定义的那种“铁笼”的滋味，从而领悟出卡夫卡笔力的入木三分来。

写到这里，也就可以把话题再收拢回来，继续看看社会下层的“琵琶反弹”了。无论如何，正是在这类“让我索性梦下去罢”的心态下，又不光是外在事物的“天行有常”，人类的内在心向也照样“恒定有常”。也恰因为如此，我们才会顺理成章地看到，中国民间的很多戏曲乃至音乐，如果同正史的记述比较起来，就往往会显得相当守常、相当固执，甚至九死不悔地要跟“实然”的往事大唱反调。——而这中间最为突出的现象，就是它非要沿着一厢情愿的悲悯，从《十面埋伏》到《霸王别姬》，从《古城会》到《单刀会》，坚决不去“以成败论英雄”，而偏要把以铁血铸成的、“成者王侯败者贼”的残酷历史，在想入非非的幻觉世界中，给随心所欲地却更加美好地颠倒过来。

推而广之，这种样子的守常与固执，这种样子的“不以成败论英雄”，还不光反映到了艺术化的项羽和关羽身上，也同样反映到了舞台上的荆轲和伍子胥身上，反映到了庙宇里的诸葛亮和岳飞身上，甚至从某种意义上讲，还同样反映到了夫子庙里的孔圣人身上。——此间的道理，亦正如自己多年前在武侯祠里发出的议论：

> 反问一下后人何以要对这位历史名臣不断地添枝加叶，那就不难发现——那些添补上去的借以美化这位人格形象的历史学意义上的假象，其实倒正是亚里士多德在《诗学》里讲过的、比历史更高一筹的理性真实。也就是说，后人在这里所颂扬的乃是发自其本心的一种伦理理想，亦即为了国计民生而“鞠躬尽力，死而后已”的道德境界和儒者风范。而若以阐释主体的企盼和希冀来衡量，一位历史人物实际上的成败利钝就并不是显得那么重要了，因为人们在这里想要强调的是“理应如此”，而非“事实如此”。[1]

需要更正一下，以我现在更加明确的立场来看，即使是“出师未捷身先死，长使英雄泪满襟”[2]，即使是“公卿有党排宗泽，帷幄无人用岳飞”[3]，也仍没有必要把这种“反抗历史”的民间心

---

1 刘东：“读武侯祠”，《浮世绘》，沈阳：辽宁教育出版社，1996年，第13—14页。

2 （唐）杜甫：《蜀相》。

3 （宋）陆游：《夜读范至能揽辔录言中原父老见使者多挥涕感其事作绝句》，《剑南诗稿》卷二十五。

理，强往那个格格不入的“悲剧”观念上套，因为这种“跨国比附”的做法本身，就预先把希腊观念设定成了制高点，从而把中国文化发配到了尴尬地，仿佛只有跟人家多少“像了几分”，才有可能显出几分的“可取之处”。所以转念想来，相比起传统的那种美学理论——哪怕是较为现代的“反抗美学”——来说，对于这种“不以成败论英雄”的态度，要是换以艺术社会学的视角来观察，尤其是以其“冲突论”的方法来处理，肯定会研究得更顺手和灵巧一些。

> 在松散结构的团体和开放的社会里，冲突的目标在于消解对抗者之间的紧张，它可以具有稳定和整合的功能。由于允许对抗的要求直接和立刻表达出来，这样的社会系统能够通过消除不满的原因重新调整他们的社会结构。它们所经历的多种多样的冲突，将有助于清除引起分裂的根源并重建统一。通过对冲突的宽容和制度化，这些社会系统为自己找到了一个重要的稳定机制。……
>
> 一旦团体和联合通过与其他团体的冲突建立起来，这样的冲突可能在它们与周围环境之间进一步充当界碑。由此，社会冲突通过为社会系统中的不同的子群体分配位置，帮助确定他们之间的权力关系，进而构造更

广阔的社会环境。[1]

于是，顺着这种强调“冲突之功能”的辩证视角，我们就可以重新打量下面的现象了。比如，虽则同属于“不以成败论英雄”的态度，可对于主人公却有些不幸的是，一方面，历史文本中或者如实叙述中的潘美，并不像在小说《杨家将演义》中的潘仁美那样不堪；所以，如果只是对于潘家的后人来说，戏曲《杨家将》中的那种白脸奸相，实在是显得有些失实和不公。可另一方面，要是从社会下层的心理需求来看，在南宋以来势如累卵的外部压力下，为了讴歌作为抗敌形象的满门忠烈，以修补这个文明共同体的脆弱的向心力，艺术文本也就只去在乎它的自我理由，而顾不上来验证原有史实的精准与否了。

再比如，还是出于“想当然尔”的理由，一方面，据说那位实际生活中的陈世美，原本既是个忠臣又是个好丈夫，只因为曾经拒绝向某位老乡徇私，便被后者编派出了“抛妻弃子”的恶劣故事；而此后，又经由民间戏文的经久传唱，陈世美这个名字竟在汉语里，演成了所谓“负心汉”的代名词，这对于那位也曾真实生活过的历史人物，当然属于同样的委屈和冤枉。可另一方

1 ［美］L. 科塞:《社会冲突的功能》，孙立平等译，北京：华夏出版社，1989 年，第 137—138 页。

面，如果从受到压制和争取能动的女性视角来看，文学也正是通过这个“歪曲的”形象，成功地向强势的男性释出了持久的压力，从而保护了她们更希望维系的传统家庭，并就此达成了社会冲突的正面功能。

更加耐人寻味的，则要数晚清以来的“留学生形象”了。如果仅就正统文本的内容而言，那么无论是当时的评价报道，还是此后的历史记述，显然都是以积极的、正面的形象为主；从而，不管是其中的詹天佑、严几道，还是其中的赵元任、钱学森，也都在取代着以往得以“金榜题名”的士子，而成为“功成名就”的新型典范。——这中间，自然也体现着它相应的道理：在那个旧有的科举体制已然崩塌，而新兴教育机构尚未完备的历史时间，无论从心智上，还是在现实中，那些位于域外特别是西洋的高等教育机构，都构成了强大的吸引、契机与阶梯，也现实地储备了等待脱颖而出的精英身份。

然而，在当年“举国皆道留学好”的大势之下，竟已把文明的自我复制的重责，尽付给了异国他乡的教育机构，甚至完全唯域外理念的马首是瞻，这种无奈之举到底还裹有怎样的负面作用？它到底给本土的学术语境带来了怎样的紊乱？它到底给学业的并长争高带来了怎样的不公？它到底对于文化的薪火相传带来了怎样的毁坏？它到底为国内的机构任命了多少外行的领导？而身在其中的当事人，又到底对这类负面效应有过怎样的反应？如果只去翻阅当时的媒体报道，甚至只去翻阅后世的历史记述，就很难得到全面而如实的印象了。——可无论如何，这种“一边倒”的赞誉和迷信，绝对不会是当年事实的全部。否则，作为过来人的陈寅恪本人，就不会出语惊人地对他的助手浦江清说：“祸中国最大者有二事，一为袁世凯之北洋练兵，二为派送留美官费学生。”[1]

那么，究竟到哪里去寻找这些似已湮灭的事实，特别是隐在当事人心中的、已被后人埋葬的心理事实呢？幸运的是，一旦转而去阅读文学的文本，我们就会如梦方醒地发现，原来从平江不肖生的《留东外史》，到钱锺书的《围城》，再到曹禺的《北京人》，对于这类归国留学生的艺术性描写，居然全都一百八十度地变了脸。由此就不难想象，其实在当年更为私密的社会空间中，这些人作为在域外不务正业、声色犬马，回国后又挟洋自重、弄虚作假的笑料，一向都是被集中进行渲染和批判的。而毫无疑问，这种琵琶反弹的文学文本，也同样如实反映了时人的某种看法，——尽管它和那些桌面上的历史记述一样，都各执着不够全面的一种偏颇，可它又恰好补充了史学文本的缺失与不足。

1 浦江清：《清华园日记 西行日记》，北京：生活·读书·新知三联书店，1999 年，第 4 页。

由此，正如古人曾经用“俗”与“雅”、“偏”与“正”的文体，向我们表露出了他们精神世界的各个侧面一样，作为一种在西方冲击下激发起来的文体，晚清、民国以来有关留学生的小说样式，也负载了国人对于“一味崇洋”的存疑和保留。如果有人由此反觉得迷惑了起来，不知到底是史学的描述更为正确呢，还是文学的描述更为正确，这就肯定是一个愚蠢或外行的问题了。——事实上，恰恰是由史学和文学两者杂凑出来的、尽管仍嫌分裂与破碎的形象，反而比以往那种整齐划一的宣传口径，显得更加全面、均衡和不偏不倚。

四、皆大欢喜与包容冲突

由此也就可以看出，在一个文明的内在结构中，由于社会分层的不同、乃至心理需求的不同，所创造出的文体也自然会有所区分。记得，吉川幸次郎有过一个著名的论断，认为宋诗乃是“扬弃了悲哀”的诗歌：“过去的诗人由于感到人生充满悲哀，自然把悲哀当作诗歌的重要主题。只有到了宋朝，就才算脱离了这样久来的习惯，而开创了一个新的局面。”[1]——而我自己，却在

1 ［日］吉川幸次郎:《宋诗概说》，郑清茂译，台北：联经出版事业公司，1977年，序章，第33页。

早岁的博士论文中便指出，其实如果就宋人的总体心理结构而言，这不过是一种“文体的分工”而已：

> 翻检一下《全宋词》，就会发现，原来被宋诗超越了的“悲哀”，全躲到宋词里了。这里，简直是一片愁的海洋……毫无疑问，这里是继承着曹植的“惊风飘白日，光景驰西流，盛年不再来，百年忽我遒”（《箜篌引》），继承着阮籍的“清露被皋兰，凝霜沾野草。朝为美少年，夕暮成丑老”（《叹咏怀》），也继承着李白的“黄河走东溟，白日落西海，逝川与流光，飘忽不相待”（《古风》）的，是对自己之有限生命只能享有有限欢乐的懊丧和惋惜。[1]

另外，从这种“宋诗 vs 宋词”之辨中，我们又油然可以想到，以往总是太受上层趣味的吸引，只去关注填词活动“由俗向雅”的提升，或者推广而言，只去关注杂剧脚本的纯粹文学价值，或者小说文本的国际对比地位，等等，而没有能够同情地理解到，下层民众也有其相对固定的文体、品味与企求，所以在长期延续的历史时间中，也并不是只是在那里空空地等待着，有朝

1 刘东:《审美文化的兴盛与失落》，中国社会科学院研究生院博士论文，1989 年。

一日终究能被上层去提升、归类或变形的。由此而更为综合地观察，中国古代文明的社会空间，实比人们以往所能意识到的，要更为开阔、松散、对立和宽容。——就像人们可以一边豪迈地吟诵“秦时明月汉时关，万里长征人未还。但使龙城飞将在，不教胡马度阴山”[1]，一边又可以流泪地聆听“三月里来正清明，桃红柳绿百草青，家家坟头飘白纸，孟姜女坟上冷清清”[2]一样，也像他们既可凭着阳刚之气来写“男儿何不带吴钩，收取关山五十州。请君暂上凌烟阁，若个书生万户侯”[3]，又可凭着阴柔之情来写“闺中少妇不知愁，春日凝妆上翠楼。忽见陌头杨柳色，悔教夫婿觅封侯”[4]一样，在需要用“对话性”来拉开距离的时候，就并不存在某个强行“大一统”的情感世界。

这样一来，出于对各种社会边界的认知与尊重，我们也就不必再像以往的文人那样，沿着所谓“语不惊人死不休”的创作法则，总去批评民间戏曲的戏路太窄，演来演去都很难脱开它的那个“老套”。——事实上，作为一种固定的、成熟的文学样式，希腊悲剧的剧情同样也很“老套”，刚开演就可以知道哪个英雄“必死无疑”；正如好莱坞的剧情同样也很“老套”，无论歹徒怎

1 （唐）王昌龄:《出塞》。
2 佚名:《孟姜女哭长城》。
3 （唐）李贺:《南园》。
4 王昌龄:《闺怨》。

样来势汹汹、得意扬扬，也肯定知道短暂受难的好人终究会“必有好报”。所以，出于同样的道理，长盛于中国民间的戏文曲艺，既然是沿着本土人心的恒常企求，而且还是如此固执己见的企求，它也自会有用以满足自己的惯常套路。

在这个意义上，尽管打着“志异”“传奇”的旗号，然而来自中国民间的戏文与评话，却并不是刻意要去追求出人意表。正如我多次指出过的，如果一定要追求情节的离奇，那么生活本身的蹊跷安排，其实远比艺术的编派更甚，它常会随机地摇出更让人“拍案称奇”的组合，其不可思议的或令人发指的程度，正因为已是“不可思议”和“令人发指”了，也就远远超出了艺术想象的极限边界。——就好比纳粹的奥斯威辛、苏俄的集中营、“文革”浩劫的打砸抢，乃至红色高棉的种族灭绝，其罪大恶极、血腥恐怖的反人类程度，又岂是人心所足以和所愿意想象的？

说到了这里，也就说到了一个最为要紧也是最需要澄清的问题，那就是曾经备受攻击的、中国民间戏文中的“大团圆”结局的问题。——毋庸讳言，既然是在顺应着市井观众的心理需求，那么，它的情节往往确是既在“情理之外”，又在“意料之中”的；换句话说，正因为它那总是“无巧不成书”的剧情讲述，哪怕只能在鸣锣以后的演出时间之内，以虚拟的“受控想象”来短暂地满足他们，它才可能长久地占有民间的演出市场，也才能

“求仁得仁”地投合于这个具有七情六欲的、喜欢擦眼抹泪的、心地淳朴善良的现实人间。

平心而论，这也充其量只是在“平行比较”的意义上，又跟那种从献祭礼仪中发展出来的希腊悲剧，构成了两两相对的鲜明反差而已。也就是说，仍是循着两种不同的“人类学之根”，和作为不同路径依赖的“文化发明”，这两种戏剧传统才发展得如此南辕北辙：一个是哪怕英雄人物再不当死，也一定要安排他当场走向毁灭；另一个则是即使英雄人物已然失败或覆灭，也一定要安排他再三再四地复活，至少是重复展现出他那“惊天地，泣鬼神”的英雄气概。毫无疑问，这种中国式的软心肠的“大团圆”，也肯定有它“想当然”的一面；可即使如此，这样的结局作为另一种文化“发明”，却又并不比希腊的悲剧更“想当然”，——只不过它们各自所想象的那个“当然”，在迥然不同的文明语境中，受到了方向相反的文化暗示罢了。

也毫无疑问，无论是那边的基本没有例外的“大毁灭”，还是这边基本的没有例外的“大团圆”，如果跟无奇不有的历史现象相比，都同样显得太过整齐划一了，由此在这样的意义上，民间戏文中的那种“无巧不成书”，如果跟正态分布的人生经历相比，也肯定有它“不可尽信”的一面。不过有意思的是，当年占据着话语中心的新派文人，之所以对它的这类情节投以嘲讽，却并不是因为其结局太过巧合与离奇，相反倒是嫌它太过平淡无奇，到头来总是要落得个“皆大欢喜”。——只不过，如果照现在的眼光看来，这种高高在上的、以西格中式的蔑视，由此也就视而不见地忽略掉了：这种被视作俗套的“大团圆”，只是在宣告着矛盾的最终解决，而如果另换一种角度看，则应当公正而全面地承认，中国的戏文却又在走向最终“解决”之前，正如本文在前边着重申论的，还曾在它的铺垫与展开中，暴露过各种不同的矛盾和冲突。

难道不是这样吗？——为了形象地说明这一点，我们再来征引一段广为流传的戏文，看看在现实中如此森严的君臣之礼，是如何在戏曲的想象世界中，迎合着平民百姓的观剧心理，而被哪怕是“明知是假”地被短暂逾越的：

> （李唱）先前的话儿休再言讲，不看哀家看在先王。徐皇兄保太子登龙位上，封你一字并肩王。（徐唱）老臣年迈难把国掌，要保国还有兵部侍郎。（李唱）徐皇兄年纪迈难把国掌，转面来叫一声兵部侍郎：你保太子登龙位上，你的名儿万古扬。（杨唱）吓得臣低头不敢望，战战兢兢启奏皇娘：臣昨晚修下了辞王本章，今日里进宫来辞别皇娘。望国太开隆恩将臣放，臣落个无忧无虑，无事为非，做什么兵部侍郎，放臣还乡。（李唱）他二人把话一样讲，倒叫哀家无有主张。无奈何怀抱太

子跪至在昭阳，（徐唱）吓坏了定国王（杨唱）兵部侍郎！（徐唱）自从盘古立帝邦，（杨唱）君跪臣来臣不敢当。（李唱）非是哀家来跪你，为的是我皇儿锦绣家邦。（徐唱）锦家邦来锦家邦。（杨唱）臣有一本启奏皇娘。（徐唱）昔日里有一个李文李广，（杨唱）弟兄双双扶保朝纲；（徐唱）李文北门带箭丧，（杨唱）伴驾山前又收李刚。（徐唱）收了一将损伤一将，（杨唱）一将倒比一将强。（徐唱）到后来保太子登龙位上，（杨唱）反把亚父李广斩首法场。（徐唱）这都是前朝的忠臣良将，（杨唱）哪一个忠良又有下场！[1]

有趣的是，跟关汉卿笔下的《窦娥冤》一样，京剧《二进宫》又再次安排这位万般无奈的李艳妃，当着大庭广众跪到舞台中央来了；而且，如果上次下跪的还只是小小的官吏，那么这次下跪的则是至尊的太后，如果上次赚来的还只是廉价的笑声，那么这次赚到的则是强忍的眼泪。——不消说，这又是那种“于史无征、于心有本”的故事，或者说，这只是艺术创作中的可能性，而非现实生活中的可能性。可话说回来，就像人们每逢到了端午节这一天，总要真心地用自己钟爱的美食，来抚慰和怀想屈

1 京剧《二进宫》。

死的伍子胥或屈原一样，这种让皇帝的母亲当场双膝下跪，来向曾被她委屈过的忠臣来赔罪的情节，在“宁信其有”的下层观众们看来，总是很解气、很正义和很合情的；而且，这类戏文内容之所以长盛不衰，显然也是和“火烧庆功楼”的民间传说连在一起的，从而肯定是潜在地反映了对于昏庸残暴的不满情绪。

由此又想到了，多年前参观过的成都“武侯祠”的营造设计，似乎也表现出了异曲同工之妙。这个实际上为诸葛亮所建的庙宇，迎面还是写上了“汉昭烈庙”的牌匾，也就是说，它在名义上还不是为那位“蜀相”所建的，而只是为蜀汉之主刘备所建的。然则，在它千真万确的建筑效果上，总归对于穿门而过的大批游客而言，那位“先主”反而只是被安排在门房中了，而由此在平民百姓的心理上，这位曾经享有九五之尊的“先帝”，倒很有点现代这种“虚君位”的意思，无非是在替他的“伟大宰相”当个门房。——正因为这样，我就曾对这个建筑学的文本，进行过下面这样的发挥：

> 它所象征的，正是中国古代文化一低一高的两个不同层面。一方面，政治学意义上的君臣之道，严格和严峻地规定了不可僭越的君尊臣卑的礼序，故此人们绝不敢让诸葛孔明去造次统领两厢林立的文臣武将，以免犯上作乱之嫌。建筑师们也只得摆出一个“君先臣后”的

> 格局，让刘备最先享受香火的供奉。但另一方面，伦理学意义上的君臣之道，却最终落实在那个“道”上——一位政治家能否成圣成贤，得要看君何以君，臣何以臣，而与有无南面之尊并不直接相干。所以，真正有资格在这座纪念性建筑中受到人们顶礼膜拜的主神，还是那位“大名垂宇宙”的“宗臣”，而非比他拥有更大政治威权的君王。[1]

当然话说回来，就像即使那位“千古谁堪伯仲间”的名相，也终究是因为其“鞠躬尽力，死而后已”的模范忠诚，才获得了香火不断的崇高地位一样，戏文《二进宫》里那两位受过委屈的忠臣，最终也还是以他们捍卫皇室的尽忠行为，为剧情的发展带来了皆大欢喜的结局；否则，这种大逆不道的、竟敢逼着太后下跪的“出格”戏文，在既定的社会政治秩序中，也就显得实在太过“出格”了，也就根本不会被允许演出了。推而广之，就像水泊梁山的好汉们终要受到招安、大闹天宫的孙悟空也终要修成正果一样，甚至，就像纵欲过度的西门庆一定要暴病而卒、猎艳无度的未央生也一定要彻悟出家一样，那些展示过戏剧性冲突的戏曲与评书，终究也要在末了留下一个“光明的尾巴”，而肯定正

1 刘东:“读武侯祠”,《浮世绘》，第 13 页。

是这一点，才引起了新派文人的反感与鄙夷。

有所不同的是，如果在“五四”的岁月里，在外来文艺、特别是西方悲剧的映衬下，人们主要是厌恶所谓“大团圆”的结局，认为这反映出了本土文化的落后，那么，到了革命的年代里，在“阶级斗争为纲”的激进口号下，人们就进而要批判它的“阶级调和论”，由此才有了“文革”中的“评《水浒》”运动，来借着宋江的形象影射党内的“投降派”。——只不过，如今我们再反省起来，会觉得这些都属于生搬硬套外来的框架，而未能做到最基本的“同情理解”。事实上，只有既从戏台中看到了矛盾与冲突，又在曲终奏雅时看到了“大团圆”的结局，才能真正体会到潜伏于中国民间的人情；而且，正是这种既不无反讽吊诡却又颇能心领神会的“情节统合”，才会在一般正常的社会氛围中，积极地显出“冲突的文化功能”来。

无论如何，如果能平心地观看中国以往的戏文，那么在一方面，它终究还是勇敢地突显了人间的冲突，并且还特别去同情冲突中的弱者，也是借着这一点来展开其引人入胜的剧情，从而长久地吸引着民间的观众心理；当然在另一方面，它却又善良地憧憬着矛盾的解决，并且在本身逐渐“解开扣子”的过程中，让千古的蒙冤者得以平反昭雪，也让为非作歹者得到现世报应，甚至会让昏庸的统治者至少是颜面扫地……——只有把这两种相反相成的基调叠加起来，才算是完整地构成了传统戏文的主旋律；而且，也只有把这两种相互补充的心情叠加起来，才会让观剧者们觉得自己的生活，终究还是有所指望和可以忍受的。

说到这里，就应当再把前述的例子给找回来了。——以往，对于法海的形象是怎样由盛而衰的，而白蛇的形象又是怎样由邪转正的，总会有人强行套用阶级斗争的理论，把它解释成“压迫”与“反抗”的关系，似乎那禅师法海就果真成了阶级敌人的代表。然而，只要将此对比一下《长生殿》的戏文，这种僵化的解释就顿时露出它的破绽来了。——不管史学界对唐玄宗是怎样一番评价，那个在“夜雨闻铃”时唱着“白杨萧瑟雨纵横，此际孤魂凄冷。鬼火光寒草间湿乱萤。只悔仓皇负了卿，负了卿！我独在人间委实的不愿生。语娉婷，相将早晚伴幽冥。一恸空山寂，铃声相应，阁道崚嶒，似我回肠恨怎平”，[1] 又在“破镜重圆”时唱着“乍相逢执手，痛咽难言。想当日玉折香摧，都只为时衰力软，累伊冤惨，尽咱罪愆。到今日满心惭愧，到今日满心惭愧，诉不出相思万万千千”[2] 的李隆基，都是一位真正懂得爱情的、值得陪着他去落泪的千古“情种”。在这个意义上，戏文《长生殿》里的唐明皇，也正是戏文《白蛇传》里的白素贞，这类虚拟形象合在一起恰恰说明了，只要是到了文学的想象世界

1 （清）洪昇:《长生殿 · 闻铃》，北京：人民文学出版社，1958 年，第 135 页。

2 同上引书，第 221—222 页。

里，休要讲犯过错误的昏君或者化作人形的动物了，哪怕就是一块冰冷生硬的铁石，也要被充满人情味的生活温情所点化。

而相比起来，如果白居易的长诗《长恨歌》，还会以“汉皇重色思倾国”来起始，还会以“从此君王不早朝”来转调，以暗中传达当朝士大夫的委婉批评，那么，到了后世的剧本《长生殿》里，“情种”唐明皇的主要角色功能，则主要地只是在演示“痴情”本身了。正如关羽曾经只被抹成象征“忠义”的大红脸、曹操曾经只被抹成象征“奸诈”的大白脸、包拯曾经只被抹成象征“铁面”的大黑脸一样，这种对于人物局部特征的漫画式抓取，也正是民间戏文的主要艺术手法之一。——不消说，这同样也是“于史无征”却“于心有本”的，因为现实生活中的复杂人群，从来都不会是这么非黑即白的，而只能是色调灰蒙蒙的和特征不明显的。

可话又说回来了，这样理想化的虚构世界，对于人心又是最真实不过的。中国人向来就讲究“苍天有好生之德”，正如大儒二程曾经鲜明道出的：

> “生生之谓易”，是天之所以为道也。天只是以生为道，继此生理者，即是善也。善便有一个元底意思。“元者善之长”，万物皆有春意，便是“继之者善也”。

"成之者性也"，成却待它万物自成其性须得。[1]

正因为这样，就紧紧抓取和表现了"情种"的特征而言，只要是在主人公心中确有挚爱，而且还至死不渝地痴守着爱情，那么，这在中国民间的社会心理中，从而在由此衍生出的戏文中，他（她）就是绝对值得同情、叹惋乃至讴歌的。

无论对于唐明皇的戏台形象，还是对于白素贞的戏台形象，我们都应该从这种视角来体贴和理解。也就是说，在演示着"好生之德"的大化运行中，在企求着"生生不息"的人间生活中，让人家两口子好好地过日子，去安享原本就如此有限的人生，这才是中国人心目中的天经地义！而横亘其间的所有其他东西，无论是怎样的差别、等级与鸿沟，都统统要向这样的社会心理让路，也都有可能被它在受控的想象中予以弥合。——换句话说，正因为仅仅拥有这个稍纵即逝的现世，而且还特别地钟爱这个宝贵的现世，在中国民间的戏文与评书中，才会不顾一切地出现了人与人、人与神、人与鬼、人与狐、人与蛇，乃至美女与昏君的爱情。

1 《二程集·遗书》卷二，北京：中华书局（校点本），1981 年，第 29 页。

五、含悲之喜的文化功能

可惜的是，到了西风越来越强劲地东渐之后，像“上皇，太真，你两下心坚，情缘双证。如今已成天上夫妻，不比人世了”[1]这类迎合人心的想象结局，偏偏也就因其明显的虚构性，变成了新派文人最集中火力的靶子。而这中间最突出和最激烈的代表，当然要数把整个“国民性”都说成“瞒和骗”的鲁迅了：

> 凡有缺陷，一经作者粉饰，后半便大抵改观，使读者落诬妄中，以为世间委实尽够光明，谁有不幸，便是自作，自受。
>
> 有时遇到彰明的史实，瞒不下，如关羽岳飞的被杀，便只好别设骗局了。一是前世已造夙因，如岳飞；一是死后使他成神，如关羽。定命不可逃，成神的善报更满人意，所以杀人者不足责，被杀者也不足悲，冥冥中自有安排，使他们各得其所，正不必别人来费力了。
>
> 中国人的不敢正视各方面，用瞒和骗，造出奇妙的逃路来，而自以为正路。在这路上，就证明着国民性的怯弱，懒惰，而又巧滑。一天一天的满足着，即一天一

1　洪昇:《长生殿·重圆》，第223页。

天的堕落着，但却又觉得日见其光荣。[1]

那么，鲁迅何以要如此截然地对“大团圆”予以否定？那又自然要归结到他从西方学来的那种悲剧观了。由此又想到，他就此还有另一句广为人知的名言，即“悲剧将人生的有价值的东西毁灭给人看，喜剧将那无价值的撕破给人看”。[2]只不过，如今如果从学术的眼光来看，这若不是一句彻底的糊涂话，至少也是对希腊的文化传统还所知太浅，——比如，他并不了解产生希腊悲剧的偶然性，也不了解柏拉图对于悲剧诗人的驱逐，更不了解基督教对于悲剧的否决，等等。由此，我也就很想向他反问，既然明知是“人生有价值的东西”，又为什么偏要“毁灭给人看”呢？而一旦断然毁掉了这些“有价值的东西”，那么人们的心理又究竟如何安顿？人们的关系又究竟如何相处？文明的准则会不会大大失序？历史的进程又何以创造性转化？一句话：此后的人们究竟还何以堪活呢？

实在说来，正因为他们打心眼里就看它不起，别看他们确实就生活在那个年代，可这些“唯西学是从”的新派文人们，就连究竟有没有投入地观看过民间戏曲，都还是很值得打个问号的。

1 鲁迅：“论睁了眼看”，《鲁迅全集》，第一卷，北京：人民文学出版社，2005年，第253—254页。

2 鲁迅：“再论雷峰塔的倒掉”，《鲁迅全集》，第一卷，第203页。

无论如何，在那个传统开始截然断裂的年代，对于中国戏曲的态度也决然地分作了两派，其中一派拿出了纯粹学术研究家的态度，干脆就参照着西方文学史的“剧作”高峰，以此来简单比附民间戏曲的文字脚本，忘记了它原本属于“唱念做打”的综合艺术；另一派则拿出了纯然老戏迷的态度，而任由新派文人去怎样的笑骂怒责，也照样心醉神摇地沉湎于其中，从来都没觉得它劣于西方的对手。

缘此，利用本章所剩的最后一节，我就要稍微详细地再说一出戏，即凡是戏迷都会真心喜爱的《玉堂春》。在我看来，这出戏最为突出地说明了，决不能把只把戏曲当作文学剧本来读，而要投入其中地、全身心地去综合观赏它，并且借此来体验那中间的“含悲的喜气”。而且，也正是在这个意义上，《玉堂春》这出涵义复杂的戏，才在下层社会的民众心理中，简直可被视作整个传统文明的象征。——它侧面复杂多样地、当然是不无矛盾地、却又是惟妙惟肖地展示出，这个古老文明当然并不是“理想国”，相反倒还大有改善或修正的余地；然而，又正因其中既有恼人的矛盾与冲突，又有尚可指望的“大团圆”，所以如果就整体的文明氛围而言，它终归还是向善的和正常的，甚至不仅是可以忍受的、而且还是可以享受的。

首先，这个《玉堂春》的戏名就大有讲究，只是以往还未曾被充分地挑明。——这个响亮而富于喜气的名字，直是覆盖了整个的戏剧舞台，甚至明确地预示了它的光明结局。而这样一来，整个这么一出所谓的“苦情戏”，居然其基本的格调与氛围，都是沿着这个戏名所包蕴的欢喜生机，而水到渠成地缓缓展开的，故而绝对地不能等同于舶来的“悲剧”；由此更其耐人寻味的是，这也正属于最为中国式的、对于“人生在世”的理解。

于是我们看到，作为一出逐渐独立出来的折子戏，《玉堂春》本身的剧情截取，显然也是经过了一番特别匠心的。一方面，明明是“洪洞县里无好人”，从而造成了天大的栽赃和冤屈，让女主人公无端地带上了枷锁，从而明显暴露出了人间的不公；可在另一方面，这出长期脍炙人口的折子戏，却尽量地裁去了让人不快的前半截，只让苏三与解差在旅途的对话中，捎带着淡化地交代出了前边的含悲剧情。而且，后者还随即就虽不合逻辑却又合乎人心地，马上被认作了苏三的义父，从而尽量地免去了女囚的旅途辛苦，遂使得这趟原应充满悲情的“女起解”，转瞬变作了类似千里寻夫的、坚持追求团圆的过程。

而等到戏台大幕最终开启后，也即到了“三堂会审”的决定阶段，戏中则更是充满了轻快的嬉闹，其理由也是相当地一目了然：原来造成这种人间缺憾的主要缘由，已经被观众们给一眼认出来了——他正如坐针毡地在台上公然“示众”呢！由此，戏文的笔锋自然也就陡然一转，而堂上堂下的情势亦随之反转过来，使得真正的受审者反而是那位审判官，因为他恰巧就是苏三当年的情侣，却竟在金榜题名后有负爱情的盟约，由此才造成了女主人公的落难受罪，所以此刻便只能在堂上备受同侪的奚落了……看到这里，哈哈大笑的观众当然会醒悟，难怪整个的剧中表演都会如此轻松，原来这只是一出演示“破镜重圆”的戏，于是，他们的悬念也就并不在苏三的曲折案情了，甚至也并不在如何去抓到真凶了——那只需轻描淡写地交代几句即可——而在于到底何时会看到“大团圆”了。

也就是说，尽管就戏文内容的推进而言，那早已属于观众的预料中事，但他们还是准备好了来看，那犯了错的王公子何时会再次当堂跪下：

> 三姐！适才大堂之上王法森严，怎好相认？三姐莫要生气，我这厢与你赔礼了！三姐！你看我下得堂来，立即前来探望于你。三姐不要生气了，我这厢与你赔礼了！三姐再若生气么，我这厢跪下了！[1]

或者说，观众们已经是在等着听到，那位受到委屈的苏三何时能够唱出：

1 京剧《玉堂春》。

想起当年落娼院，幸与三郎订姻缘。不料我洪洞身遭难，天大的冤屈有口难言。如今苍天睁开言，仇报仇来冤报冤。满面春风下堂转，只得暂住白衣庵。[1]

——在本文的叙述中，这已是戏台上的第三次下跪了，而且一次比一次让我们如梦方醒。

这是何等坚强、又何等善良的人们！正如孔子所教导的那样："或曰：'以德报怨，何如？'子曰：'何以报德？以直报怨，以德报德'。"[2]他们倔强地坚持着，一定要那些高高在上的、为非作歹的人，当场把他们"高贵的"双膝放到地面上来，在大庭广众之前公开认个错。而与此同时，尽管有着满腔的愤怒和满心的委屈，但他们却又并非是不依不饶，反而总是宽容地准备着，只要那犯错的一方能双膝点地跪下去，这件事也就可以到此为止了，反正这日子还是要过下去的。正因为这样，无论在京剧《玉堂春》中王公子的下跪，还是在越剧《碧玉簪》中另一位王公子的下跪，也都立刻就意味着"大团圆"的到来。

顺便说一句，正是在这个意义上，我在前不久发表的一篇文章中，才针对着如此紧绷的中日关系而写道：

---

1 京剧《玉堂春》。

2 《论语·宪问》。

> 让我们坚定地并且充满赞赏地说一句：类似于勃兰特或者村山富市那样的忏悔，其实并没有什么丢人与羞耻，相反倒是这种胶着历史状态的良好解药，所以应当为这种有勇气的行为，真诚而热烈地鼓掌喝彩。——无论从什么意义来讲，他们都应被视作本国的功臣，因为否则的话，正由于自己迟迟不能摆脱历史包袱，反会对邻邦生出更多不应有的疑虑，又给今后带来更多的不安定因素。[1]

说到这里，就必须再次重申一遍，对于如此微妙生动的、满台生风的戏曲，既不能拿着压干成台词的文字，只当作“纯粹的文学剧本”来研究，也不能只以悲剧、喜剧或悲喜剧的外来模式，去“一款不行另换一款”地生搬硬套。从戏园子里的演出实践来看，这虽然主要是一出旦角的唱功戏，然则整个戏班的生旦净丑们，也都不能闲在一旁地白白看着，而需要各显神通地粉墨登场，既让挑大梁的同行们有空歇一歇，也顺便挣来自己当日的饭钱。——正是沿着这种由霍华德·贝克尔率先关注到的、作为一种集体实践的艺术逻辑，中国戏台上的这种众声喧哗的多声

1　刘东：“把东亚还给东亚历史”，《自由与传统》，北京：北京大学出版社，2015 年，第 307 页。

部，也就派生出了“喜怒哀乐”无所不包的真实人情。

> 社会学研究的是“人们如何一起做事”的观念。这是我从布鲁默那里学到的，他的表述是“联合行动”（joint action；我更喜欢说“集体行动”[collective action]，但和布鲁默所说的意思相同）。这意味着，无论我研究什么，我总是会寻找所有参与其中的人，尤其是那些传统上并不被认为很重要的人。而且，更进一步，我将论述所有和我正在探讨的话题相关的事物——尤其是将全部有形的人造物品包括在内——作为人们一起合作制造的产品。一个重大的研究问题就是他们如何协调行动，以制造出相应的成果。[1]

另外，还可把上面的逻辑再推进一步，对于这种由若干人、甚至由若干代人所接续创作的戏文，其实最为重要的，并不在于“还原主义”式的学究回溯，也即去考证其最初母本的原来模样，而在于掉转过来沿着历史的下行，去追踪其不断重构的演化过程。——也就是说，这出“苦情戏”的剧情、表演与唱腔，乃是在迎合多少代观众的共同需求，逐渐朝一个“即不中亦不远”的

1 [美]霍华德·贝克尔：《艺术界》，卢文超译，南京：译林出版社，2014年，第6页。

方向，看似无意和随心地却又是自然而然地漂移着。由此，尽管也许已经找不到为此一锤定音的署名作者了，我们仍然可以说，其实每个剧场、每次演出的参与者，无论他们是演员还是观众，都是这种集体实践的艺术创造者。

久而久之，终于就等到了那么一天：随着剧情、表演和唱腔的变化，大家都会觉得对这出“苦情戏”来说，像《苏三起解》或《女起解》这样的标题，实在显得太过刺眼和太不相符了。试想，谁家的堂会愿意点“起解”这样的戏牌，正如谁家办喜事会点《怒沉百宝箱》的剧情？然而实在说来，这出戏的内容却又是那么喜庆，它的唱腔又那么动听，它的身段又那么婀娜。于是，戏中那位女主人公的、原本带有一点妓院色彩的艺名，也就成为了信手拈来却又得来全不费工夫的最佳选择。——唯其如此，也就有了我们在前边的那一番分析，即“其基本的格调与氛围，都是沿着这个戏名所包蕴的生机而展开的”。

诚然，我们在前边已经指出了，元曲里的《感天动地窦娥冤》，并不就是后来被裁成了半截、以贴合“悲剧观念”的《窦娥冤》，更不会是田汉在《关汉卿》里所臆造的、只反映了“阶级斗争”的《窦娥冤》。但无论如何，即使就是早先那个全本的《窦娥冤》，也只是参照着西方传入的生隔标准，才获得了后来被抬高成的显要地位。而如果循着社会下层的观剧心理，那么，肯定还要数这出亦悲亦喜、化悲为喜的《玉堂春》，才更符合真正老戏迷的典型口味。——同样，人们往往会误以为，像京剧中很叫座的《文昭关》《白帝城》，以及越剧中最拿手的《红楼梦》《梁山伯与祝英台》，都属于原汁原味的本土戏曲；而殊不知，那些被发明出来的“现代传统”，也都经过了新派文人的趣味过滤，从而也都反映出了强烈的西方影响。[1]

当然，说唯有《玉堂春》才更贴合戏迷的口味，那无疑也是因为，无论那出《窦娥冤》经过了怎样的现代改编，也毕竟未能创造出像“苏三离了洪洞县，将身来在大街前……”那样让人回味的唱腔，——它如此的急切、悲愤，又如此的娇嗔、可爱，更如此的忠贞、渴望，简直就是整个京戏曲调的美妙代表；也就是说，社会学规律还要美学向度来增效。不过，如果从更加重要的方面来看，它之所以受到了老戏迷们的钟爱，还是因为只有《玉堂春》的戏文内容，才更贴合下层民众心中的人间生活。——你看，那中间显然有等级的落差、卖笑的屈辱，甚至也有负心的背信、恶意的栽赃；然而与此同时，它终究也还有苦尽甘来、善恶报应、求仁得仁的一面，最起码还有对这种圆满结局的期望与等待。也正因为这样，人生对他们才终究是值得一活的。

无论如何，这种“悲中带喜、悲喜交集”的剧情，当然并不等于纯粹理想中的生活，——既然女主人公几乎从头到尾，项上

1　参阅何恬:《比较视野中的越剧文化》，北京大学博士论文，2009 年。

都是载着沉重木枷的。然而，把所有的“苦辣酸甜”凑到一起，至少照中国人的观剧心理来看，它又无疑更像是现实的生活本身，是可以在其中坚忍和等待乃至呼吁和期求的生活。也许，这还不是李贽、黄宗羲和龚自珍之流的心理——那会表现得更加激愤、透彻与敏感——而只是芸芸众生和市井小民的心理，他们更加安分、妥协、平和与顺遂。不过，也正因为这样，像戏曲与评话这样的艺术创造，才不是发生在精英中国、而是发生在民间中国；而这样的意识活动，势必会顺应着观众的口味而改动，逐渐积分成与正统文本二水分流的、更加贴合下层心理的文化形式。

至于说，这类艺术作品的标准结局，是否果真像以往所批判的那样，属于没有原则的“阶级调和”甚至“屈膝投降”，那就要看它被投入怎样的具体诠释空间中了。一方面，我们在前面已经正本清源地指出了，作为一种冲突的呈现形式和委婉的申诉形式，即使被安排了“大团圆”的虚拟结局，中国的民间戏曲也并不是“一团和气”的，相反它倒是以冲突的展开为前提的，而且也是顶着“圆满结局”的帽子来暴露矛盾的。而另一方面，作为一种良善的随和与常乐的知足，也作为在一种既定统治秩序下的自保策略，中国的民间戏曲也的确倾向于“仇必和而解”，的确是要安排那些作为主要悬念的人间冲突，在一出戏推进的有限时间内，到了“曲终人散”的结尾处，能够得到哪怕是明知虚拟的团圆。

正因为这样，这种艺术形式能否对某个具体的社会结构，显示出具有积极意义的“冲突的功能”，其真正的关键，还要看那个具体空间的弹性与宽容度，以及统治者自身有没有足够的忧患意识。——从事情的正面来讲，如果他们既愿意去正视它，又不会去仇视它，乃至于还愿去容忍这种必要的安全阀，也会去从中听取善意的劝诫，那么，戏曲舞台上所展现的有限冲突，就有可能作为一种预先的警告，来部分地舒缓社会的矛盾，和无形地弥合文化的裂痕。然而，再从事情的反面来讲，如果他们既不愿去正视它，又要去仇视和禁止它，甚至以强蛮暴烈的压力，去堵住任何心气的必要出口，也不再听取任何的好言相劝，那么，这种不再能被正常表现的冲突，就终会外部爆发为破坏性的社会力量。

而无论如何，最后我一定要讲出来的是，尽管那段历史尚未完全过去，就快要被彻底遗忘了，可相形之下，当年得以沉浸在这种戏文中的观众，终究还是要安稳得多、闲静得多，甚至幸运得多。就算充溢于其间的格调与品味，都还只是属于民俗与众生，而与精英小众的求异要求有所差别，然而，只要还有此种“先哭后笑、悲喜交集”的场所，中国普通百姓的日常起居，乃至他们对于道德的信赖，都还是更易于寄托、抚慰与安顿的。而相形之下，如果连对陷入如此绝望中的祥林嫂，我们的作家都还以“死后倒叙”的笔法，来嘲讽她“捐了门槛”的愚昧行为，并马上就安排了她的衰老与死亡，显露出那根本就是痴人说梦和于事无补，那么，这位孤苦无靠的寡妇不就更加可怜、更没指望了吗？——正因为这样，也就有必要再来挑明这一点：当前充溢于中国社会中的可怕戾气，以及由此带来的废墟一般的无序化，尽管并没有其单一的或唯一的原因，却毕竟是同全都以写作悲剧见长的、现代作家中的“鲁郭茅巴老曹”的领军地位，以及他们被如此排他性地及早就编入了中小学教科书之中，暗自地牵连在一起的。

第二章　能否扼住命运的咽喉

——普罗米修斯主题的变奏

一、人类生成带来的冲突

埃斯库罗斯的这出《被缚的普罗米修斯》，包含了最基本和最原初的人生冲突，或者说，它所叙述和寓示的由人类生成的过程本身所带来的悲剧性冲突，构成了人生中所有其他各种悲剧性冲突的基本背景，正因为这样，我们才要把它放到所有的悲剧之前来予以演示。

尽管具体的路径必然不同，可在人类艰难地走向自己“之所以成为人”的荆棘之路上，却必然要经历一系列里程碑式的发明。所以我们也都知道，在华夏一族的相应传说中，在这个文明渐次开辟的起始处，也曾有过黄帝和他的列位臣子，如燧人氏、有巢氏、神农氏、仓颉、后稷等，以及据说是有巢氏的儿子伏羲，他们都向人类提供过最紧要的创造。但即使如此，他们在后人的印象中都仍然属于人类本身，而且正因为这样，他们也才作为开辟文明的列祖列宗，受到了子孙万代的崇敬与纪念。——这当然还是因为，中国文明发展到了轴心期以后，主要是成为了一个现世主义的文明。

无论如何，人类的文明状态的自我确立，总是要从原初的自然状态中，或从草莽、丛林或蒙昧的原始环境中，艰难地挣扎和脱离出来。而在这样的自立过程中，先祖所遭遇的环境给他们带来了怎样的不便或不适，他们就必然要尝试着去发明点什么，从而有针对性地创造出便利或安适来，或者换个表述，是从必然中去赢取哪怕仍属相当有限的自由。——比如，以往的环境给先祖带来了饥饿，他们就学会了渔猎和耕种来更好地果腹；以往的环境给先祖带来了寒冷，他们就发明了衣物和织染来包裹这些裸猿；以往的环境给先祖带来了风雨与危险，他们就发明了用来制造遮蔽的房屋与城池；以往的环境给先祖带来了病痛，他们就发明了医疗之学来营卫身体；以往的环境给先祖带来了死亡，他们就发明了延年之术来延缓这种归期，或者至少在大去之期到来之际能有礼仪来安慰生者的心灵；以往的环境给先祖带来了纷乱、暴烈与不公，他们就发明出纲纪、道义与制度来，以维持基本的安定秩序和渐次拉平各个阶层的差距（用马一浮的话来讲，这在古代中国的制度中正是“礼主别异，乐主合同”）；更不要说，作为所有这些开化活动的必要基础，当有了更精确地自我表达和彼此交流的需要时，他们还创造出了足以纪录上述文明过程的语言和文字……总而言之，我们从古到今逐渐走向人类的历程，都伴随着跟原初的自然状态所进行的抗争。

然而吊诡却也随之发生了。在一方面，人类的每一项发明，都意味着重大的文化进展，都意味着更高地攀入了文明状态，从而也都意味着让我们的生活更加安适。可在另一方面，人类的每一项发明，却又都有可能为我们带来反作用力，而且，还不光是技术的发明是这样，也包括科学的发明、艺术的发明、道德的发明、制度的发明，等等，都有可能表现为诡异的、造成自我伤害的“飞去来器”。这后一种出乎意料的结果，可以被称作文明发展的意外代价。也正因为这样，即使在相对较为温和的中国，也是对这种文明的负面后果，有着相当早熟而明确的认知，比如从老子“绝圣弃智，民利百倍”[1]的说法，到苏轼“人生识字忧患始”[2]的说法。

我们也知道，这些情况在古希腊那边，不光是同样表现出来了，而且还表现得尤为激烈。正因为这样，古希腊人就把自己所遭遇的困境，无论是原生的还是次生的，全都归结为一种可怕的“命运”。或者说，他们在一种神话性的思维方式中，是在把自己所要反抗的原初对象，以及在这种反抗的过程中，又意外形

1 《道德经》。

2 苏轼:《石苍舒醉墨堂》。

成的前所未知的阻力，全都看成是受到了“命运”的捉弄。由此一来，在古希腊人的世界观中，这种“命运”（*tuchē*）与“人力”（*gnōmē*）的无所不在的冲突，也就可以代表人世间的一切冲突，或者说，成为了人世间一切冲突的根源。

当然，这也正是悲剧诞生的基本背景——尽管我们又不能把它的发明，仅仅归因于这样的背景——正如两位法国学者就此指出的：

> 悲剧意识产生的前提是：必须要将神的世界和人的世界相对立地区分开（也就是说，必须首先区分人的本质这一概念），并且它们必须始终共存，不可分割。责任的悲剧含义，是在人类行为成为思考和内心冲突的对象时产生的，但人类行为当时还未获得足够的自主地位，因此也无法实现完全的自我掌控。悲剧的领域就位于这一边缘区，在该范围内，人的行为与神力相伴而行，并揭示出被忽略的人的行为的真正意义，人主动发起了行为，并为其负责，又将其置于超越自身、无法掌控的秩序中。[1]

1 ［法］让－皮埃尔·韦尔南、皮埃尔·维达尔－纳凯:《古希腊神话与悲剧》，张苗、杨淑岚译，上海：华东师范大学出版社，2016年，第76—77页。

事实上，这种分裂的背景之所以如此浓重，或者说，这种对于人世间所有冲突的归纳，之所以显得如此带有根本性，从而之所以对我们显得如此可怕，是因为即使文明的开化发展到了今天——或许还正因为是发展到了今天——我们都无力从根本上去消解它。也正因为这样，一方面固然可以说，人类是由于各种文明的共同开辟，才在这个星球上齐步发动了“进步”的事业，另一方面却又可以说，他们偏偏又是走到了今天的光景，才更加首鼠两端地疑心起来，弄不清这种“进步”就其本性来说是否可能。

我们首先需要检省的就不是围绕“进步”问题的种种具体见解，而是所以形成这种众说纷纭局面的认识论基础。一旦着手处理此类历史哲学的方法论问题，我们就会和 Kant 一样，感到“进步”概念属于形而上学的范畴，即由于缺乏具体的直观对象而注定只能是空洞的。也就是说，如果我们不是神，如果我们并不具备一种“理性直观”来放眼望尽无限，如果我们不可能稳固地把握住标志着至善的人类历史终点（就像 Karl Jaspers 在《历史的起源和目标》里所企图做到的那样），那么，我们终究就不能判定人们是否在向一个可靠的目标“上升”，而“进步”也就和“物自体”一样在本质上被排除到了认识之外。[1]

这种夹带着至深冲突的文明进展，或者伴随着文明进展的至深冲突，也正是希腊悲剧文化的根本肇因。由此也便导致了，在一方面，由于希腊人的宇宙图式与中国的不同，或者更具体地说，由于在那个半岛上仍然通行着“天、地、人、神”的世界模式，这种人类文明的开端在希腊的神话里，就表现为由普罗米修斯进行僭越的“盗火”行为；于是在另一方面，跟中国那些曾经“赞天地之化育”，而“与天地参”的文明始祖不同，这位据说是帮助了甚至造就了人类的神祇，却只能及早地登上了悲剧舞台，去诉说和发泄郁结在心中的悲愤，或者也可以说，是同样也帮助人们造就了独特的悲剧文化。

在这座由祭台发展而成的舞台上，一般来说是代表着社会公议的歌队长，曾跟普罗米修斯发生了这样的对话：

歌队长：除此而外你没有犯什么其他过错？

普罗米修斯：我还让会死的凡人不再预见死亡。

歌队长：你为治疗这疾病找到什么良药？

1 刘东：“多元标准下的进步概念”，《近思与远虑》，杭州：浙江大学出版社，2014 年，第 23 页。

普罗米修斯：我把盲目的希望放进他们的胸膛。

歌队长：你给予了凡人如此巨大的好处。

普罗米修斯：不仅如此，我还把火赠给了他们。

歌队长：那生命短暂的凡人也有了明亮的火焰？

普罗米修斯：凡人借助火焰将学会许多技能。

歌队长：宙斯以这些罪过把你——

普罗米修斯：他因此这样凌辱我，永远不让我脱离苦难。

歌队长：难道对你的这种惩罚没有定时限？

普罗米修斯：没有，除非到了他认为合适的时候。[1]

尽管在这里还没有明说，然而在古希腊的传说中，却还有更进一步的内容，那就是就连这个人类本身，也是普罗米修斯按照自己的样子创造的。当然，用不着费尔巴哈等人的提示，我们也可以把这种说法理解为：在一方面，在古希腊的神话传说中，是由普罗米修斯按照自己的形象，来创造了我们人类现在的这副样子；可在另一方面，或在实际的历史过程中，则是由人类按照自己的样子，再放大地造出了普罗米修斯的形象。——可以再换一

1 ［古希腊］埃斯库罗斯等:《古希腊悲剧喜剧全集》，第一册，张竹明、王焕生等译，南京：译林出版社，2007 年，第 170 页。

个说法，在一方面，人类是把自己创造出来并引以为傲的人性，萃取其精华并当作了一种超越的神性，从而给自己制造出了一个想象的开端；而在另一方面，借助于这种作为外在镜像的神性，他们也就正当化了自己的来源，从而为自己的继续发展找到了支点。

那么，这种作为独特生命体的人类，到底是怎么形成的呢？或者，正如高更在一幅画的标题中所追问的，到底“我们从哪里来，我们是谁，我们到哪里去”呢？尴尬的是，正因为我们恰乃这个人类本身，或者说，恰恰置身于这个物种的演化途程中，所以这问题对于我们来说，就必然带有永恒的神秘性。对于这样的问题，在我们远古的先民那里，也曾有过“女娲以黏土造人”的传说，而在稍晚出现的基督教那里，也有过“耶和华七日造人”的故事。而如果再环顾人类的其他文明，大抵也都有诸如此类的追问，以及基于当时智力水平的回答。在这个意义上，有关普罗米修斯的希腊传说，既是出现在达尔文的学说面世之前，也就同样属于对于人类之由来的一种解释。或许正是因此之故，即使在号称“高科技”发达的当代美国，前不久还有人偏就利用这种“高科技”，一而再地拍摄出了题为《普罗米修斯》的电影，——那几乎就是站在基督教的顽固立场上，来跟达尔文的生物学说大唱反调，宣扬人类的基因并非自然演化的，而仍是从外层空间中被输送过来的。

也正因为这样，尽管众神出于其高高在上的立场，也许会并不赞同普罗米修斯的行为，从而迫使他在悲剧舞台上悲愤地抱怨：

> 然而我为何嗟叹？我能够清楚地预知
> 一切未来的事情，决不会有什么灾难
> 意外地降临于我。我应该心境泰然地
> 承受注定的命运，既然我清楚地知道，
> 定数乃是一种不可抗拒的力量。
> 然而无论是诉说我的遭遇，或者缄默，
> 都是何等难啊，只因为我把神界的宝物
> 赠给人类，才陷入如此不幸的苦难。
> 我曾窃取火焰的种源，把它藏在
> 茴香杆里，这火种对于人类乃是
> 一切技艺的导师和伟大的获取手段。
> 我现在就由于这些罪过遭受惩罚，
> 被钉在这里，囚禁在这开阔的天空下。[1]

但无论如何，如果是基于我们本身的主观立场，人类自己却

1　埃斯库罗斯等:《古希腊悲剧喜剧全集》，第一册，第 170 页。

没有理由不去讴歌他，既然正是他把文明的手段带给了人类，由此帮助自己开始从必然走向自由。通过柏拉图的《普罗泰戈拉篇》，可以知道在希腊的相应传说中，所谓普罗米修斯的意思是“先见之明”，而他还有位粗枝大叶的弟弟，名叫爱比米修斯，意即“后见之明”。这位弟弟曾负责向动物分配本领，而出于不让任何种类灭绝的原则，他就赋予这种动物以力量或勇猛，又赋予那种动物以速度或敏锐，可偏偏在轮到了人类的时候，他却性急地早把性能的宝库给分配光了。于是，当他的兄长普罗米修斯看到，所有其他动物都各有其所长，唯有人类却既无速度也无力量，只有一个赤裸裸的无所遮蔽的身体，所以为了挽救人类的悲惨命运，这位勇于替人类受过的神明，才从赫菲斯托斯和雅典娜那里，为人类偷来了创造技术的能力和火。这种情况，使我们不禁想起现代人类学家德斯蒙德·莫利斯在达尔文之后对于人类的那种赤条条的描述——“裸猿”。[1]而我们也都知道，这种在对比中的自我发现，到了中国式的人文世界，又正是所谓“假舆马者，非利足也，而致千里；假舟楫者，非能水也，而绝江河。君子生非异也，善假于物也。”[2]当然，希腊那边毕竟还属于神话的世界，还只能对这些进行神话式的表达。不过无论如何，我们透

1　参阅［英］德斯蒙德·莫利斯:《裸猿》，何道宽译，上海：复旦大学出版社，2010年。
2 《荀子·劝学》。

过这个神话还是可以想象出，希腊人之所以创造出了这样的故事，也正是出于对于自身文明成就的骄傲，或者怀着喜悦来回顾自己的侥幸成功。

事实上，我们正在论述的关于人类的赞歌，缘于把技术成就归属于人类自身。几乎很少提到神的相助或介入。在埃斯库罗斯《被缚的普罗米修斯》中，是提坦巨神之子普罗米修斯把技术——以火的技术形式——从神祇那儿偷给了人类，而在索福克勒斯的“人颂”中，则宣称是人类凭借自己的力量取得了这一切成就的。尽管在这首颂歌中提到了哈迪斯（冥神）和盖娅（大地之母），但是主要是把他们作为反对人类努力的力量。在这场斗争中，“永恒不倦”的盖娅甚至似乎处境糟糕，因为她年复一年地被人类耕耘着，并由此被迫把她的宝藏给予了人类。在第一印象中，颂歌开端的数行也有助于对人类科技的积极评价，这里引用如下：“奇异的事物虽然多，却没有一件比人更奇异。”[1]

1 ［荷兰］约斯·德·穆尔：《命运的驯化：悲剧重生于技术精神》，麦永雄译，桂林：广西师范大学出版社，2014 年，第 188—189 页。

然而又不无吊诡的是，还是在同时同地由同样的一批希腊人，偏又以这位富于牺牲精神的普罗米修斯为题，创造出了他们最早的悲剧剧作，或者至少也是他们最早的这类剧作之一。这中间的原因看来又在于，他们在肯定他为自己“盗火”的同时，却也心怀惶惑甚至不无抱怨地发现，他又同步地为自己招致了很多的冲突。——而悲剧这种独特的文化形式说白了，亦无非是针对这些人生冲突的、具有前哲学特点的呈现。普罗米修斯的这种副作用，或曰人类在自我生成时的副作用，反映到了希腊的神话式解释中，就表现为由于他总是偏向于袒护人类，而惹得众神之神宙斯大为光火，于是便制造了一个美丽的祸害潘多拉，让她为人间世带来无穷的灾难，使人类永要为这些冲突而感到痛苦。

> 赫西俄德讲述了提坦的儿子们与宙斯作对的一系列故事，这是其中的一部分。普罗米修斯是这个提坦的一个儿子。当神与人还在一起生活之时，他试图欺骗宙斯，将被宰杀的公牛的白骨外面包裹上肥油献给宙斯，将肉和内脏用瘤胃包上，使其看起来很难看，以留给凡人。虽然宙斯识破了这个诡计，但他并未戳穿它。“由此，地上的凡人在芳香的祭坛上焚烧白骨，以献给不死的天神。”这一事件造成了凡人与天神的分离，并导致一系列复杂事件的发生。宙斯在一怒之下禁止人类取得

火种，普罗米修斯为凡人盗回，宙斯再次被激怒，他创造出一个女人，成为对男人的诅咒。因此，这个献祭起源的故事对分解动物牺牲的行为做出了两个层面的诠释，其既是凡人与天神疏离的一个标志，也是弥合这种疏离的一个方法。[1]

由此，我们也就看到了希腊性格的两面性，而这种不断轮流翻转的两面性，与其说是出于心理上的矛盾，毋宁是出于同样矛盾的历史根源。所以，在这方面也就确实如罗素所说，正是在围绕普罗米修斯的问题上，希腊人在理智或热情上的爱走偏锋，才最为突出地同时暴露了出来：

> 虽非所有的希腊人，但有一大部分希腊人是热情的、不幸的、处于与自我交战的状态，一方面被理智所驱遣，另一方面又被热情所驱遣，既有想象天堂的能力，又有创造地狱的那种顽强的自我肯定力。他们有“什么都不过分”的格言；但是事实上，他们什么都是过分的，——在纯粹思想上，在诗歌上，在宗教上，以

1 ［英］西蒙·普莱斯:《古希腊人的宗教生活》，邢颖译，北京：北京大学出版社，2015年，第41—42页。

及在犯罪上。当他们伟大的时候，正是热情与理智的这种结合使得他们伟大的。单只是热情或单只是理智，在任何未来的时代都不会使世界改变面貌，有如希腊人所做过的那样。他们在神话上的原始典型并不是奥林匹克的宙斯而是普罗米修斯，普罗米修斯从天上带来了火，却因此而遭受着永恒的苦难。[1]

我们甚至还可以说，正是从这个文明的起点之后，希腊的乃至西方的性灵本身，就总是在这样的两极中震荡着和惶惑着。从一个方面来说，在那个文明草创的初始阶段，由于惊异于那些简直堪比“神迹”的发明，希腊人对于自己对抗“命运”的能力，或者说，对于自己发明出一种技术或机巧，以便驾驭或借用那种“周天之数”的能力，还是有着相对笃定的自信和喜悦。——有意思的是，正如我们在现代语义中也可以感受到的，尽管那“命运”仍然属于无处不在，然而人类一旦有能力趋利避害，它在语义上就不再意味着“宿命”，而只是意味着“机运”或“运气”了。所以，就像玛莎·纳斯鲍姆所写到的，当时的大哲学家苏格拉底/柏拉图，正好就代表了这种想要战胜“命运”的倾向，从

1 ［英］伯特兰·罗素:《西方哲学史》，上卷，何兆武译，北京：商务印书馆，1963 年，第 46 页。

而就表达了一种坚定的历史“进步”观念：

> 公元前5世纪后期的雅典，柏拉图的青年时期，是一个非常动荡不安而又交织着对人类的力量充满自信的时代。如果说人类的生活这时似乎完全受制于运气，那么同时，雅典人又比任何其他时代都更加深信社会进步可以使我们摆脱运气的影响。这种希望表现在这样一个对比和故事中：境遇或运气与人类技艺或科学的对立；以及经常相伴随地讲述人类如何通过技艺进步和发明而战胜运气。柏拉图的《普罗泰戈拉篇》讲述的正是这一时期的故事，他批判了雅典人保守的解释，提出了一个哲学解决方法：苏格拉底论证说，只有我们发展出一种崭新的科学，一种在计数和测量中融入了实践慎思的科学，才有可能在人类的社会生活方面取得决定性的进步。[1]

不过与此同时，希腊人却又难免从心里有点打鼓，否则他们所想象出的普罗米修斯神话，也就不会如此的复杂与纠结，从而向后人开放出如此多重的解释可能了。耐人寻味的是，我们如

1 ［美］玛莎·纳斯鲍姆：《善的脆弱性：古希腊悲剧和哲学中的运气与伦理》，徐向东等译，南京：译林出版社，2007年，第117页。

果再向上来回溯，在他们口耳相传的神话传说中，竟还有过一个人神和谐共处的“黄金时代”，尽管他们分别属于“有死者”和“永生者”。正因为这样，这个由人类追求自我生成的进程，如果从另一个角度来看，却又可悲地属于打从神界上的分裂与衰落。由此可见，这些希腊人是既觉得自己是在进取中仿佛偷得了或学到了神技，却又疑心自己这么做或许不免是在越界地渎神，从而既在为文明的节节突进而感到自豪，却又疑心这种突进或许已经开始有些失控，更不知道自己由此会被牵引向何方，——而所有的这些疑惑或纠结，其实也都反映到普罗米修斯这个形象中了：

> 智慧和技艺当然离不开火，普罗米修斯盗出的火包含了智慧和技艺的双重性。人类手中的火来自神，它是一种力量，在祭礼中，人通过火的中介找到自身的位置。但火并不是人类的力量，它不是人类的财产，而毋宁说是一种驯服的力量，一旦它挣脱技术的控制，就会显露出它的暴力。在这种暴力面前，人则显得无能为力。在人手中，火又一次体现了在消亡中显现的原则。[1]

1 ［法］贝尔纳·斯蒂格勒：《技术与时间：爱比米修斯的过失》，裴程译，南京：译林出版社，2000 年，第 228 页。

由此，我们从这种“从神界堕落下来”的说法中，还可体会出另一种永恒的困顿，而那困顿也仅仅属于这些人类本身，那就是我们一方面既有点像神明，又有点像动物，另一方面却既不是神明也不是动物，而只能在那两造之间踟蹰与徘徊、摇摆与震荡。正因为这样，既然普罗米修斯的“盗火”过程，就代表着人类及其人性的生成，那么，人们就难免要在自我讴歌之余，又对自己的能力、地位与前途，都生出一种无名的迷惘、猜疑与失望。特别是，一旦他们中的有识之士又看到，居然所有的文明进展与技术发明，都会带来人类欲望的进一步萌生，而那不断成倍增长着因而永远难以填满的欲壑，则又总要拖拽着历史去向下沉沦，那么，他们就更要对“盗来”的“火种”表示疑虑甚至悲观了。——事实上，在中华文明的开辟之初，尽管这里更属于一个人文的世界，也同样出现了对于文明本身的怀疑，除了前边已引证过的老子之外，我们还可以沿着他再举出庄子的说法，比如他讲的“圣人已死，则大盗不起，天下平而无故矣。圣人不死，大盗不止，虽重圣人而治天下，则是重利盗跖也。”[1] 再顺便说一句，也正因为注意到了庄子所表达的这种观点，李泽厚老师才会认定他具有所谓“反异化”的倾向。[2]

---

1 《庄子 · 外篇 · 榷箧》。

2 参阅李泽厚：“漫述庄禅”，《中国古代思想史论》，北京：生活 · 读书 · 新知三联书店，2009 年，第 186—200 页。

二、同命运搏斗的现代史

凭着他向称广博的历史学识，汤因比进行过这样的思想比较：

> 在基督徒的信念中，以色列的神以自己的形象创造了人类，通过使自己化身为人，为其所创之人提供了一条救赎之路。但对犹太人而言，这种有关神的化身的激进基督教学说，作为一种神话，是渗透进犹太教的亵渎，也是希腊异教中所有最为败坏的错误之一；它背叛了犹太教在苦难历久的努力中取得的成就——净化和升华了人对神性的眼界，本不应该有任何正统的犹太人敢接受它。只有加利利人犯此弥天大罪，那是因为早年间加利利在公元前最后一个世纪被迫皈依犹太教之前已经受希腊影响了 250 多年。[1]

尽管如此，我们仍需要敏感地关注到，这种毕竟是在代表耶路撒冷来跟雅典拉开距离的基督教，就其主要倾向而言仍要归属于亚伯拉罕宗教。也正由于这一点，我们在这里所讨论的希腊悲剧，一旦步入了西方的中世纪，遭遇到这种强把一切都给解释开

1 ［英］阿诺德 · 汤因比:《希腊精神》，乔戈译，北京：商务印书馆，2015 年，第 15 页。

的一神教，也就得不到任何的容身之地了，盖因曾被它着力凸显过的、那些曾被永远想不通的人间冲突，到这时就会被全知全能的上帝给彻底覆盖了。

由此顺理成章的则是，既然基督教的神学里已容不下任何人间冲突，那么，也就只有等到宗教势力再在欧洲大地上式微，悲剧这种源自希腊的文化形式才会再度复活起来，正如约斯·穆尔就此所叙述的：

> 确实，《圣经》包含了一系列悲剧的时刻——可以想一想约伯的例证，他的信念受到了撒旦或耶稣的严峻考验，备受煎熬，相信自己的圣父已经抛弃了他，但由于最终总是会有补偿与正义，因此，悲剧被缄默了。根据斯坦纳的看法，悲剧作为一种艺术形式，在那些日子里也不再有安身立命之所。在早期现代性中，悲剧从其昏迷状态里短暂地复苏。在这段时间里，基督教失去了其不证自明的权威，手头已经没有了“合理的选择”。[1]

而我们在这里主要关注的普罗米修斯形象，也才会再次借助于人们的阅读和想象而降临人间。自那以后，我们便可以把针对

1　约斯·德·穆尔:《命运的驯化：悲剧重生于技术精神》，第105页。

普罗米修斯的近代解释，以及围绕这种解释的不断翻新与变异，当成一种难得的样板或缩影，来窥视人们在后世曾有过怎样的自我形象。

还是先从埃斯库罗斯的早前舞台说起。——尽管忍受着日复一日的痛苦，一旦说到他对于人类的“启蒙”，普罗米修斯还是感到相当的自豪：

> 我并非出于讥笑，描述此前的人类，
> 只是想说明我为何如此给他们恩惠。
> 从前他们枉然视听，却视而不见，
> 听而不闻，如同梦幻中经常出现的
> 种种浮影，在浑浑噩噩之中度过
> 漫长的一生。既不知道用砖瓦建造
> 向阳的房屋，也不知道使用木料，
> 而是如同渺小的蚁群，藏身于土中，
> 居住在终日不见阳光的洞穴深处。
> 对于严寒的冬季、百花繁茂的春天
> 和果实累累的炎夏，他们从不知道
> 任何可靠的征候，而是盲目地从事
> 一切事情，直到我教会他们认识
> 各种星辰难以辨认的升起和下沉。

我为他们发明了最精深的科学数字，
为他们发明了字母的组连，各种事情的
记忆基础，各种艺术的孕育和庇护。
是我首先把野兽驾在各种轭下，
使它服从轭辕，背负各类货鞍，
好为人类承担各种巨大的重负，
还把经过调驯的马匹驾在车前，
成为享受富裕豪华生活的装饰。
不是其他哪位神明，仍是我发明了
供水手们漫游于海上的带帆的大车。
不幸的是我为人类发明了这许多技巧，
现在为自己却找不到聪明的办法，
使我摆脱现在正忍受的这种苦难。[1]

由此也便可想而知，在那个狂飙突进的启蒙时代，这种大力去开启民智的神明形象，一定会使当时的人们为之心仪，那正代表了他们的自强与自尊。也正因为这样，当时的德国诗人歌德才会假借普罗米修斯之口，来向万神之主宙斯这样反唇相讥，——或者不如说，是向过了时的宗教势力发出自己的挑战：

1 埃斯库罗斯等:《古希腊悲剧喜剧全集》，第一册，第 172 页。

要我尊敬你？为什么？
你可曾减轻过
负重者的苦难？
你可曾止住过
忧戚者的眼泪？
将我锻炼成男子的
不是那全能的时间
和永恒的命运吗？
它们是我的主人，
也是你的主人。

你也许妄想
我会仇视人生，
逃进荒漠，
因为如花美梦，
并未全部实现？

我坐在这儿塑造人，
按照我的模样，
塑造一个像我的族类：
去受苦，去哭泣，

去享受，去欢乐，
可是不尊敬你——
和我一样！[1]

再到了热情如火的英国诗人雪莱那里，便更要对原有的悲剧结局表示不满，而干脆另起炉灶地写了一出有名的诗剧，让普罗米修斯当年拒不说出的那个秘密终于开始生效，从而让作为人类压迫者的宙斯也终于被从宝座上掀翻下来，——到了那个时候，代表历史趋势的“时辰”便会和代表整个世界的精灵一齐欢唱：

战利品已经得到，
任务，已经完成，
我们已可自由下潜、高飞或奔跑；
在以黑暗包裹在
世界周围的疆界
之内、四周或是超出那限度以外。

我们将在星空下

1 ［德］歌德：《普罗米修斯》，《歌德抒情诗选》，杨武能译，桂林：漓江出版社，2012年，第33—34页。

从它的眼前经过
到翻滚着白浪的海洋深处去居住：
死亡、混乱和黑夜
听到我们的飞行声
就会逃遁　像迷雾远避开暴风骤雨。

大地空气和光明，
和在星星火焰般
航程中围绕他们驰驱的力的精灵；
爱、呼吸和思想，
不论在何处飞航，
我们都需要赖以战胜死亡的力量。
而我们的歌声
将在松散的虚空
建造世界，主宰它的是智慧精灵；
我们将接受构筑
崭新人世的蓝图，
我们的工程该叫普罗米修斯工程。[1]

1 ［英］雪莱：《普罗米修斯的解放》，《雪莱全集》，第四卷，江枫译，石家庄：河北教育出版社，2000 年，第 211—212 页。

因此就可以说，在那个人类不断向上攀援的现代精神历程中，普罗米修斯的形象完全是属于正面的，甚至可以说，这位神明已经越来越缺少神话的色彩，而越来越显得恰正是人类自己的形象。在此同时，他由于偏爱人类而遭受的苦难，也更像是人类本身为了追求“进步”而付出的代价，而且，还正是这种必付的苦难代价，更帮助人类找到了自我感动的由头，并从中发现了自身生命的崇高价值。——正如美国学者维塞尔所写到的：

> 显而易见，普罗米修斯在自己的存在中找到了足够的力量，能够忍受和克服生存的“考验和磨难”，无需寻求外界神祇的帮助。借助这种力量，他获得了一种无需依赖众神的、内在的、自足的独立，即他的自我意识。与独立性相伴的是普罗米修斯的自我意识：他必须按照自己的形象建立自己的世界，他创造的世界。因为拥有自足的力，普罗米修斯拒绝把那个世界献给众神，那是他为自己创造的世界。柯蓝尼（Karl Kerenyi）指出：“歌德的普罗米修斯……是人类完整的原型，是第一个反叛和肯定自身命运的人。作为首位地球居民，他是反神者，是地球的主宰。”因此，创造性、独立性和力量之类的概念，都可以贴切地形容普罗米修斯式存在。

这种存在以自身为价值核心。[1]

也正是在这样的历史语境下，正值血气方刚之年的贝多芬，才会写出他那首序曲《普罗米修斯的生民》(1800年)，以讴歌在他心目中的崇高形象，或者说，是去讴歌那些能够“把人缔造得更像人”的、过去或现代岁月中的英雄们。而令这位作曲家略感遗憾的是，这首乐曲由于受到当时编舞的限制，未能充分表现出令他心折的英雄气概，所以，贝多芬紧接着又在四年以后，接着写出了那首不朽的《英雄交响乐》(1804年)，并且直接就在它的第一乐章和第四乐章里，采用了《普罗米修斯的生民》终曲的旋律主题。此外，在这两次创作的间歇即1802年，贝多芬还同样利用了这个主题，创作了另一首《降E大调英雄主题变奏曲》。

说到了这里，也就可以从更加宽广的思想层面，来澄清音乐史中的一个谜团了。以往只要一提及贝多芬的《第三交响乐》，就会想到他原打算题献给的那位拿破仑，尽管他后来已经撕下了那部乐谱的首页，因为波拿巴的称帝背叛了他的自由理想。然而，上面的背景回顾却明白地告诉我们，即使他心中的那个拿破

1 [美]维塞尔:《普罗米修斯的束缚——马克思科学思想的神话结构》，李昀、万益译，上海：华东师范大学出版社，2014年，第79页。

仑形象，曾帮助过贝多芬去捕捉乐思的灵感，然而他情不自禁地总想去讴歌的，毕竟还只是一位大写的或抽象的“人”。正因为这样，此番我们通过普罗米修斯的神话形象，肯定要比经由拿破仑的世俗形象，更能准确地探入贝多芬充满激情的内心，——换言之，就算在这个充满有限性的俗世中，永远都找不到这种高尚情操的对应物，他也仍要为它一再地发笔去谱曲，既然那奋起对抗“命运”的英雄主题，早已充溢于他那鼓荡不平的胸腔了。

顺便再来说一句，正是要溯源于这种作为文化标杆的英雄形象——我们后来从卡莱尔的相关论述中，可以读到它最典型的理论反映——当然也得益于意大利美声唱法的发明，后来才在西方歌剧的辉煌舞台上，创造出了气大声宏的英雄男高音，它总能为观众们送去力拔千钧的气势，并且哪怕是直到今日，都还能向我们送来那振聋起懦的鼓舞。——正如我以前曾经在一篇短文中为之赞叹的：

> 当我写下这些文字的时候，恰值帕瓦罗蒂造访北京，进行他的告别巡回演唱。于是，就很想把这篇短文献给这位歌王——这位曾经带给我如许欢乐与鼓舞的“英雄男高音”。我想对他说，正如我刚刚写下的那样，尽管一位歌者的身体乃至生命，终将有退隐的一天，但他在咏叹之年所发出的那一片拔山盖世的歌声，却是永

远不会老去的。[1]

当然话说回来，不管曾经怎样地为之点染，我们终究还是不应当忘记，这种“拔山盖世”的英雄形象，还是源于古代希腊的悲剧舞台，还是源于有关普罗米修斯的悲壮传说，因此说到根源上，还是源于各种各样的、而且无休无止的人间冲突。——甚至可以说，也正因为有了如此令人烦恼的冲突，和如此令人苦痛的“命运”，从而激发起了不屈不挠的、令人激奋的斗志，才把“悲”和“壮”紧紧地联系到了一起，才更显得需要、从而也才造就了那些顶天立地的、让人们不禁为之动容的英雄。

由此，就不禁想起了马克思早年的博士论文。想当年，这位青年黑格尔派的成员，也曾受到过埃斯库罗斯剧诗的点染，因此也曾在自己的论文中豪情干云地写道：

> 哲学并不隐瞒这一点。普罗米修斯的自白
>
> “总而言之，我痛恨所有的神”
>
> 就是哲学自己的自白，是哲学自己的格言，表示它反对不承认人的自我意识是最高神性的一切天上的和地上的神。不应该有任何神同人的自我意识相并列。

1　刘东：“咏叹之年”，《道术与天下》，第Ⅵ页。

对于那些以为哲学在社会中的地位似乎已经恶化因而感到欢欣鼓舞的可怜的懦夫们，哲学又以普罗米修斯对众神的侍者海尔梅斯所说的话来回答他们：

“我绝不愿像你那样甘受役使，来改变自己悲惨的命运，

你好好听着，我永不愿意！

是的，宁可被缚在崖石上，

也不为父亲宙斯效忠，充当他的信使。”

普罗米修斯是哲学历书上最高尚的圣者和殉道者。[1]

正因为这样，莱泽克·科拉科夫斯基才会做出总结，认为在马克思的三大思想主题中，其一乃是所谓“浪漫主义主题”，即对于现代性的怀疑与反拨，其二可以说是“科技进步主题”，即对于理性与启蒙的坚定信念，而其三正是“浮士德—普罗米修斯动机”：

马克思著作中经常重现的普罗米修斯式的想法是：相信人作为自我创造者无限能力，对传统和过去崇拜的

---

1 ［德］卡尔·马克思：《德谟克利特的自然哲学和伊壁鸠鲁的自然哲学的差别》，《马克思恩格斯全集》，第一卷，北京：人民出版社，1995年第2版，序言，第12页，楷体字为引者为表强调所改，本书余同。

蔑视，历史看作人类通过劳动的自我实现，以及相信明白的人类将从未来获得他们的“诗”。马克思的普罗米修斯主义当然属于特别的一类，主要是它指的是人类而不是个人……马克思确信无产阶级这个集体普罗米修斯在全球革命中会彻底消除个人利益和人类利益的长久矛盾。在这方面，资本主义也是社会主义的前驱。资本主义粉碎了传统的势力，蛮横地把各民族从沉睡中唤醒，彻底变革生产，解放新生的人力，于是创造了一种文明，人类头一次能表明会做什么事，尽管到此人的本领还是具有非人类的形式或反人类的形式。谴责资本主义，希望以此挡住它胜利前进，或改变前进的方向，这是滥用感情，可怜又可鄙。征服自然一定会向前进行；下一阶段，人们将做到控制进步的社会条件。[1]

而针对科拉科夫斯基的上述判断，维塞尔不仅表示了完全赞同，还总要做出进一步的深化与总结，即“前两个主调乃是第三个的功能。换而言之，在马克思的思想中，普罗米修斯的作用远远超过了一个神话诗性象征的作用。”[2]

---

1 ［波兰］科拉科夫斯基:《马克思主义的主流》，第一卷，马元德译，台北：远流出版公司，1992 年，第 463 页。

2 维塞尔:《普罗米修斯的束缚——马克思科学思想的神话结构》，第 67 页。

不过，马克思的复杂性当然还远不止此。如果考虑到了，这位思想家还无巧不巧又正是一位犹太人，那么我们无论如何也很难想象，他的头脑结构在我们的文化解析方程中，居然会单纯只显现出希腊文化的元素。——而事实恰恰相反，由于那本哲学史著作在汉语中翻译得比较早，所以伯特兰·罗素在其中的相关说法，至少对于我们这一代人来说早已是耳熟能详的，而它说明马克思主义潜在的文化方程式也同样是介乎“两希”之间的：

> 犹太人对于过去和未来历史的理解方式，在任何时期都会强烈地投合一般被压迫者与不幸者。圣奥古斯丁把这种方式应用于基督教，马克思则将其应用于社会主义。为了从心理上来理解马克思，我们应该运用下列的辞典：
>
> 亚威＝辩证唯物主义
> 救世主＝马克思
> 选民＝无产阶级
> 教会＝共产党
> 耶稣再临＝革命
> 地狱＝对资本家的处罚
> 基督作王一千年＝共产主义联邦
>
> 左边的词汇意味着右边词汇的感情内容。正是这种

夙为基督教或犹太教人士所熟悉的感情内容使得马克思的末世论有了信仰的价值。[1]

不过无论如何，我们还是这么可以说，毕竟是那个源自希腊的普罗米修斯主题，像这位神明在悲剧的舞台上所坦然自述的那样，把“盲目的希望”放进了人们的胸膛，才诱使这位犹太思想家就想在凸凹不平的地面之上，凭靠着技术的进步和理性的力量，来兴建一座显现于人间的“上帝的天城”。[2]在这个意义上，又令人不禁想起了希腊人在这个方面的相当宝贵的反向意识。这也说明，神话思维尽管比理性思维模糊，却往往能下意识地比后者照顾到更多侧面，使得人们仿佛在信手拈来之际，就可以在讲述普罗米修斯故事的同时，也讲到了那位手持灾难盒子的潘多拉，从而告诫我们在一心憧憬着“好运”的同时，也时刻警觉不要被可怕的“宿命”所劫持。——这也就是为什么，即使到了加缪的那个更要凸显荒谬性的时代，他也还是能从希腊的神话中发现新的资源，从而创造出更具有现代意义的“西西弗斯的神话”。

---

1 伯特兰·罗素:《西方哲学史》，上卷，第447—448页。

2 参阅［美］卡尔·贝克尔:《18世纪哲学家的天城》，何兆武译，北京：北京大学出版社，2013年。

三、人类自身的罪还是过？

还是凭着他向称广博的历史学识，汤因比又进行过这样的思想比较：

> 若以传统犹太教—基督教—伊斯兰教的语言来讲，我们会说，希腊人把人视为“创造之主”，并且将人作为处于神之地位的偶像来崇拜。人类崇拜或人文主义，并非希腊特有的偶像崇拜形式。在一切时代和地域的文明进程中，这种观念一直是拜人宗教的特征。比如，在今天的西方世界，尽管事实上还不够公开，这种宗教就明显拥有主宰地位。西方人是人类集体力量的热烈崇拜者，尤其是崇拜自己通过实际运用现代西方物理科学家的种种发现而克服人类之外的自然界的力量。18世纪的西方理性主义者和15世纪的西方人文主义者，也以自己的方式同为人类崇拜者。希腊人文主义经验若有何与众不同，那就是，在时至今日的记载中，希腊人最为专注和坚定地实践了人类崇拜。[1]

1 阿诺德·汤因比:《希腊精神》，第10页。

由此也就触及了一个经常被隐藏掉的问题。在现代汉语的日常说法中，苦于以往那些“目中无人”的残酷运动，很自然地会代之以“以人为本”的口号，缘此，如今在自上而下的普遍观念中，都以为这个原则总算是天经地义的了，既很符合中国古代的儒学观念，也很贴近当今世界的民主意识。——然而，正如我在前不久却就此所写到的：

> 进一步说，儒学的思想原则又并不止此：它既是“以人为本”的，又是主张“物吾与也”的，所以在前者的基础上，它又进而发挥了后者，要求尽量善待这个世界，特别是其中的其他动物。[1]

而一旦站到了这样的思想高度上，我们也就理应清醒地认识到，如果不分青红皂白地，只是一味去强调“人是万物的尺度”，也难免会带来相应的实践偏差，特别是主体本身的自我骄纵。

想到了这一点，如果再次回到埃斯库罗斯的舞台下，继续听取普罗米修斯那些充满夸耀的台词，我们兴许就会由于心生谨慎

1 刘东：“‘必要之恶’的谨慎权衡——动物之食用与药用及其限制”，《思想的浮冰》，上海：上海人民出版社，2014 年，第 97 页。

而心情复杂了：

你听完我其他的发明，更会惊叹，
我构想出了怎样的技巧，怎样的技艺。
其中最重要的是，凡人一旦患病，
便无可根治，他们既没有内服的药物，
也无可敷的油膏或可饮的汤汁，只好因
缺少药物而憔悴死去，直至我
教会他们把各种柔和的药物混和，
他们才会把各种疾病一一驱除。
我又教会他们各种预言的技能，
第一个教会他们区分什么样的梦想
会成为现实，还教会他们区别各种
难以辨别的征兆和道边的种种迹象
……
这些事情就是这样。至于说那些
埋藏在地下有益十八类的各种财宝，
铜、铁、白银、黄金，有谁能说是他
比我还早地发现了这些有用的宝物？
我知道无人敢说，除非他信口胡言。
如果把这一切一言以蔽之，那就是：

人类的一切技能都源于普罗米修斯。[1]

在前文中，通过对于美国学者纳斯鲍姆的引证，我们已经知道这种对于技术进步的期许，最是符合苏格拉底/柏拉图想要战胜“命运”的学术抱负：

苏格拉底论证说，只有我们发展出一种崭新的科学，一种在计数和测量中融入了实践慎思的科学，才有可能在人类的社会生活方面取得决定性的进步。[2]

然则，约斯·穆尔又就此在他的著作中提醒说：

这种关于政治和技术手段的悲剧视野有一种险恶的维度。这是一种对待命运的预兆不祥的态度。或许这就是它在整个欧洲历史上也引发了许多反对声浪的原因。一方面，普罗米修斯的对话者的信息不绝于耳，释放出狂傲，再领向基督教。在另一方面，盲目的希望已培育起来，这就是人类将最终能够全面控制技术。这条道路

1 埃斯库罗斯等:《古希腊悲剧喜剧全集》，第一册，第 172 页。

2 玛莎·纳斯鲍姆:《善的脆弱性：古希腊悲剧和哲学中的运气与伦理》，第 117 页。

从柏拉图的雅典通向了现代科技。[1]

更进一步讲，前文中也曾引证过的法国学者斯蒂格勒，又恰是从普罗米修斯的故事寓意出发，而别具匠心地处理了这个“现代技术”的问题。我们在这里为了叙述的方便，先来引证裴程为这本著作所写的“译后记”：

> 通过对普罗米修斯神话的解释，作者提出了“缺陷”这一概念。普罗米修斯神话揭示了两个根本性的问题：第一，人之不同于动物的第一个标志就是人不具有任何与生俱来的属性，也就是说，人的第一属性就是没有属性，即“缺陷”；第二，超越“缺陷”是人之为人（即生存）的第一条件。普罗米修斯盗出的神火象征着人借以超越“缺陷”的工具（技术）。没有技术就没有人。因此，超越技术的卢梭式的纯自然属性是一种形而上学的虚构。[2]

换句话说，凭借着从这里提取出的两大要点，现代学者斯

---

1 约斯·德·穆尔：《命运的驯化：悲剧重生于技术精神》，第 15 页。

2 贝尔纳·斯蒂格勒：《技术与时间：爱比米修斯的过失》，第 339 页。

蒂格勒竟一反以往乐观的调子，反而从普罗米修斯的故事中归纳出，人类这种有限生灵的可怜之处恰在于，他们不得不表现出强烈依赖技术的“代具性”，故而无非是些仰仗“代具”而生存的“残人”罢了。

从他拟出的标题和问题意识来看，斯蒂格勒的这三大卷《技术与时间》，显然脱出于海德格尔的《存在与时间》。不过，又由于他以“技术”一词取代了海德格尔的“存在”，或者说，又由于他在“人性”的内容中加进了“技术”的必备要素，海德格尔那种孤零零的、并无具体规定性的“此在”，也就随之在历史性的时间过程中，转而向我们展现为代代相传的、已被此前的实践所规定的“共在”。只不过，这种在时间中前后相随的历史感，却丝毫不像以往那种历史进步论，所以也并未缓解海德格尔式的悲观调子；恰恰相反，正由于人类是伴随着“技术”的发展，而展现为一种受到历史限定的“存在”，所以由“技术”本身所带有的“毒性”，却反而更容易把“人性”给裹挟而去，让他们在不能自已的追求中去自寻毁灭。

> 走向死亡的存在，也就是出离，存在于自身之外，在等待、希望和恐惧中，塑造了人类相互间的一种存在形式，这就是集体存在，这个形式在爱比米修斯的遗忘之前是不存在的（动物只能繁殖，但不出生，它们并不

“在一起”)。这就会造成一种技术狂、实际性：代具实际是一种危险，伪装的危险，伪装可以摧毁一个实际活动的集体存在赖以聚集的因素。集体存在不断地受到自身行为的威胁。动物如果不是因为人类就不会有什么实质性的危险：尽管单个动物会不断消亡，但是动物的种类是不会自行毁灭的。而人类由于其存在本身就是代具性的，所以是自行毁灭的因素。[1]

难道不正是这样吗？——我们朝最切近的例子回望，尽管显然属于“技术”的节节进步，也确实带来了相应的“方便”，然而，人们竟如此风车般地翻着筋斗，一会儿化身为“电视一族”，一会儿化身为“电脑一族”，一会儿化身为“上网一族”，一会儿化身为“手机一族”，一会儿化身为“微信一族”，一会儿化身为“剁手一族”，甚至一会儿再化身为“戒瘾一族”，而越来越深埋于那个虚拟的空间，并且越来越执迷于那种消费的时尚，难道他们的“人性”不是正被“技术”裹挟而去吗？照此说来，如果“技术”不是如此具有让人上瘾的“毒性”，又何必去建立那些“戒除网瘾”的机构？而我们中间到底又有多少人，除了待在养老院里的被淘汰者，或者掉在边远地区的落伍者，敢说自己完全没有染

1 贝尔纳·斯蒂格勒：《技术与时间：爱比米修斯的过失》，第 234 页。

上这种“毒瘾”？所以，事态是恰如自己在二十年前之所料：

> 在互联网络的时代，科技专家也许有理由自慰，他们辛勤劳动的成果，已经有可能使人们的生活变得更加富足，因为便捷的信息传递不仅有助于物质文明的进步，而且有助于把人们从重复性劳动中解放出来，使之到其他层面去发挥自己的潜能；但反过来，人文学者也许同样有理由担忧，那些被网络紧紧吸引的“终端人”，恐怕会成为更加“单向度的人”，因为他们一旦被淹没在信息的洪流中，就更容易被消费主义的诱惑所俘虏，更容易陷入麻木疏懒空洞贫乏的心理状态，非但无暇加深文化修养，甚至连从事精神创造的潜在动机都被毁弃干净了。[1]

讲到这里又油然想起，这些现象如果到了李泽厚老师笔下，只怕他又会将凡此种种都归结为所谓“异化”，就像他当年对于庄子的处理那样。只可惜，既然在人性的自我生成过程中，那种卢梭式的圆满初始状态，已被判定为全然虚构的起点了，所以由此一来，我们眼下遇到的难题也就严峻得多了。换句话说，对于

1 刘东：“应对网络社会的挑战”，《浮世绘》，第 218 页。

“异化”的描述毕竟还意味着，人类在出发之前还曾有过某种本质，虽说这种本质在后来的迷途中暂时失落了，所以问题就只在于把它再给寻找回来；可一旦把“技术”的因素决定性地加进了“人性”，如今就连这个虚拟的起点也不复存在了。讽刺的是，基于这样的理解再来回顾，乍看如此正确的“以人为本”的口号，恐怕也就只是意味着“以技术为本”了；于是，一味地去夸张和迷信“技术的神话”，便是忘记了原本在希腊的悲剧舞台上，这些以“技术”来吹胀自己的“巨人”，是很难不受到“命运”之约束与惩罚的：

> 在我们身后的真实历史文本中，真正构成泰坦尼克号悲剧之核心冲突的，只能是这种曾经不可一世的“技术神话”，以及这群曾经贸然以身相许的脆弱生灵。从而，这出悲剧之最具启示性的要点，也正在于它以惨痛的音调警醒着后人：在这个一味声称“知识就是力量”的技术社会中，现代人恐怕是太迷信自身的创化魔力、太把主体当成万物主宰了！讽刺的是，“泰坦尼克”（Titanic）这个名称，其希腊词根正是所谓“提坦”（Titan），亦即人类根据自身形象幻想出来的巨人；由此就不难想象，不管有没有自觉意识到，当人们以此来命名自己的技术杰作时，其志得意满之情都曾那样

地溢于言表，——这群“半人半神”的“万物灵长”，竟把自己吹胀得那样高大，简直已从“被造”变成了“造物”！[1]

对照着这种“技术神话”的负面效应，我们不妨更完整地来聆听一遍有关普罗米修斯主题的音乐变奏。而应当注意的是，这里的普罗米修斯正属于“提坦”一族。在完全谈不上“进步”的西方音乐史中，除了贝多芬的序曲《普罗米修斯的生民》之外，以及李斯特的交响诗《普罗米修斯》之外，还有斯卡里亚宾的交响诗《普罗米修斯》，乃至现代作曲家诺诺的组曲《普罗米修斯》，它们被已故的大指挥家阿巴斯编排到了同一场音乐会中。而这一组声调逐渐黯淡、混沌下来的音乐，作为西方性灵发展历程的一种剪影，也正好就对应着普罗米修斯神话的逐渐解构。——如果说，在斯卡里亚宾那部又被题名为“火之诗”的作品中，还只是散乱迷蒙地晃动着神秘的光影，那么，到了诺诺这部同名的现代音乐中，便已开始用荷尔德林的狂乱诗句，来重新解释普罗米修斯的故事了，从而人类本身的惨淡“命运”，也便被判定为永久性的“漂泊”了。

1　刘东：“可怕的泰坦尼克”，《理论与心智》，杭州：浙江大学出版社，2015 年，第 247 页。

干脆再来顺便多说几句。跟刚才那个“代具性”的话题相关，对于诸如此类的、需要彻底静下心来听取的音乐作品，人们眼下要是真心地想来听取，那么当然算是获得了空前的便利，只需在屏幕上随便点击几下就行。不过，又正是出于同一个“技术”上的原因，人们反而失去了听取它们的心力，因为他们原本有限的心理空间，早已被泛滥于网上的泡沫给占满了。所以，只要同学们来到我的课堂上，还能忍住不拿出手机来时不时地刷屏，就已经算得上很能抵制自己的“毒瘾”了。与此同时，同样的糟糕情况也会发生在音乐厅里，只要那里的灯光开始暗淡下来，并且只要你不是坐在最昂贵的前几排，那么马上就会在你的面前，闪现出一大片明晃晃的、令人厌恶的手机屏幕，让你简直无法集中注意于台上的演出。而无独有偶，同样的情况也发生在当今的美术馆中，——还是由于这个手持电脑终端的功能扩展，竟使得很多附庸风雅的参观者，都把原应到那里享受画作的时间，糟蹋成了挨个为它们照相留念的艰苦作业了。

正因为这样，问题就不在于是否承认，高速发展的“技术”正劫持着人类的“本性”，而在于应当怎样思考这种现象。——我们当然不可能再像雪莱那样，只去为普罗米修斯的胜利而尽情欢呼。然而反过来，我们是要把前边所讲的那些负面问题，干脆看成是由普罗米修斯犯下的，因而属于先天就已铸成的“罪行”

呢，还是把它看成由人类自己造成因此必须而且也许还能改正的“过失”？坚持去提出这样的辨析也就意味着，摆在我们面前的、显得闪烁不定的思想任务，要么是彻底否定自文艺复兴以来的启蒙运动，从而认定了“人性”从宗教中的挣脱，这本身就属于一种莫大的罪过，要么则去检讨人性取道于“技术”创造的自我发明，从而设法对于已经形成的发展路径，进行经过深思熟虑的调适和修正。

可想而知，如果还在固守着这种人文运动的敌营，或者说，如果还在固守着启蒙运动本要超越的宗教，那么干脆也不必费什么力气，便可以拍着脑袋得出前一种简单的结论：

> 二十世纪伟大的宗教学家伊利亚德（M. Eliade）对普罗米修斯功劳的非难就很有代表性。在他看来，普罗米修斯逞能用骨头欺骗宙斯，激怒了这位最高神明，使之迁怒于人类，剥夺了凡人用火的权力。普罗米修斯还让人类开始吃荤，放弃了黄金时代的素食习惯。普罗米修斯接着再次犯下大错，用空心茴香杆盗取了火种，导致一系列更为可怕的后果。所以，普罗米修斯犯下了弥天大错，他卖弄自己的智慧，全然不顾其严重的恶果。先是主动制造了人神分裂，接着间接导致了宙斯的报复，所有这一切都是普罗米修斯一手炮制的。具体到盗

> 天火周济凡人来说，普罗米修斯无非是将功补过：宙斯隐藏天火本来就是普罗米修斯造成的，又何功之有？至于因此而导致人类被逐出伊甸园，从此走上灾难深重的轮回之路，普罗米修斯倒称得上“罪魁祸首”。[1]

然而，正如我们开宗明义就已交代过的，希腊神话中的那位普罗米修斯，毕竟是人类文明进程本身的象征，是我们的人性“之所以成为了人性”的代表。由此，如果只跟着西方的那些神学家们，去不负责任地讲什么“普罗米修斯之罪”，那与其说是基于人类立场所得出的结论，毋宁说是非分地坐到了上帝的宝座上，向着下界的子民发出了可怕的神谴，而这本身也同样属于僭越与亵渎。正因为这样，我们在这里就必须坚定地明确下来，对于普罗米修斯的这种全盘抹杀，既不可能通过对于希腊悲剧原作的刻意注释而得出，也根本就对我们这种现世主义的文明无所助益，而只不过属于从希伯来的固有立场出发，再对所谓“希伯来精神”去进行纯然循环式的论证。

正因为这样，无论是基于希腊文明的固有精神，还是基于中国文明的固有精神，我们从一个方面来说，当然不应该去鼓励人类的“自高自大”，并且还会竭尽全力地去避免人类的“自我膨

1　程志敏：“普罗米修斯的功过”，《读书》，2009年第4期。

胀”，可从另一个方面来讲，我们却也不必由此便想要因噎废食，转而又去宣扬人类的“自暴自弃”，而只应谨慎地提倡人类的“自警自律”与“自重自持”。——也就是说，在目空一切和匍匐在地之间，在无所作为和为所欲为之间，在遁回原点和修正路径之间，或许干脆说，是在希腊文明和中国文明的体系内部，还留有着相当广阔的价值选择的余地，而那正是我们借以去发展人性的巨大空间。

说到了这里，就可以再回到诺诺那首即使不说有点疯狂味道、也是充满了现代派冷峻格调的，却又同样以“普罗米修斯”来命名的组曲了。这位来自意大利的左派作曲家，是出了名地深受荷尔德林的影响——这一点我们从那首组曲的小标题中，也可以清晰无疑地辨识出来——而后者的诗歌则因为受到海德格尔的推崇，已经在当今的世界上变得无人不晓了。可以说，正是因为对于“技术社会”的存疑态度，中国人眼下似乎都被他那句“诗意地栖居”给迷住了，以为那正好反映了自己打从内心的追求。然而，如果真正读罢了荷尔德林的全篇，我们还是不难心怀警觉地发现，其实对于人类发展至今的全部现状，还是大可从不同的角度来予以反省的：

如果人生纯属辛劳，人就会
仰天而问：难道我

所求太多以致无法生存？是的。只要良善
和纯真尚与人心相伴，他就会欣喜地拿神性
来度测自己。神莫测而不可知？
神湛若青天？
我宁愿相信后者。这是人的尺规。
人充满劳绩，但还
诗意的安居于这块大地之上。我真想证明，
就连璀璨的星空也不比人纯洁，
人被称作神明的形象。
大地之上可有尺规？
绝无。[1]

也正因为这样，就算能从心情上回到当初的轴心时代，来重启一次对于价值理性的主动选择与创造，我们对于那些前文所述的古希腊故事，也不必只是站在亚伯拉罕宗教的立场上，来傲慢地谴责那位代表了人类生成的普罗米修斯，说他是犯下了什么不可饶恕的“罪行”，而只应低首下心和充满同情地，站到中国文明与希腊文明的灵活立场上，转而去检讨他弟弟爱比米修斯的“过失”，并尝试指出他那些令人追悔的“后见之明”，以期既能

1 ［德］荷尔德林:《人，诗意地栖居》。

继承和激活人类的自我创化，又能对既有的文明路径有所反思与调整。——在这个意义上，希腊人当年同时创造出有关这兄弟二人的传说，看来绝对是富有深意和洞见的，也确实留下了再进行自我解救的“后门”，因为人类的“先见之明”与“后见之明”，从来就属于一体两面和一母同胞，可以说这兄弟二人都是人类的化身，而在这个意义上，他们那种一往无前、披荆斩棘的创化过程，其本身就有可能同时表现为破绽百出、后悔不迭的反省过程。正如斯蒂格勒又针对这一点所写到的：

> 为了削弱代具的能见度，人们有一系列的障眼法。然而在所有这些措施中，首当其冲的就是体现为作为爱比米修斯的标记的盲目和积极的遗忘，这就是技术性中的相关差异、重复（延迟的相关差异）。爱比米修斯原则就是这样一种无忧虑和基本的孤僻——它是有限的独特性和自由的根源，从这个根源出发才有可能有所作为、有所发生和过去。具有一个过去就意味着有弱点：对于一个无懈可击的事物来说，任何事情都不可能发生，它也不可能产生差异。爱比米修斯原则同时也就是思考过去的迟到的忧虑，这个反思总是在错误堆积成山的经验中姗姗来迟。无忧之后的忧虑的背景是已经在此的实际性，它总是已经存在，先于人而在。相对于这个

实际的过去而言，人无论如何总是迟到一步，所以人类总是要继承自己祖先从原始的缺陷或因缺乏起源而积累的一切过失。[1]

而与这位法国思想家所见略同的是，这也恰好符合我以前得出的省悟，即同那些“从胜利走向胜利”的虚夸叙事相比，其实无论就个人还是就整体而言，人生的奥秘反而只在于去“将错就错”——

相形之下，我从未像萨特那样幸运过，就连此生以思想为业，也并非出于儿时的主动选择，更不是出于当个“万人敌”的壮志，而不过是将错就错罢了。然而即使这样，我却看不出像萨特那般悲观的理由。也许，就人类的命运而言，不管是个体的道路，还是群体的道路，乃至总体的道路，终不过就是将错就错而已。世上本无那么多正确，你只能在压歪了的车辙上，深一脚浅一脚地前行。然而，恰是在将错就错的时候，我们在人生和文明的轨迹中，却渗入了自己顽强的心力，渗入了修正错误的努力。在这个意义上，将错就错这种行为本

1　贝尔纳·斯蒂格勒:《技术与时间：爱比米修斯的过失》，第 234—235 页。

身，就意味着找寻着正确与光明。[1]

四、承担文明后果之重责

尽管我在前文中曾经说过，正因为我们恰乃这个“人类”本身，所以那个人类“究竟如何起源”的问题，就会对我们显出“永恒的神秘性”，可无论如何，只要人们的心智已经开始成熟起来，觉得足可以抵制形形色色的神创论了，甚至觉得那种想当然的和反理智的解释，简直就算不上什么解释了，那么，对于当代生物学家理查德·道金斯的下述说法，大家总还是可以姑听之而姑信之的：

> 生物学家和化学家认为“原始汤”就是大约 30 亿到 40 亿年前的海洋。有机物质在某些地方积聚起来，也许在岸边逐渐干燥起来的浮垢上，或者在悬浮的微小水珠中。在受到如太阳紫外线之类的能量的进一步影响后，它们就结合成大一些的分子。现今，大的有机分子存在的时间不会太长，我们甚至觉察不到它们的存在，它们会很快地被细菌或其他生物所吞噬或破坏。但细菌

1　刘东：“人生不过是将错就错”，《道术与天下》，第 422 页。

以及我们人类都是后来者。所以在那些日子里，大有机分子可以在稠浓的汤中平安无事地自由漂浮。到了某一时刻，一个非凡的分子偶然形成。我们称之为复制基因。它并不见得是那些分子当中最大或最复杂的，但它具有一种特殊的性质——能够复制自己。

……事实上，一个能复制自己的分子并不像我们原来想象的那样难得，这种情况只要发生一次就够了。我们可以把复制基因当作模型或样板，把它想象为由一条复杂的链构成的大分子，链本身是由各种类型的起构件作用的分子组成的。在复制基因周围的汤里，这种小小的构件多得是。现在让我们假定每一块构件都具有吸引其同类的亲和力。来自汤里的这种构件一接触到它对之有亲和力的复制基因的另一部分，就往往附着在那儿不动了。按照这个方式附着在一起的构件会自动地仿照复制基因本身的序列排列起来。这时我们就不难设想这些构件逐个地连接起来，形成一条稳定的链，和原来复制基因的形成过程一模一样。这个一层一层逐步堆叠起来的过程可以继续下去。结晶体就是这样形成的。另一方面，两条链也有一分为二的可能，这样就产生了两个复

制基因，而每个复制基因还能继续复制自己……[1]

道金斯接下来还有大段的论述，不过我们暂时可以把它们略过，既然打从严复开始翻译工作的那一刻起，大家就算是接触到了达尔文的学说。而问题的真正复杂性毋宁在于，虽然对于硬心肠的自然科学家来说，接受这样的“偶然论”是毫无问题的，只要它能从“逻各斯”上讲得通就行，可是对于软心肠的文学家来说，这样的“偶然论”就往往不啻晴天霹雳了。——这样的人往往会觉得，越是多保留一分“迷索斯”的味道，或者说，越是停留在较少“脱魅”的语境中，就越容易论证出“做人”的价值，从而也就越容易护住“人格”的尊严。正如尼采曾经一针见血地予以剥离的：

> 如果科学的胜利意味着“人的堕落”，如果启迪的光荣又意味着人的堕落，而前进再一次意味着人的堕落，那么，我们要问的问题是，科学、启迪和前进的关心在谁的手里落下？
>
> 这个世界是让我们做自己想要做的，这是一片弯曲

1 ［英］理查德·道金斯：《自私的基因》，卢允中等译，北京：中信出版社，2012 年，第 18—19 页。

> 自如的黏土的原野，在其中，像玩沙的小孩一样，我们可以修建自己的城堡并沉醉于自己的创造中。但是这些人在做什么？在建造他们的城堡中，他们变得越来越像水蚂蚁和甲虫。在布置他们的花园中，他们变得越来越像蛞蝓、蠕虫和蜈蚣。他们的喜悦，好像是去感受他们的渺小和被轻视。[1]

也正是为了这个缘故，当他在小说《恶心》中面对着疯长的大自然时，萨特才会由于它所代表的生命的纯然偶发，而顿觉失去了作为“万物灵长”的感觉，而进入了某种失重、眩晕或腾起的状态。——他对于生命偶然性的这种感受，正如我在一本新作中对此的进一步发挥：

> 在一切的必然性都荡然无存之后，我于偶然间和无意中所获得的、又对自己意味着全部重要性的生命状态，到底是为了什么样的可靠目的呢？难道只是因为自己父母的偶然相遇吗？那么，他们在冲动地做这件事的时候，果真对于自己的生命状态这么满足吗？他们意识到了由此所带来的后果吗？而他们要是连对自己的人生

---

1 ［英］卢多维奇:《尼采艺术论》，李关富译，北京：新星出版社，2010 年，第 52 页。

都没什么把握，又何以把我也抛入这种无根的漂浮中呢？甚至，在赋予我这次纯属偶然的生命之前，他们曾经想到要来征求我本人的意见吗？……[1]

由此也就显示出，我们这些既享年有限、却又自命不凡的人类，一方面正是为着自己的知识进展，而要撇开那些不足为信的神创论，但另一方面却又踌躇地觉得，一旦把生命的成因描述为纯属偶然的，会不会又化解或贬损了自己的不同凡响？——这显然属于一种深不可测的矛盾，只可惜我们这些进退失据的人类，或者说，我们这些介乎神与动物之间的生灵，却又天生就置身于这类的难解矛盾中。而进一步说，这样的矛盾还不像黑格尔所说的，可以暗中受到更高的合理性的控制，从而最终只表现为向前发展的内驱力；恰恰相反，这种矛盾根本就是一种纯然的悖理，根本就只是理性上的二律背反和左右为难。正因为这样，在那种种纯属偶然的意外现象背后，也未必就会有什么必然律来垫底。所以，除非我们把自己当成了全知全能的造物，否则就没理由再像黑格尔那样去讲：必然性只是通过偶然性来开辟它的道路。

1 刘东："儒学与存在主义"，《中国学术》，第三十五辑，北京：商务印书馆，2015 年，第 12—13 页。

由此就不禁想起了那场发生在1755年的、曾经触动过康德和歌德的里斯本地震。——具有讽刺意味的是，这场曾使得该城居民玉石俱焚的灾难，由于无论对于“贤与不肖”都一概予以毁灭，反把那些宣扬世上并无任何偶然的思想家，推到了百口难辩的尴尬境地，甚至推到了其想要为之辩护的立场的反面。而法国的启蒙之父伏尔泰，更是以一首《里斯本的灾难》的诗作，来质疑据说是代表着“神意”的必然律：

当你听到他们那可怜的、断断续续的呼喊，
当你看到他们的骨灰上冒起的青烟，
那么，你会认为这就是永恒之法吗？
如果你看到这些事实，这恐怖的景象，
你会认为他们的死是罪有应得吗？
那被抱在母亲的胸前，流着血的婴儿，
你能说他们有什么罪过吗？
难道在这坍塌的里斯本，
你能找到比花天酒地的巴黎更多的罪孽？
比起崇尚奢靡的伦敦，
里斯本的放荡岂敢媲美？
但大地吞噬了里斯本；法兰西的轻狂儿女们

还延续着无度的宴饮，跳着疯狂的舞蹈。[1]

说实在的，一旦碰到这种彻头彻尾的、纯属无稽的灾难，除非有人干脆相信那位“上帝”就是“无厘头”的代名词，否则，即使他本人正是《旧约》里那位原属于信仰坚定的约伯，也很难不去动念想要更换一种理论，以更好地解释这个充满悖理现象的世界了——

> 约伯试图与上帝说理，但这却是一种无望的努力。神的正义远超出了人的理解的范围。约伯决不从真理退缩，因为他知道他受难之际也正是与上帝沟通之时。但上帝何以打击他这个正直的人，他仍然不可理解，并且，他也不甘屈从于朋友们的那种惩戒报应的说法。不是约伯自己，而是上帝毁灭了他的家室，约伯的所有遭遇都是由上帝造成的。约伯走到了敬神与渎神的岔路口，迫使上帝回答他。他的问题也就是神的可信性的问题。[2]

---

1 ［法］伏尔泰:《里斯本的灾难》，转引自吴飞:“伏尔泰与里斯本地震”，《读书》，2009年第3期。

2 ［美］卢西恩·米勒:“为旋风命名：曹雪芹与海德格尔”，段小光、刘东译，《文化：中国与世界》，第一辑，北京：生活·读书·新知三联书店，1987年，第140页。

由此一来，就算德尔图良所谓“正因为荒谬，所以我相信”的名言，确实有可能把所有的颠覆信息都拒绝在心念之外，从而坚定了那些原本就属于坚定信徒的信仰，然而在“雅典，还是耶路撒冷”的天秤两端，只要理性的成分开始在社会心理中积累，那么，人们终究还是越来越难以相信，自己竟是如此幸运地样样都受到了“天佑”，他们也很难再去闭着眼睛就执信，那些既无缘无故、又无休无止的人间灾难，全都代表了上帝的兴之所至的考验。在这样的心情之下，那些曾经消弭过一切人间冲突的基督教理，也就逐渐在人心中变得不足为凭了。——顺便再多说一句，也是在这样的意义上，如果从先秦理性主义的立场出发，而坚持“不知为不知”的“认识优先”原则，那么在这个正在“爆炸”中的宇宙太空里，也同样难被证明还能存在什么“天理”，除非那“天理”只存在于我们自己心中，就像我以前所讲的那样是只属于“道德金律”：

> 为什么古代哲人要把人类的道德律令，说成是高于人间的“天理”？这正是因为，这种调整与规范人际关系的原则，根本就是不随主体意志而转移的。它的客观性表现在：哪怕天地寰宇中只剩下两个个体，而且这两个个体还不是生活在地球，但只要他们同样分为独立的主体，那么，如果他们想要共同生存下去，就同样需要

公平正义，同样需要道德金律。[1]

也正是在这样的意义上，又恰如我在另一篇文章中所指出的，就其对于尖锐的人间冲突的勇敢揭示而言，源自希腊的悲剧剧种不光是很有道理的，甚至还可以说是并不充分或并不足够的。比如，只要拿它跟现代运动中的足球相比，就会发现后者的结果反而要残酷得多。这是因为，当人们买票去看一出惊心动魄的悲剧时，他们同时也会买来几块准备擦泪的手帕，而当人们兴冲冲地买票进入了绿茵场时，却多半是怀着祈望看到“大团圆”结局的心情，去为主人公所可能遭遇到的悲剧命运而担忧，也正因为这样，跟任何人为设计的戏剧性结局相比，足球的最终效果往往都会更加令人伤感。——尽管足球并未叙说任何具体的故事，却突出地象征着人生中最残忍的一面；我们只要稍微放纵一下联想，就会觉得在球场上奔跑的正是我们自己：

> 在到处充满偶然性陷阱的有限时间内，人生的结局未必会比足球的结局更公正。那些付出努力去耕耘的人就一定会有收获吗？那些被人们普遍看好的人就一定能心想事成吗？那些具备了最大可能性的人就一定有指望

1 刘东：“大国之‘大’——王道还是霸道？”，《道术与天下》，第 21 页。

> 笑到最后吗？只怕除了倾听冥冥运数的最终回答之外，谁也不敢在这类问题上说大话。在这里，概率论的统计数字并不能缓解我们的焦虑，因为生命对任何人来说都只有一次；正像每一场球赛的结局都是特殊的一样，每一个人的遭遇也都是具体的和不可置换的。因此，对于种种偶然性的担忧会伴随我们始终，而一旦这种悬念被最终化解，也就轮到我们下场去休息了。或许，这时候你还来得及最后再向球场瞥上一眼，去打量那里重新开始的竞赛。此刻你才会恍然大悟：不管在人生的竞技场上流多少血和汗，一个人对自己的未来都不会比赌徒的盲目下注拿得更准。[1]

究其本源，也正是由于有了诸如此类的冲突，有了人世间各种弥合不了的、深不见底的裂缝，我们才有可能合乎情理地看到，由希腊人所率先创造的这种悲剧文体，尽管受到了亚伯拉罕宗教的强烈压制，却仍然会以林林总总的变态方式，在欧洲乃至欧洲以外的文明区域，一再提示着它对于冲突的敏感关注。——如果这种冲突最早在埃斯库罗斯那里，还主要表现在人（心）和神（意）之间，而后者就被理解为我们的“命运”，那么，其后

1 刘东：“看球的门道”，《浮世绘》，第 57 页。

继者则又沿着他的思路来尽情发挥，专注地甚至刻意地寻找着人间的裂缝。比如，刚刚到了索福克勒斯那里，这种冲突就进而表现在人与人之间，或者说，是把人与人之间的复杂纠葛关系，直接视作不断在绞杀人类的“宿命”。再如，仅仅到了欧里庇得斯那里，这种冲突又被带进了人类的性格内部，或者说，性情深处与生俱来的固执，又被他视作了个人的毁灭性“命运”。更不要说，这条思路发展到了现代的尤金·奥尼尔那里，比如到了他那部《悲悼三部曲》那里，这类尖锐的冲突更是被他泛化到了几乎所有的因素中，从人们的各种基本社会关系，到他们的潜在心理动机，甚至直到他们的残缺生理基因……

当然，话还要再说回来。当我们说悲剧的发明是“很有道理”的时候，指的是它对于人间冲突的敏感关注和集中暴露，哪怕难免也有点刻意夸大，而绝不是指它对于这类冲突所提出的、根本就是无可解决的解决方案。而在我看来，那种以外部爆发、英雄倒地为基本形式的悲剧终局，之所以会如此地千篇一律，肯定还有另一种超乎理性之外的、基于其独特的“人类学根源”的肇因，只是我们对此暂时还只能按下不提。可不管怎么说，如果人世的冲突形式是纷繁多样的，那么这种冲突的发展与结局，也同样应当是千姿百态、不一而足的；换句话说，人类对于各种“命运”之表现的抗争，尽管是风险很大的甚至九死一生的，却并不必然要被归之于毁灭性的失败，至少在他们决计要反抗它的时候，不能去先期预料或预定这种失败，否则的话，这种过于教条、过于划一也过于灰暗的终场，就一定会为人心乃至历史带来负面的效果。

说到了这里，在已经听过了几段贝多芬的基础上，就不妨再来聆听一下他那首辉煌的《第五交响乐》，以便切实体会一番他是怎样同“命运”搏击的，而且这个搏击的过程还被他表现得，既如此惊心动魄，又如此华丽出彩。大家想必也都知道，贝多芬的名言正是“我要扼住命运的咽喉”；不过，人们也许未曾注意到，他跟着还又补充了一句“它决不能使我完全屈服”。正是其中这个“完全”二字告诉了我们，在这里想要“扼住命运的咽喉”的意思，并不是要去彻底赢得无限的自由，甚至战胜自己作为“有死者”的“命运”，而无非是指不能仅仅因为遭遇到了人生的困局，就被它压迫得心灰意懒而无所作为，尤其是，考虑到贝多芬本人的特殊遭遇，是不能因为两耳失聪而不再坚持去作曲，否则也就无从打开自己如此丰富的心扉，无法表达自己对于困境的充满激情的反抗，和自己对于光明未来的充满欢乐的憧憬。无论如何，就像并非每次反抗都注定会失败一样，也不是每次反抗都注定会成功，从而最终奏响“命运交响曲”那恢弘的第四乐章。当然，此外更难躲避的是，我们毕竟都还属于生命有限的凡胎，所以，我们的生命在经历了激情澎湃的创造之后，还终究还会重归到大化的运行之中。不过即使如此，我们还是可以引为自豪地说，就贝多芬这些不朽的音乐创造而言，他还是从某种程度上对抗了他的“命运”，赢得了个人存在的某种意义上的永恒性。

前几年看过一部新拍的、也许有些太过时尚的《贝多芬传》，它显然是迎合着对于启蒙运动的当代反动，而把贝多芬的前期说成是性格很有毛病的，甚至根本就是一个怒气冲冲的酒鬼，经常醉倒在路旁遭受无知顽童的戏弄耻笑，直到他写出了自己的《第九交响乐》，才找到了与世界重归于好的契机，说穿了就是重又找回了自己的宗教感，而他的灵魂也就在它的合唱乐声中，冉冉升入了头顶色彩斑斓的星空。其实，正因为受到了这部电影的刺激，我才在前不久所写的文章中，基于自己所提出的“大小空间”的框架，对于这部“合唱交响乐”提出了这样的辨析：

> 就以本人生平最爱的贝多芬为例，我们一方面当然应当意识到，即使以往只被抽象理解的《第九交响乐》，仍有暗中的文化之根和宗教之根，而不能对它用人声所推向的乐曲高潮，只认定是利用了某种“高级的乐器”。但我们另一方面也应注意到，尽管这两者几乎就是前后脚完成的，而且《贝九》还肯定是挪用了《庄严弥撒》中的人声要素，但由于其宗教意味的浓淡不同，毕竟只有前者才是属于“大空间”的，而后者则只能是属于“小空间”的。——换句话说，在非西方的或非基

督教的世界中，人们也许可以接受贝多芬的《第九交响乐》，却未必就可以领教他的《庄严弥撒》，因为至少在前者那里，特定宗教的意涵并不是以一种劝世口吻而道出的，而是以一种稀释的和人间的形式而表现的；甚至，人们即使在接受《贝九》的时候，也未必就是全盘接受了它的“文化之根”，而只是接受了它能跟自己的文化意识相互重叠的那个部分。[1]

同样是基于这种“大小空间”的框架，我在这里还要跟着再来说明，正是因为上面讲到的这些理由，所以跟人们俗常的看法不尽相同，就算《第九交响乐》在西方被视作贝多芬个人的巅峰，我作为一位非西方人还是坚持认为，相对于《贝三》，尤其是《贝五》来说，只有后者才更属于“大空间”的，或者才更属于全人类的。毕竟，它们所展开的“英雄”或“命运”主题，还是更普泛地描述了人类的自身形象，和述及了他们在这个世界的遭遇与反抗，反而才更容易引起相对广泛的共鸣；而席勒为那部《贝九》所写的歌词，则仍要动用像“极乐世界”“天国之路”“圣洁之光”这类的宗教语词，仍要宣扬“在那苍穹之上，天父必定存在”这样的神秘内容，这或许更易于引起基督世界的

1　刘东：“国学如何走向开放与自由”，《自由与传统》，第 17 页。

感动，然而却有碍于它去跨越自己的文化篱笆，进入能够为更多人类共享的“大空间”，——或从另一种意义来说，是进入能为中国人所接受的另一个“小空间”。

而与此不无关联，也就引出了一个相当微妙的问题，引领我们去注视某种看似奇怪的矛盾心态。这个问题就是，为什么到了近代西方叩关的时候，中国人一方面仍然热衷于“大团圆”的戏曲结局，而另一方面，却又如此容易接受舶来的悲剧观念？无论如何，只要跟同属于亚伯拉罕宗教的犹太教、基督教和伊斯兰教区域中的态度稍加对照，儒家文化对于这种悲剧文体的积极接受，就会风格独特地、不容置疑地显现出来。——在我看来，这归根结底还是因为，在中国文化的固有认知中，其实从未否认过尖锐的人生冲突。对于这一点，我在上一章中已经多有涉猎，而我在另一本即将杀青的新作中，则给出了更加宏观的描述：

> 尽管儒学所建立的思想天空，如果相比起无神论的存在主义来，显然还是光明、透亮和蔚蓝的，然而若就这种学说的初始立场而言，它却从来都未敢去盲目地乐观，因为它从来都不曾否认过，在那个莽莽苍苍的天穹边上，仍然敞开了一个未知而幽深的、时刻可能漏下风雨雷电的可怕缺口。——也就是说，从儒学的基本立足点来观察，无论在何时何地，哪怕人生的际遇多么春风

得意，在它的光洁天幕的边缘处，都仍然飘着一块平常不太醒目的乌云，它总在既隐约又确定地威胁着我们，随时有可能把我们带入存在的黑洞。

所以说，正是那块乌云，代表着历史的不确定性，代表着人生的偶然与无常，代表着天命的不可知与不仁，代表着世事的白云苍狗，代表着世界的神秘莫测，代表着美景的稍纵即逝，代表着韶华的白驹过隙，代表着“病来如山倒”的随时降临，也代表着大去去期的绝对预约……尽管在似已成为常态的日常惯习中，这块隐身在天边外的小小暗斑，仿佛并不那么压抑和严重，乃至于有时难免要被人忘却，然而它又随时都有可能席卷过来，变成遮天蔽日的彤云、力拔大树的风暴，甚至变成血盆大口的妖魔，来摧毁原本阳光明媚、春意盎然的生活世界，让我们不得不仰天长叹，发现生命的脆弱和造化的残酷！[1]

当然这并不意味着，我还是在主张古代中国照样有它的“悲剧意识”，甚至也照样有它的“悲剧剧种”。在我看来恰恰相反，那些“中国古代十大悲剧”之类的排列，无非是一些“以西格中”式的穿凿比附。可话说回来，对于足以“放诸四海而皆准”

1 刘东:“儒学与存在主义”,《中国学术》，第三十五辑，第 52 页。

的人生冲突，中国古人却有着相当明确的意识；而且这种对于人间冲突或人生裂缝的意识，是最突出地反映在有关“绝地天通”的观念中。只可惜，相当一段时间以来，由于不自觉地受到了比较思维的“极化”影响，人们往往就只在一种断然的“二分法”中，对照着作为他者的西方镜像而说偏了中国，——也就是说，只顾着强调它的“天人合一”的境界，而忘记了同时去强调它始终受到“绝地天通”意识的平衡；或者说，只顾着强调它曾达到了“悦乐精神”的文化高度，而忘记了同时去强调它还有“忧患意识”的警觉底线。

如从社会学的角度来理解，那么在传统中国的社会分层中，对于上述两极的侧重是有所区别的，也就是说，如果下层人士往往更强调“天人合一”，或者在“冲突”之后的“大团圆”，那么上层人士则往往更强调“绝地天通”，或者在“和而解”之前的“冲突”和“忧患”。[1]由此我们就可以想到，如果连在上一讲中所聚焦的下层戏曲中，都仍然包含了如此之多的社会冲突，那么，再到了上层社会的诗文中，这种冲突就自然要表现为龚自珍笔下的“九州生气恃风雷，万马齐喑究可哀。我劝天公重抖擞，不拘一格降人才”。[2]既然如此，再到了西方的坚船利炮打到家门的

1 另请参阅刘东：“世俗儒家与精英儒家”，《引子与回旋》，上海：上海人民出版社，2017 年。

2 （清）龚自珍：《己亥杂诗》。

时候，那就更会沿着龚自珍“左无才相，右无才史，阃无才将，庠序无才士，陇无才民，廛无才工，衢无才商，抑巷无才偷，市无才驵，薮泽无才盗”[1]的惊呼，再逻辑地激发出梁启超的“新民说”——“余为《新民说》，欲探求我国民腐败堕落之根源，而以他国发达进步者比较之，使国民知受病所在，以自警厉、自策进”[2]。换句话说，他们在当时那种危如累卵的情势下，不得不把中西文化在空间上的差异，放到一种单线发展的历史观中，把它简单地视同于时间中的先后；从而，他们也就在西方资源的支持下，把自己更容易接受的冲突观念，看成了当今时代的支配性规律，且还拿出了“先觉者”的架势，就以这种舶来的“天地不仁”的观念，来提醒本国那些尚未猛醒的“后觉者”。

凡此种种，恰正是近代中国对于西方悲剧的接受心理；而在这样的基础上，再反过来说，又连这种悲剧文体的接受本身，以及由此所带来的心理变化，也要属于西方冲击的组成部分。——说到这里，我想大家就应当恍然大悟了，原来我在这学期所讲授的悲剧课程，跟我去年在思想史课程上所讲授的“进化与革命”的课题，原来有着如此紧密的共变关系。所以，正如我刚在一篇文章中所说的：

1　龚自珍：“乙丙之际著议第九”，《龚自珍全集》，上海：上海人民出版社，1975 年，第 6 页。
2　梁启超：“新民议”，《饮冰室文集全编》，第一册，上海：广益书局，1948 年，第 115 页。

> 对于中国这个庞大的非西方文明来说，它所遭遇到的最大现代困境，还不单纯表现在必须接受西方的挑战，而在于它在不断的挫折中，终究会幡然领悟这样的奥秘："用来应战的武器必须要谋之于挑战者。"由此才出现了下述的吊诡情况：正因为有了如此严峻的天下大势，才使得中国人愿去接受严复的误读，而一旦普遍接受了严复的故意误读，那种严峻的天下大势也就更加刺目，甚至，就连中国人自己也会主动地，乃至变本加厉地，去继续加剧这样的天下大势。在这个意义上，中国人打从进入现代的门槛开始，就迅速地朝着"非中国"的方向来转化，而到了当今的世界，生活在这个国家中的人们，甚至已比任何外国人都更不像传统意义上的"中国人"了！[1]

也正是在这样的心态中，梁启超早在他的青年时代，就写下了"万事祸为福所依，百年力与命相持"[2]的诗句，而到他执教于清华国学院以后，又把这两句话写成对联送给弟子，并谆谆告诫这些学术的后来人说：

1 刘东："进化与革命——现代中国的思想丕变"，《引子与回旋》，第138页。

2 梁启超：《自厉二首》，作于清光绪二十七年（1901年）。

人的一生，都是从奋斗中过来的，这就是力与命的斗争。我们要相信力是可以战胜命的，一部历史，就是人类力命相斗的历史，所以才有今天的文明。我平生行事，也是信奉这两句话。[1]

最后，到了就要接近生命终点的时候，他又在一篇向华北大学发表的讲演中，就此挑明了自己与胡适的分歧：

胡适之先生在欧洲演说中国文化，狠攻击知命之说，以为知命是一种懒惰哲学，这种主张，能养成懒惰根性。这话若不错，那么，我们这个懒惰人族，将来除了自然淘汰之一途外，真没有别条路可走了。但究竟是不是这样呢？现在还当讨论。[2]

在这篇很重要的讲演中，饱学的梁启超少不得要引经据典，来解释什么是所谓的“命”——

1 李任夫：“回忆梁启超先生”，夏晓虹编：《追忆梁启超》（增订本），北京：生活·读书·新知三联书店，2009 年，第 345 页。

2 梁启超：“知命与努力”，1927 年 5 月 22 日在华北大学讲演，王劭年、张泽雄笔述，原刊于 1927 年 5 月 29 日《国闻周报》，第 4 卷第 20 期。

> 《孟子》说："莫之致而至者命也。"意谓并不靠我们力量去促成，而它自己当然来的，便是命。《荀子》说："节遇谓之命。"节是时节，意谓在某一时节偶然遇着的，便是命。《礼记》说："分于道之谓命。"这一条戴东原解释得最详，他以为道是全体的统一的，在那全体的里面，分一部分出来，部分对于全体，自然要受其支配，那叫做"分限"，便是命。综合这几条，简单的说，就是：我们的行为，受了一种不可抵抗的力量的支配，偶然间遇着一个机会，或者被限制着止许在一定范围内自由活动，这便是命。[1]

但是，又正如孟子在讲到"求则得之，舍则失之，是求有益于得也，求在我者也。求之有道，得之有命，是求无益于得也，求在外者也"[2]时所昭示的，在中国的儒家看来，由外部世界所带来的、有时候会令人无奈的"分限"，非但不应当泯灭想要有所作为的意志，反而更加催动着作为道德主体的个人，去"反求诸己"地依赖和发挥自身的主动性。正是出于上述理由，梁启超又把"命"说成是"分限"，而看来并非偶然巧合的是，根据当代

1 梁启超："知命与努力"。

2 《孟子·尽心上》。

学者基于原文的研究，所谓“命运”在希腊文中的含义，居然也正是这个“部分”和“限制”——

> 人的生存远不是完全自由的，它受到自身“条件”以及蛰伏在其中的“潜规则”的钳制。人生中本该发生的事情（包括众多不幸之事）必然都会发生。这种不以人的意志所定夺或改变的走向“结点”的必然趋势，我们称之为“命”“宿命”或“命运”，而古希腊人则称之为 moira。moira 的初始或基本词义为“部分”，与整体、全体或全部形成对比。“部分”属于整体，但就其自身而言，它又不是整体，而是一个已经从整体里区分出来的可以作为独立识别或分辨单位的“方面”，是一个可以与整体比较而言的“局部”。moira 的另一个特点是有“限”。换言之，它是有“局限”的，而非无限的；它是有边际的，而非无界的，不是可以无限扩大或扩充的。命运限定，或不在乎有意还是无意地“规定”。命运通常并不思考，而只是依据自己的本能行事。[1]

1 陈中梅:《荷马的启示：从命运观到认识论》，北京：北京大学出版社，2009 年，第 11—13 页。

由此一来，我们也就更可以体会出，何以这个“人与命运”抗争的主题，会具有如此放诸四海皆准的普遍性了。

自然，梁启超本人是来不及看到这类“洋考证”的，而他当年所以要重提这个“力与命”的主题，主要地还是想为本国的儒学来辩诬。正因此，他接着就在两种思想的偏锋中，展现了儒家思想的“全面”或“执两用中”——

> 墨家自然不相信命，《墨子·非命》篇中便极端否认知命，在现在讲，可算“打倒知命”了。列子的意见，更可从《力命》篇中看出，他假设两人对话，一名力，一名命，争论结果，偏重于命。列子是代表道家的，可见道家的主张，是根本将命抬到最高的地位，而将力压服在下面，和墨家重力黜命的宗旨恰恰相反。可是儒家就不然，一面讲命，一面亦讲力，知命和努力，是同在一样的重要的地位，即以“不知命无以为君子”一句论，为君子便是努力，但却以知命为必要条件，可知在儒家的眼光中两者毫无轩轻了。[1]

然而，跟胡适的消极判断刚好相反，儒家的“知命”观念

1 梁启超:“知命与努力”。

在梁启超看来，却根本算不得思想的缺陷；相反，倒是那些不知“分限”的想法，才很容易从自己的“非分之想”，蜕变成“找不到北”和“悲观失望”——

> 假使有一不知命的人，不承认分限，甚至不知分限，或不注意分限，以为无论何事，我要如何便如何，可以达到目的。此种人勇气虽然很大，动辄行其开步走的主义，一往直前，可是，设使前边有一堵墙，拦住去路，人告诉他前面有墙，墙是走不过去的，而他悍然不顾，以为没有墙，我不信墙的限制，仍然前行……于是结果，他碰了墙，碰得头破脑裂，不得不回来，回来改变方向，仍是照这样碰墙，碰了几回之后，一经躺下，比任何软弱人还软弱，再无复起的希望。因他努力自信，总想超过他的希望，不想结果失望，自然一蹶不振，这种人的勇气，不能永久保持，一遇阻碍，必生厌倦，所以不知命——不信分限，专恃莽气的人是很难成功的。[1]

而沿着上面的辨析，儒家的“知命”之所以跟道家的不同，

---

1 梁启超:“知命与努力”。

则又在于它既愿意坦然地“知命”，却又不愿安然地拘守这样的“宿命”，或者说，它是既了解到了自己的“分限”，却又不安于这样的“分限”，倒很想去试着挑战一下这种“分限”，以便能够进一步地有所作为，乃至哪怕有限地改变这样的“分限”，——这就是所谓“知其不可而为”的精义了。正如梁启超在讲演中又指出的：

> 儒家知命的话，在《论语》中有很重要的一句，便是批评孔子的：“知其不可为而为之”那一句。可见知其可为而为之——不知或不信分限，不是勇气；必要知其不可为而为之，才算勇气。明知山上有金矿动手去掘的人，那（不）算有勇；要明知不可为，而知道应该去做的人，才算伟大。这句话很可以表现孔子的全部人格，也可以作为知命与努力的注脚，“知其不可为”便是知命，“而为之”便是努力，孔子的伟大和勇气，在此可以完全看出了。[1]

此中最为精妙的是，有了“绝地天通”的认识作为底线，孔子既想要有所进取的“作为”，而偏又在行动者的心理深处，先把这种行为预定为“知其不可为”的。也正因为这样，孔子才会

1　梁启超：“知命与努力”。

既去起而“发愤忘食”对抗命运，又去坐而“乐以忘忧”地乐天知命，——

> 或曰，与Schopenhauer所描画的西人以寻欢作乐始、以烦苦无穷终刚好相反，中国之人生观恰恰是以忧心忡忡始，以乐而忘返终。[1]

无论如何，正是孔子的这种智慧启发了我们：对于命运的反抗，首先和主要的是一种不那么安分的姿态，所以，在展开这种不屈的人生姿态之初，最好不要先去刻意预定它的成功；否则，这种原本积极的初始人生态度，反而有可能会变味成为全然的消极。——而这恰是我们在现代西方看到的情况，正如尼采针对这种朝向消极的转变所写到的：

> 呵！我知道那些丧失了至高希望的高贵者。现在他们诽谤一切崇高的希望。
>
> 现在他们放肆地生活在短暂的快乐中，而且几乎不去树立隔夜的目标。
>
> “精神也是淫欲”——他们如是说。他们的精神于

1 刘东：“也谈忧乐：与庞朴先生论学书”，《理论与心智》，2015年，第100页。

是折断了羽翼：现在他们爬来爬去，在咬啮中弄脏了。

从前他们想着做英雄：现在他们成了荒淫之徒。对他们来说，英雄成了一种悲伤和一种恐惧。

然而，凭着我的爱和希望，我恳求你：不要抛弃你灵魂里的英雄！神圣地保持你最高的希望！[1]

与此同时，以普罗米修斯为原型的英雄形象，也便在现代西方的感性生活中，悄然转变成了我在早年论述过的“反英雄”，而那也正是尼采曾经指斥过的所谓“末人”：

在丑学那里，悲剧中的崇高，只不过是貌似而已，——只不过是一种无本质的假象，一种不存在的存在，一位和风车搏斗的可笑骑士堂吉诃德先生。所以，这种“崇高”人物，也就颇为类似传统美艺术中的说到底只是一种幻影的魔鬼。在丑剧作中的英雄伴着美神一起死去之后，丑学那里，代之而起的，便常是一种“反英雄”——是碌碌无为而又心灵敏感易受伤害的宵小，是扭曲变态、心灰意懒有时却又不甘堕落而渴望

1 尼采:《查拉图斯特拉如是说》，孙周兴译，上海：上海人民出版社，2009年，第47—48页。

生活的侏儒，是不乏善良天性却又只会逆来顺受任人宰割的庸人，甚至是灭绝人伦却似乎又自有一番道理的禽兽……[1]

这当然属于对于贝多芬的公然反动，既是对于他“命运”主题的反动，也是对于他“英雄”主题的反动。而再联想到我们这篇文章的题目，即“能否扼住命运的咽喉”，那么最具合理性的回答就应当是：无论如何，也不能轻易否定普罗米修斯的形象，不能轻易否定雪莱和歌德的希望，不能轻易否定贝多芬和李斯特的激情。事实上，在“命运”的强大重轭之下，人类如果能像孔子当年那样——几乎是带有一点幽默感地——以“知其不可而为之”的心情来布局，再以“尽人力而听天命”的心情来收官，那么，抑或还能像刘禹锡所说的那样，去做到“天人交相胜，还相用”[2]。然而，如果预先就武断地认定“命运”完全不能对抗，甚至预先就学着外族上帝的蛮横口吻，去侈谈什么“普罗米修斯之罪”，那么，人类就会首先瓦解掉自己的行为动机，就会丧失哪怕相当有限的主体自由。这样一来，如果我们回过头来反省，又如何理解人类已给自然带来的变量和干预？如何承担人类原本应

1 刘东:《西方的丑学》，北京：北京大学出版社，2007 年，第 199 页。

2 （唐）刘禹锡:《天论》。

当负起的相应责任？而如果放开眼界来张望，又如何进而到天地之间去寻找安身立命之处？如何去继续这个使得人类“之所以为人类”的、根本吃不得后悔药的进程？

正因为这样，如果到了本章内容的最后，再来回顾围绕普罗米修斯主题的西方变奏，我们便会在掉入了荷尔德林式的灰暗与疯狂之余，居然又喜出望外地和绝处逢生地发现，如果海德格尔自然要去跟主张“绝圣去智”的老庄发生共鸣，那么，作为中国文化之主干的儒家思想，也同样会跟作为西方精神源头的希腊发生共鸣，而且，又不光是希腊的悲剧精神曾经刺激过当代中国人，反过来看，孔子那种“知其不可而为之”的坚忍人生态度，也同样可以用一种富于智慧的幽默感，来提示当代西方人去预防在“命运”面前的挫败感与失落感，从而促使他们继续去担负起普罗米修斯的艰难使命，——毕竟人类这个自我塑造的进程仍是未有穷期的。无论如何，就像中国人由于早已撇开了上帝观念，所以也不必经历由“上帝死了”所带来的失重和虚无一样，中国人又由于并没有预定过对于“命运”的战胜，而只是在像孔子所说的那样是“知其不可而为之”，所以，尽管他们也会为了一时的失利而不免有些沮丧，却不会为因此而一蹶不振和彻底崩溃，而顶多会像徐志摩所说的那样，以一句“得之我幸，不得我命”来自我解嘲。

于是，这居然又从另一个侧面证明了，自己晚近以来一直在力主的“中国与希腊”的命题，还是最具有丰富内涵和远大前途的。——或许我们也可以这么说，纵观整个的人类文明史，恐怕也只有在这两大文明的“文化间性”之中，才可能孕育出真正属于未来文明的、更加强大的生机。

第三章　为何非要无辜者赴死？

——从《阿伽门农》中的人祭说起

如果回到正常的或沉稳的阅读心态，而不是带着先入为主的崇信甚至迷信，觉得但凡是来自西方的就必是好的，而一旦对之无法理解就只能责怪自己，那么，当我们作为客观的研究者，乍看到“悲剧”这种独特的文化现象时，头脑中首先闪现的问题就理应是：为什么剧中那个最被注目的主人公，哪怕他（或她）已被证明是全然无辜的，至少也是罪不当死的，也都要被剧作者这么刻意编派着去赴死，而且，他们到了自己最终就要赴死的那一刻，还都表现出慷慨乃至甘愿的样子，似乎从精神上得到了莫须有的胜利？甚至，即使有的时候你简直觉得，那剧情无论如何都还应有别的解决方案，可那些悲剧的主人公却仍会如此，或曰命定如此。——这说到底意味着，如果说这也能算是某种“命运”的话，那么，这种附于剧情而演绎出来的所谓“命运”，其“出人意表”或“不近人情”的程度，已经显得相当固化、穿凿和牵强了。

悲剧的这种“出人意表”或“不近人情”，只要稍加比较就可以看得更加清晰。耐人寻味的是，不光是跟中国民间的戏文和曲艺相比，就是跟好莱坞电影的一般结局相比，希腊悲剧的上述特征也都形成了鲜明的反差；那后两者都是不到万不得已的时候，总要沿着观众恻隐之心的自然祈求，去不知不觉地挽救剧中主人公的性命。换句话说，正由于所谓“蝼蚁尚且贪生”，而大毁灭的结局并不贴合人心之所向，所以，无论是在受到基督教影响的剧情中，还是在受到世俗佛教影响的剧情中，除非那主人公的最终落败和死灭，已经属于人所共知的历史真实，或者说，除非那剧情表现出的推演力量，已使得不这么安排就显得过于虚假，否则编剧们就宁可不这么安排了。

不待言，经过了一百多年来的西风熏习，对于来自于古希腊的这种大毁灭的终局，一般的中文读者都已经有点“见怪不怪”了。不过，对于一位真正合格的研究者来说，他却应心怀警觉地意识到，绝不应有所谓“见怪不怪”这回事。心灵要是都已变得这般麻木了，那还能有什么样的研究契机，或曰可能闪现着怎样发现的缝隙，不会被视而不见地马虎过去？正是基于这样的理由，至少是从我本人的角度来判定，既然从剧情的设计、氛围的烘托，到结局的推演，悲剧都曾进行过刻意的“反常”安排，这或许就暗示出了重大的奥秘或线索，引导我们从特定的进路来理解“悲剧的诞生”。——还应当交代一下，我们的这项研究还刚刚开始不久，因而，我这里还只是指“悲剧在希腊的诞生”，还没有轮到整个这项研究的重心，即再来探讨“悲剧在中国的诞生”；另外，这还不应当再是尼采笔下那类只是信笔去浇“自家块垒”的率性发挥，而是真正循着残留蛛丝马迹的，经由小心还原而宁可遗留部分残缺的历史拼图。

还需要预先说明的是，既然一开头就讲得这么肯定，那么我对隐藏于此间的那个奥秘，也确乎预先打好了初步的腹稿。不过，自己眼下还不能性急地把这个答案说破，而只能去引领大家循序地进行摸索，看看最终能否接住这种智力的挑战，而曲径通幽地证成自己的结论。当然，反过来说，就听众或读者的接受心理而言，也只有在推演中水到渠成的答案，才会真正表现出逻辑论证的力量，也才会真正显现为可靠的学术解答，否则，那就会像是信口开河与异想天开，而不可能展现出充足的说服力。

一、一连串仇杀的过站

前边已经讨论过埃斯库罗斯的剧作《被缚的普罗米修斯》，也已经点明了它作为最早的悲剧之一，正好也反映或暴露了人生中最为基础或底层的冲突。而接下来，我们又要再来讨论他的另一出剧作《阿伽门农》，看看在这出同属最早之列的悲剧中，还有什么样的惊人秘密可供大家发现。不过，作为这出悲剧的前奏或者导引，我们却要先来细读希腊著名导演迈克尔·柯杨尼斯的一部电影。——这是因为按照我本人的想法，那些集中反映于影片《伊菲吉妮娅》之宏大场景中的，而以往只可能在简朴的舞台上被约略追述的情节，或许恰好就包藏着一个以往总是被忽略掉了的重大秘密。

首先要注意，相形之下构成了强烈反差的是，如果来到早于悲剧的荷马史诗的字行中，我们就只能从那里听到阿伽门农的冤屈之魂，这样在向奥德修斯回顾自己不应有的遇害：

> 托埃尔特斯的光辉儿子，机敏的奥德修斯，
> 你确实得到一个德性善良的妻子，
> 因为伊卡里奥斯的儿女、高贵的佩涅洛佩
> 有如此高尚的心灵。她如此怀念奥德修斯，
> 自己的丈夫，她的德性会由此获得
> 不朽的美名，不死的神明们会谱一支
> 美妙的歌曲称颂聪明的佩涅洛佩；
> 不像那廷达瑞奥斯的女儿谋划恶行，
> 杀害自己结发的丈夫，她的丑行
> 将在世人中流传，给整个女性带来

不好的名声，尽管有人行为也高洁。[1]

看起来，历史话语中的这种变异可以说明，至少在荷马时代的特定价值观念中，阿伽门农出自对于不可忤逆的神意的服从，而被迫无奈地献祭了自己钟爱的女儿，这件事尽管会让人们为之伤感和嗟呀，却还算不上什么不可原谅的罪过。所以，我们后来在埃斯库罗斯的悲剧中间，也只是读到了经由歌队转述的、来自国王阿伽门农本人的辩解：

若不服从，命运将险恶：
但这也太苦啊，要我杀死
亲生女儿，家庭的宝饰，
让父亲的双手在那祭坛边
被挨杀献的少女鲜血玷污。
可哪一种办法没有痛苦？
我又怎能丢下这舰队，
抛弃一起作战的盟军？
须知为阻住这猛烈的风暴，

1 ［古希腊］荷马：《荷马史诗·奥德赛》，王焕生译，北京：人民文学出版社，1997年，第444—445页。

人们迫切地希望献祭，

用一个处女流出的鲜血，

这也合情理，但愿如意。[1]

既是这样，还是在荷马时代的通常理解中，等他再从特洛伊的废墟凯旋归来以后，其妻克吕泰涅斯特拉又当即把他给杀死，那主要还是怕自己与堂弟的奸情败露，而双方长女伊菲吉妮娅早先的牺牲，不过是她的一个方便的借口而已。——事实上，到后面我们还会再来回顾，在那个盛行着暴力的远古时代，阿伽门农以前为了霸占到她，也曾经亲手杀死过她的孩子，那还是她本人的亲生骨肉呢；而这位接着就被强夺过去的妇女，由于另一位可供依附的男性已不存在，还不是默默认命地跟从了他？或许正因为这样，正如大家或许都知道的，再到了埃斯库罗斯的悲剧三部曲里，一旦克吕墨涅斯特拉又被儿子俄瑞斯忒斯杀死，尽管其弑母行径也曾被复仇女神定为不赦之罪，但雅典娜最终还是投出了决定的一票，认定了替父报仇毕竟具有更大的正当性。

然则，这个当年只是被匆匆带过的、以牺牲爱女来取悦神祇的情节，到了更容易还原历史场景的现代电影中，却被更加独立和细致地描摹了出来。而我们为了接下来的叙述方便，可以先从

1　埃斯库罗斯:《阿伽门农》,《古希腊悲剧喜剧全集》，第一册，第 290 页。

对其剧情的粗略简介中，来大致鸟瞰一下它的主要梗概：

> 经过整整两年的准备，希腊十万远征军的舰队终于齐集 Boeotia 的 Aulis 港。希腊联军的司令官是 Mycenae 的国王阿迦门农（Agamemnon）。这位总指挥闲着没事打猎玩，却误伤了狩猎女神阿苔密斯（Artemis）的宠物红鹿。阿苔密斯一怒之下狂风大作把希腊舰队困在港里动弹不得。阿迦门农只好去请教先知卡尔恰斯（Calchas）。卡尔恰斯说只有用阿迦门农最心爱的女儿伊菲吉妮娅（Iphigenia）活祭才能平息女神之怒。阿迦门农这下傻了眼，万般无奈之下只好派人向太座克吕泰涅斯特拉（Clytemnestra）谎称要把女儿嫁给阿基里斯。暗恋阿基里斯多年的伊菲吉妮娅欢天喜地急急赶来，等待她的不是温暖红罗帐里情郎的拥吻，而是冰冷祭台边父亲的匕首。就在父女相残的人间惨剧将要上演之时，阿苔密斯终于动了恻隐之心，一阵风把伊菲吉妮娅摄走，让她成为狩猎神庙的女祭司。大风也就此停息，希腊舰队终于扬帆出港。[1]

1 “伊菲吉妮娅”，百度百科词条，其中克吕泰涅斯特拉的译名有所改动。

对于上述这段文字的先行引用，是为了帮助读者建立起理解的框架。不过，这毕竟只属于互联网上的粗糙介绍，其间对于大风的描写还似乎有误，而尽管这样的细节似乎也无关紧要，我们仍然需要再对它稍作说明。——以往就此曾有过两种说法：一种是说，狩猎女神是用逆风把舰队困在港口中，而只有等她得到了自己索要的祭品，才会再为希腊人再刮出顺风来；另一种则是说，希腊舰队是在港口遭遇到了“死风”，而这对于需要风力的帆船船队来说，就像在后来的悲剧中遇到瘟疫的忒拜一样，乃属于不可由人力来克服的自然困境，遂不得不向狩猎女神屈服求饶。看起来，在柯扬尼斯的这部电影中，大概是由于镜头的需要和拍摄的方便，就选择性地采用了后一种解释。也正因为这样，它才从一开始就展示出数以千计的、暴晒在在海滩上的士兵裸体，还特别安排其中的一位士兵，直接中暑晕倒在阿伽门农的马蹄下，算是向他施加了富有戏剧化的压力，由此才有了后来那句“让肉体在阳光下腐烂”的台词。

更进一步来体会：一方面，这部拍摄于1977年的电影作品，自然可以令人信服地反映出，无辜少女伊菲吉妮娅当年的命运，直到两千五百年以后都还在撼动着人心；不过在另一方面，跟只有在原初语境中才能被理解的固有传说相比，影片的导演又不得不进行一些必要的改动，或者更精确地说，是去顺从那些到了后世已经开始做出的改动，以便让它在后世的语境中也能被顺利地接受。——比如，如果根据人们对于悲剧的传统解释，正因为那种事情常会在当年的希腊发生，所以阿伽门农在献祭掉了自己女儿的前后，在他的心中并没有什么可犹疑和懊悔的：

> 让阿伽门农在埃斯库罗斯的同名悲剧中变成这样一个绝情人物的原因是，他太过于急促地执行落在他身上的命运——献祭了自己的女儿伊菲吉妮娅。而在采取这个行动之前，他甚至都没有表现出一丝怀疑或绝望，之后甚至连一点儿悔恨或悲哀也没有。奥尔福德认为，例如，至少他可以在事后为她修建一座纪念碑，或者他可以饶恕一个有着爱女的特洛伊人的性命。但这一切都他没有做："他完全忘记了，这意味着他不严肃认真地负起自己的责任。正如法兰克福学派的批判理论曾经多次强调的那样，责任意味着记忆。"[1]

然而，与此对比鲜明的是，这个曾经显得如此心如铁石的阿伽门农，一旦来到了柯扬尼斯的现代电影中，却又把这些"怀疑""绝望""悔恨"和"悲哀"全都给找回来了。由此我们也就可以看出，这部影片的实际叙述路线，毋宁是沿着后世的铺陈

1 约斯·德·穆尔：《命运的驯化：悲剧重生于技术精神》，第 244 页。

和修补，而对原有的情节进行了更加细致也更合乎后世情理的处理，以便让每个人的性格都显得更加复杂，也更加丰满，远不再只是某种行动的脸谱化符号了。——最显著的变化是，在这部由米高梅公司出产的现代影片中，不仅编造出了马基雅维利式的、只有在现代政治中才会常见的理由，还利用了只有在现代媒体中才会常见的语言，来交代或揭示那些政客的私下盘算。而与此同时，那些由阿伽门农所号令统领的、原本是来自古希腊的国王的士卒，也更像是受到媒体舆情左右的、生活在美利坚的现代选民，由此才可以用“军队有可能哗变”这样的理由，来编造出一个跟悲剧《安提戈涅》相似的冲突来。

这样一来，在国王阿伽门农和他弟弟墨涅拉俄斯的内心中，就都开始获得了激烈的内心冲突，以致简直是刚刚做出了那个可怕的决定，就马上又得以对这种“恶意”进行反悔，以便减少观众对于自己的厌恶或抵触，反倒要去同情他们在剧情中的左右为难……就此，我们可以借助于古斯塔夫·施瓦布的，当然也属于到了后世才逐渐编造圆满的叙述，来从阿伽门农跟他弟弟的那场争吵中，体验一下这类晚出剧情的高峰之处。——当弟弟墨涅拉俄斯在精明的尾随中发现，身为统帅的阿伽门农竟然又反悔起来，正派出老奴去阻止伊菲吉妮娅的前来时，他当然要明确地出言来反对兄长的出尔反尔。而阿伽门农为了保护自己的女儿，也当即就向这位被海伦背叛的、带了绿帽的丈夫反唇相讥，说这原本是属于你家的、而不应是我家的灾祸。可是，正当两人为此相争不下之际，事情却又发生了戏剧性的急转：

兄弟两人口角起来，互不相让。突然一名仆人来到面前，向国王阿伽门农汇报，说他的女儿伊菲吉妮娅已经来到，随同前来的还有母亲和弟弟俄瑞斯忒斯。仆人还没有离开，阿伽门农突然陷于走投无路的绝望境地。墨涅拉俄斯连忙抓住他的手安慰他。阿伽门农痛苦地说："兄弟，你赢了，你把她带去吧！"墨涅拉俄斯却改变了主意。他也不愿意为了海伦却杀掉了伊菲吉妮娅。"如果神谕让我决定你的女儿的命运，"他大声地宣布，"那么我愿意放弃她，而把我的那位拿来取代伊菲吉妮娅。"

阿伽门农扑进兄弟的怀里。"我感谢你，"他说，"亲爱的兄弟，你的高尚的精神使得我们又走到一起。我的命运已定，女儿的血腥惨死是无法避免的。全希腊国都在期待它。卡尔卡斯和狡猾的奥德修斯达成默契。他们在争夺人民，甚至要来谋害你和我，并且还在利用牺牲伊菲吉妮娅的机会。如果我们逃到亚各斯，请相信我的话，他们会追过来，把我们从城堡里抓走。最后，他们还会踏平古老的希腊城。因此我请你，兄弟，能够关心一下，别让克吕泰涅斯特拉知道，保证这一回神谕顺利地实现。”[1]

显而易见，如果从越到后世就越发明确的、对于刻画个性的艺术要求而言，恐怕如此颠三倒四、立场急剧调换的对白，只能说明人物的性格还不够连贯。所以我们看穿了，这无非是为了通过剧中的一个个行动，硬把它的情节往某个固定方向推进；而由此也就使我们回想了起来，亚里士多德当年也确曾有过这样的主张："悲剧中没有行动，则不成为悲剧。但没有性格，仍不失为悲剧。”[2]不过，至少是从我个人的角度来看，这种双方立场之如此不合性情的对换，又正说明一旦把古代的逻辑移入现代生活，想跟电影院里的观众来个“无缝对接”，那就会露出很多难以疏通的“马脚”。正因此，我们在这里无论如何又需要回过味来：毕竟对于当年聆听荷马史诗的听众来说，就他们所熟悉的那种特定风俗而言，阿伽门农这种对于爱女的被迫牺牲，尽管肯定会让人心随之流血，但在实践中却有着无可置疑的“合理性”。——让我们来看看在《伊利亚特》的原文中间，那位舌头不羁的特尔西特斯是怎样对他讲的：

1 ［德］古斯塔夫·施瓦布:《希腊古典神话》，曹乃云译，南京：译林出版社，2010 年，第 285 页。其中“伊菲吉妮娅”的译名为了取得一致而有所更改。

2 ［古希腊］亚里士多德:《诗学》，罗念生译，《罗念生全集》，第一卷，上海：上海人民出版社，2007 年，第 37 页。

阿特柔斯的儿子啊，你又有什么不满意，
或缺少什么？你的营帐里装满了青铜，
还有许多妇女，那是阿开奥斯人
攻下敌城时我们首先赠你的战利品。
你是否缺少黄金，希望驯马的特洛亚人
把黄金从特洛亚给你带来赎取儿子？
那个儿子可能是被我或别的阿开奥斯人
捆住带来。你是否还想要一个少女，
你好同她在恋爱上结合，远地藏娇？[1]

所以，大家千万不要被表面的词令给迷惑了，这趟所谓“一千艘战船，为了一个女人”的、对于特洛伊城的跨海远征，虽则在名义上只是为了那位美丽的海伦——其实，只要看看她妹妹克吕墨涅斯特拉在电影中的形象和年纪，或者想象一下她已是待嫁少女伊菲吉妮娅的接近老年的姨妈，我们就更可以明白那不过是一个诗化的借口了——然而它在实际上的“醉翁之意”，却还在于要劫掠到更多的妙龄美女与不义之财。正是为此，后来的场景才会如戈特沙尔所描述的那样：

1 荷马:《伊利亚特》，第二卷，罗念生、王焕生译，上海：上海人民出版社，2012 年，第 79 页。

士兵划着平底快船登岸，海边的居民未及抵抗就遭到扫荡。男人通常被杀死，牲畜和一切可携带的财物被劫掠一空，妇女被带走，成为胜利者的性奴或家奴。荷马时代的男子经常要面对突发的暴力死亡，女子则生活在持续的恐惧中，时刻为她们的男人和孩子的生命担忧，海面上的每一片帆影都可能预示着被强暴、被奴役的厄运。[1]

经由考古发现的、写有线形文字的泥板，也同样证明了上面的这种判断：

这些泥版鲜明地揭示了迈锡尼世界在向爱琴海东部扩张过程中的掠夺性本质。这些妇女不是在海盗般的突袭中被捕获，就是在如米利都等贸易中心的奴隶经销商手中购得。这些女人通常都携带子女而无男人，这意味着城市掠夺者常见的突袭模式，男人们被杀害，而女人们则被掳掠。《伊利亚特》与泥版的相互呼应，再次印证了这样的

1 ［英］乔纳森·戈特沙尔：《强暴特洛伊》，转引自［美］斯蒂芬·平克：《人性中的善良天使：暴力为什么会减少》，上卷，安雯译，北京：中信出版社，2015 年，第 15 页。

假定：荷马史诗真实地保存了青铜器时代的记忆。[1]

不言而喻，如此凶狠残暴的杀戮抢掠，纵使还不能算是带有“渎神”之意的，那至少也应当属于越出了命中“分限”的。既然如此，也就理应让最能从中得利的那位首领，也就是作为“骄蹇自私”之典型的阿伽门农，[2]率先拿出自己最为钟爱的、最会为之感到肉疼的东西，来向神灵表达出“犒劳”甚至“贿赂”之意，以表现出一种冥冥世界中的、特属于神话逻辑中的“公平”来。只不过，这种隐藏在古代人心中的，也曾被视为“天经地义”的逻辑，却并没被“预装”给现代影院的观剧大众，这才使得导演不得不另编一个理由，而利用现代世界中司空见惯的冲突与盘算，来让事物中的因果链显得可辨和可信。

也正因为这样，阿伽门农既已将此视作必要的损失，这位希腊统帅才会像韦尔南等人分析的那样，并没有显出现代电影中的心痛与无奈，相反倒把对于亲生女儿的失去，看成理所当然的甚至急于看到的：

---

1 ［英］迈克尔·伍德：《追寻特洛伊》，沈毅译，杭州：浙江大学出版社，2015年，第202页。

2 正如后人就此写到的，“写阿伽曼侬就该写他的骄蹇而自私，写伊尼就该写他对天神畏敬之情”，转引自［法］布瓦洛：《诗的艺术》，任典译，北京：人民文学出版社，1959年，第38页。

当时的局势对阿伽门农来说是至关重要的，献祭伊菲吉妮娅具有必然性，但同时，这一献祭不仅为阿伽门农所接受，甚至可以说是他所强烈希望的，他对此负有很大责任。在定数女神阿南刻的枷锁之下，这是他被迫要去做的事情，同时也是他所希望做的事情。为了取得特洛伊战争的胜利，他愿意不惜一切代价，哪怕这个代价是牺牲他自己的女儿。神祇所要求的献祭，对于人来说，要做出这一献祭的决定，意味着一种要付出代价的可怕罪行。阿伽门农呼喊道："愿这一献祭、少女的鲜血带来狂风，强烈的希望，深深的欲望，这为我带来企盼。"阿伽门农按照宗教仪式的要求所呼喊的，并不是他被迫做自己所不愿做的行为，而是萦绕着他的内在欲望，即想要不惜一切代价为他的联军打通胜利之路。[1]

照此而言，导演柯杨尼斯无疑是要了"花枪"。这是因为，如果循着影片中的现代式的思路，而同时摆出两种相争不下的理由，它们之间又是既如此无法调和，还都各有着部分的正确

1 让－皮埃尔·韦尔南、皮埃尔·维达尔－纳凯:《古希腊神话与悲剧》，第58页。其中的译名为取一致而有所改动。

性，那么，真正的“罪孽”也就像一只皮球一样，在这昆仲二人间被踢来踢去，弄得谁也不再像是事件的“主犯”了。所以令人嗟呀和扼腕的是，正像我们在影片中看到的那样，每当这一方刚刚开始转念，打算接受另一方出于善意的选择，让那位无辜少女的命运似乎有了转机，另一方就马上陡转了原先的心念，又接过了对方刚刚抛弃的立场，再说出让她不得不死的可怕理由……于是事情这么逐步发展下去，而真正在此促成了悲惨结局的，也就毋宁只是各种不期而来的“寸劲”了。——或者说，是由各种接替发生的偶然事变，以及它们无巧不巧的、却又都像是别具匠心的组合，才共同交织成了剧情的无可挽救的发展，就好像是真有可怕的“命运”在暗中支使，一步步地把无辜的小姑娘给推向了祭台。

我们当然也都知道，这种既在杳不可见的冥冥之中却又完全无可逃避的“命运”观念，也同样属于相当典型的古希腊观念，——就像在荷马的史诗《伊利亚特》中，赫克托尔曾向妻子吐露的那番著名感叹一样：

> 夫人，我劝你心里不要过于悲伤，
> 谁也不能违反命运女神的安排，
> 把我提前杀死，送到冥土哈得斯。
> 人一生下来，不论是懦夫还是勇士，

我认为，都逃不过他的注定的命运……[1]

不过，即便如此我们还是需要留意，如果这种曲尽人情的剧情安排，还不算是已然渗入了近世的道德观念，那么，它至少也是沿着亚里士多德的《诗学》，而对以往的悲剧成因给出了再度的诠释。——或者，再换上一个我经常爱用的比方，这正好比是一只历经了千年困扰的老蚌，为了后背上的一个让它感到别扭的沙粒，便不断地分泌出体液来克服和包裹它、软化和同化它，直到那沙粒悄然转化成了一粒闪亮的、不断长大的珍珠。对于这一点，我们到了后边还会再来详细考察，而在此处首先应当注意的是，正由此才应当心细如发地觉察出，这中间究竟有哪些情节和哪些理由，才可以匹配古希腊人所特有的行为习惯。

此外，还应当注意的是，这部被公认为一部电影界的杰作、当年差点就获得了奥斯卡奖的影片，不仅在表现希腊的风土人情方面，而且在调动演员的合理情绪方面，也都做得相当仔细和到位，使我们的视觉几乎就像是“回到”了古希腊。不过，也正是配合着这一点，同剧中人物的内心冲突相适应，如果同荷马史诗中的那位威风八面的、具有所谓“神样”仪容的统帅相比，那么，出现在这部电影中的、注定要失掉自己爱女的阿伽门农，则

1　荷马:《伊利亚特》，第六卷，第 327 页。

无论在风神还是在衣着方面，却也都表现出了相应的形象变化。他是那样的蓬头垢面、衣冠不整、汗流浃背，其满心的隐忧竟能被涉世未深的女儿给一眼看穿，这既可以说是大大地出乎我们的想象，却又可以说是完全合乎我们的预期。——就像京戏《秦琼卖马》中的那位主人公，决不能在大英雄走了“背字”的时候，还强要表现得器宇轩昂、豪气逼人一样，我们也完全可以理解，正由于阿伽门农在这部影片中，受到了特定表演主题的限制，而必须表现出由父爱转化出的痛苦，这也就影响到了他的人物造型与表演风格。

至于他的妻子克吕泰涅斯特拉，其由母爱所转化出来的仇恨，也同样是表现得相当疯狂，或者说是疯狂得相当到位。正因此，我才要向大家着重提醒，千万要留意她在最后一个镜头中的眼神，它竟是那样的阴森可怖、了无生意、不共戴天，肯定会寻找什么机会来以命相拼的，而由此也就留出了充分的想象空间，算是在影片结束后留下的长久的苦涩余味，让人预感到肯定还会有作为悲剧的续篇。——而这也就再一次提醒了我们，柯杨尼斯在这部影片中向我们讲述的，还只属于悲剧《奥瑞斯特斯三部曲》的小小前奏。而且从某种意义上说，这位导演只不过是在现代影视技术的支持下，来完成埃斯库罗斯当年就有的夙愿，既然当年的剧场限于条件的原始，还只能借助于几句台词来草草追述这一切。

当我在前边说到，在柯扬尼斯所打造的银幕艺术上，我们的视觉“几乎”就算是回到了古希腊的时候，我的真实意思是指，这部影片的景物都还不太“好莱坞化”，至少是不那么典型地“好莱坞化”。对于这一点，只需再回想一下 1963 年由伊丽莎白·泰勒出演的、在场景和造型上都极尽奢华的《埃及艳后》，我们就足以落实自己的这种印象了。可即使这样，我还是不得不说，这部影片仍然深陷在古典与近代的矛盾中，——这对于改编古典的现代艺术而言，恐怕已属于不可摆脱的先天困境了。比如不难想象，要是那些受到舆情影响的士卒们，其性灵和习惯果真变得如此现代，简直就像现代民主国家中闹哄哄的选民，那么，跟影片中的推演逻辑正好相反，这些连国王都会为之生畏的公众们，出于他们肯定会普遍具有的同情心，就反而最会去同情那位少女的命运，这一点在现代国家中可以说是从无例外的。

再如，一旦顺应着好莱坞的惯有套路，把阿基里斯塑造成了一位全无性经验的羞涩男孩，这倒是符合现代电影观众的惯有预期了，然而却跟他在希腊神话中的形象大有出入，更是跟荷马当年对他的描述南辕北辙。首先，在这位大英雄还未曾加入大军之前，据说他就已经闹出过风流韵事了。

> 正当整个古希腊都在征集人马招募英雄前去征讨特洛伊，洗刷特洛伊王子帕里斯抢走海伦并掠去大批珍宝

给希腊人留下的耻辱的时候，忒提斯出于慈母的爱心把年纪刚满十六岁的俊美儿子阿基里斯带到斯基罗斯岛，让他在那里和利科米德斯的女儿们一起生活，好让他逃避残酷的战争……这种教育尝试的结果很快就显示了出来：阿基里斯虽然身处女孩群中，但他并不觉得自己是个女孩；有一天，国王的小女儿戴德弥耳不得不红着脸向她的母亲坦白：她的肚子里怀有那个平时身穿女孩子的衣服，长得眉清目秀的同学的孩子。他们的这个私生子后来成为著名的英雄涅俄普托勒摩斯。[1]

其次，等阿基里斯再参加了远征的队伍，只要我们打开《伊利亚特》的扉页，就会读到阿伽门农正在跟他争夺女人；甚至一直到了这部史诗的第九卷，他都还为了被人横刀夺爱而耿耿于怀，哪有一丝他在电影中同女性打交道时的处子式的羞涩？

我来这里时把大量财产留家里；
我将从这里带走别的黄金和铜、
青灰色的铁、束着美丽腰带的妇女，

1 ［德］利奇德：《古希腊风化史》，杜昌忠、薛常明译，北京：海豚出版社，2012 年，第 250 页。译名为取一致有所改动。

这都是我拈阄得来；我的荣誉礼物
却被那赠予者阿伽门农夺去，侮辱我。
请把我说的这些事情公开告诉他，
使别人同样愤慨，要是他希望欺骗
别的达那奥斯人，他总是这样无耻。
尽管他有狗的脸面，却不敢和我照面。[1]

进一步说，在分析这部现代艺术品的时候，我们还应当充满历史感地想到，尽管埃斯库罗斯受限于当年的舞台，不可能去直接描写和再现这个献祭事件，然而这并不等于说，这个事件的阴影也可以被掩盖和涂抹掉；恰好相反，正因为它当年是如此被广泛地流传着，而且如此深刻地铺垫在人们心中，后来才可能被拿来当作其他故事的背景。——我们就此可以提出的证据是，此后那些主要的悲剧作家们，大概正因为这件事实在是太难忘怀、也太适合发挥悲情了，便几乎全都重提过伊菲吉妮娅的话题，而且还不断地对它予以改编或再处理，以致17世纪的法国剧作家拉辛曾经这样写道：

在诗人们笔下，再没有比用伊菲吉妮娅献祭的故事

1　荷马:《伊利亚特》，第九卷，第455页。

更著名的了。但是，在这次献祭的最主要的特点上，他们并不是一致的。一部分人，例如埃斯库罗斯在《阿伽门农》中，索福克勒斯在《埃勒克特拉》中，在他们之后还有卢克莱修、贺拉斯及其他很多作家，都写伊菲吉妮娅，阿伽门农的女儿，真的流了血，死在奥利斯。[……] 在埃斯库罗斯的剧中，克吕泰墨斯特拉说道，她的丈夫阿伽门农刚刚断了气，他将在地狱里遇到他从前献祭了的女儿伊菲吉妮娅。

另一些作家假设狄安娜怜悯这位年轻的公主，在人们正要将她献祭的时刻，把她抢了出来，带到陶罗人中间，女神找来一头母鹿（或一个类似的牺牲品）做她的替身。欧里庇得斯采用了这一传说，奥维德把它写进了《变形记》。[1]

顺便再提一下，在前面引述过的剧情介绍中，也是照抄了后世那些出于“不忍之心”的写法，说是有“一阵风把伊菲吉妮娅摄走，让她成为狩猎神庙的女祭司”，尽管我们并未在银幕上实际看到，否则就太越出现代生活的逻辑了。而无论如何，我们由此也就能进一步联想到，如果像《奥狄浦斯王》或《安提戈涅》

---

1 ［法］拉辛:《伊菲吉妮娅》序。

那样的悲剧，是因其复杂的内容留有更广的解释空间，而到了后世才变得如此广为人知，逐渐成为不断激发理论创造的兴奋点，那么相形之下，在当年的希腊悲剧作家那里，乃至在当时环形剧场中的悲剧观众那里，则毋宁说是涉及阿伽门农家族的一连串血腥仇杀，才更加普遍地牵动着人们的心弦，因为那注定了更会跟人们的现实生存状态，有着挥之不去的，甚至令人毛骨悚然的关系。与此同时，我们同样也不难想象，恐怕也正因为这样，所有那些出于“不忍之心”的改写，都很难真正抚慰古代希腊人的心灵。——要是伊菲吉妮娅当初并没被牺牲掉，甚至还有幸变成了女神身边的祭司，就像红孩儿在《西游记》中从不入流的圣婴大王，幸运地变成了观音菩萨的善财童子，那么，克吕泰涅斯特拉也根本就无仇可报了，她为什么还要凶残地谋杀自己的亲夫，再让这个家族的血腥历史继续传递下去呢？

当然，拉辛的说法又带给我们另一种信息，即越是在时间上晚出的悲剧家，就越要倾向于编造出什么花样来，不再让这位可怜而无辜的小姑娘，就这么像羔羊一样地被活活地宰杀。——这说到底还是因为，越是到了后世的作家和观众那里，以往那种源自上古遗风的、硬拿活人来献祭的风俗，就越是显得过于野蛮残暴或不合人情了，从而也就越发显出掩饰或变形的必要了。由此一来，他们也就不得不把这个也许还当真具有某种历史根据的故事，再转换成某种变相的、或者大大弱化的神话形式。而对于这样的变化趋势，我们是既可以从欧里庇得斯的剧作中看到，也可以从施瓦布的书页中看到：

> 士兵们全都一声不吭，他们的眼睛看着地面。卡尔卡斯拿出钢刀，祷告了一番。人们清楚地听到他的祭物倒地的声音。可是，奇迹！就在这一时刻，姑娘却在士兵们众目睽睽下消失不见了。阿耳忒弥斯怜悯她，一头高大雄伟的梅花鹿挣扎着躺在地上，牺牲的鲜血浓浓密密地喷洒在祭台上。
>
> “希腊联合部队的首领们，”卡尔卡斯大声说，“看看这里的牺牲吧，这是女神阿耳忒弥斯送来的。她宁愿要这头梅花鹿而不要牺牲那位姑娘。祭台无需使用姑娘的热血祭洒了。女神已经原谅了我们，让我们的船自由进出，而且答应让我们直捣特洛伊。拿出勇气来吧，海上的战友们，我们今天就要离开奥里斯海湾！”他一边说一边看着牺牲的动物在火中慢慢地烧成灰烬。等到最后一点火星熄灭的时候，祭台前的寂静立即被呼啸的风声打断了。士兵们抬头观看海港，看到船只在起伏的海面上摇动着。大家一阵欢呼，匆忙朝帐篷奔了过去。[1]

1　古斯塔夫·施瓦布:《希腊古典神话》，第 290 页。

再顺便说一句，这种从欧里庇得斯开始的“文明化”趋势，也就验证了我们对于他的一贯印象，即这位悲剧家虽只是在时间上稍晚，却比他那两位从事悲剧写作的前辈，大大地贴近了、甚至在某种程度上帮助创造了现代人的生活。——当然也正因为这样，这位更喜欢表现激情而不是表现克制，更喜欢描写实情而不是描写理想，更喜欢塑造常人而不是塑造高贵的剧作家，也就遭到了那些高贵理论家们的严厉斥责，简直可以说，针对欧里庇得斯的批评声是连绵不绝，从亚里士多德到郎吉努斯，甚至一直延续到现代的尼采。

由此也就更加验证出，正如我在前边已经提示过的，所谓古代心理和现代心理的区别，或许是更微妙或隐晦地表现在，如果这个可悲事件的主要根源，一开始还是体现为某种无妄的、不可解释的“天灾”，那么，到了更讲究来龙去脉的后来，人们就更愿意用现实世界的“因果律”，来强作解人地梳通讲清这类传说，于是它也就自然要被解释成某种“人祸”了。换句话说，为了更易于从人之常情来理解，也附带着传达出文明社会的规训，这件原本只是属于“另一种法则”的事情，或者这件原本在现世人间就“不合常情”的事情，到了这里也就被想方设法地归咎于，只是由于那些士卒太过嗜血和抢掠成性了。也正因为这样，那头作为祭品的可怜的梅花鹿，才不得不在故事的两头当了两次道具，先是用来解释人类犯下的无心之失，后又用来表现狩猎女神的宽大为怀。由此在我看来，这种意味深长而耐人寻味的改写过程，还是反映了“迷索斯”世界的渐行渐远，——也正因为这样，它就正好只能发生在那个“轴心时代”，具体说来就是发生在公元前五世纪左右，那正是人类逐渐要摆脱盲目与血腥的年代，碰巧也正是三位悲剧家们生活着的年代。

由此又不免联想到，在这个连古希腊人也都开始嫌它“太惨”的故事中，跟此类逐渐不能见容于文明规则的“人祭”现象搅混在一起的，还有如果照现代人看来也是同样属于野蛮行径的“抢亲”现象。——我们从克吕泰涅斯特拉对于阿伽门农的那一番痛斥中，可以把这种“抢亲”的风俗明白无误地辨识出来。而且，我们还可以借机再度发现，原来这个牺牲掉了伊菲吉妮娅的可悲事件，又不光是此后一连串仇杀行为的诱因，还可以说是此前一系列仇杀行为的结果；也正是因为如此，我们才在这一小节的标题中，不是把它说成是一连串仇杀的“前奏”，而要说成是一连串仇杀的“过站”：

> 我们的婚姻是伴随着罪恶开始的。你用暴力劫持了我，而把我从前的丈夫打死。我原来嫁给坦塔罗斯，那是堤厄斯忒斯的儿子。那时候，你把我的孩子从怀中抢走，而且残酷地杀害了。我的两位兄长卡斯托耳和波吕丢刻斯兴兵问罪。正是我那年迈的父亲廷达瑞俄斯看到

你可怜，你那时急叫救命，我的父亲救了你，你这才重新有了婚姻，成了我的丈夫。关于我在这场婚姻中无可指责的生活，你自己便可以作证。我成为你室内的幸福，室外的骄傲，给你生下三个女儿和这个儿子。你现在却要抢走我的大孩子，是吗？为了什么呢？为了让墨涅拉俄斯重新得到他那位背叛婚姻的妻子！你愿意屠杀自己的女儿吗？你在这时候将念怎样的祷告词？你在杀害女儿时指望从祈祷中得到什么呢？充满不幸地返回故乡，就像你现在羞辱满面地离开故乡一样，对吗，还是让我为你祈求降福呢？为什么正好拿你自己的孩子充作祭供的牺牲呢？你为什么不跟所有的希腊人讲一声：如果你们愿意顺利地征服特洛伊，那么就共同抽签，决定究竟谁家的女儿该作牺牲……[1]

事实上，稍微翻阅一下人类学的相关研究，就会发现这种被称作“marriage by capture”的现象，在无论中西的早期社会中都曾存在过，而且后来又在很多地方都演化成为流于形式的或藏头露尾的习俗，反而增加了婚庆中的放肆嬉闹成分，算是对于原始或远古生活的某种变形的回忆，也可以被说成是“化腐朽作神

1 古斯塔夫·施瓦布:《希腊古典神话》，第 287 页。

奇”的文化创造。由此看来，古希腊人在这方面也充其量只算得上是“并不例外”罢了。利奇德在《古希腊风化史》中就曾这样写道：

> 我们还记得，在上古时期有一种抢新娘的礼仪；当然，这种礼仪只有在斯巴达风行。在这个城邦里，新娘公开被强行抢走。说是公开，那是因为事先早有人将此事通知新娘的父母。[1]

也正因为这样，我们才会从埃斯库罗斯的笔下读到，他那部现存的第一出悲剧《乞援人》，其核心的冲突正在于两性之间的暴力，而阿尔戈斯国王出于打抱不平，对那五十位抢亲王子做出的豪迈抵制，也说明了希腊人在这方面，已经自信远比埃及人更加文明了：

> 你若想把这些女子带走，
> 需得善言相劝，得她们心甘情愿。
> 这个城邦的人民已一致决议：
> 决不强行交出这些女子。

---

1 利奇德:《古希腊风化史》，第 45 页。

关于她们的决定有如钉子
穿过板体铆住，坚定不移。
这一决议没有刻在书板上，
也没有录于纸莎草叶片的书册，
你可以听见自由的语言发出的
明确的声音：赶快离开这里！[1]

也正因为这样，晚近的研究者才会发现，在比希腊悲剧更为早出的荷马史诗中，它那两个主要故事的基本发生背景，居然这般无独有偶地，都是起因于这样的“抢亲”行为：

> 在两部荷马史诗的深层都有背靠古代神话（或传说）的“抢夺新娘”的交织。《伊利亚特》将其作为特洛伊战争和导致两军残酷拼杀的始因，《奥德赛》则将其作为象征正义战胜邪恶的终篇。不能说荷马有意设计了这么一个过程，即让“决斗”贯穿两部史诗的始终，但这一“巧合”（我们姑且承认这只是一种巧合）至少在作品的表层内容以外，为我们提供了一个研究深层次问题的理由。此类古老的命题不像定型的语言程式那样

1 埃斯库罗斯：《乞援人》，《古希腊悲剧喜剧全集》，第一册，第63页。

一眼即可辨识，而是如同一张潜网般地铺展在故事和程式化语言的深层。[1]

说到这里，就轮到要回顾前边提出的那个问题了，即为什么“他们到了自己最终就要赴死的那一刻，还都表现出慷慨乃至甘愿的样子，似乎从精神上得到了莫须有的胜利”？实际上，也正因为这样，我们在这一大节的标题中，才不说他（她）们是在被动地“受死”，而说他（她）们是在主动地“赴死”。如果我们已经意识到了，无论在人祭还是在仇杀或抢亲中，作为这类“前文明”行径的牺牲品本身，尽管不会发出基于现代“人权观念”的抗争，甚至最终也很可能就这么“认命”地过活下去，但终究不可能赞成乃至乐于去配合，那么，我们也就理应能够分辨出，只有克吕泰涅斯特拉的暗中“记仇”乃至最终爆发，才属于更加符合人之常情的反应，而那种主动配合、心甘情愿的慷慨赴死，那种不合常情的纯属子虚的精神胜利法，则肯定是渗入了哲学家到事后进行的强行解释。比如，不管有没有直接影响的证据，伊菲吉妮娅表现在施瓦布笔下的下述姿态——柯扬尼斯的镜头在这方面当然也是萧规曹随——看起来都更像一个深明大义、而且甘愿舍生取义的英雄，从而更符合亚里士多德或黑格尔对于悲剧的晚出解释，要么至少也可

1 陈中梅:《神圣的荷马：荷马史诗研究》，北京：北京大学出版社，2008 年，第 65 页。

以说，这是把埃斯库罗斯的情节给大大地“索福克勒斯化”了：

这时候，只见伊菲吉妮娅突然从母亲的怀里挣脱出来。她抬起头来，以坚定的步伐走到王后和阿喀琉斯面前：“听我说吧！”声音沉着坚定，“亲爱的母亲，你不要惹你的丈夫生气了。他不能违反命运。我佩服这位陌生人的高尚、勇敢。可是他将为此付出代价，他将会遭到辱骂。因此不妨听听我的决心。我将去领受死亡。我驱逐了心头任何的可鄙念头，愿意了结这件事情。希腊人都把眼光盯着我。战船的开航，特洛伊的攻陷都取决于我，希腊女人的荣誉系在我的身上。我的名字将载誉千秋万代，将被称作解放希腊的女子。我是一名凡人，女神阿耳忒弥斯的事业要我为祖国献身，这就是我的荣誉碑石，是我的结婚典礼。”……伊菲吉妮娅微微一笑：“女人的美貌已经引起了足够的战争和残杀。例如廷达瑞俄斯的女儿海伦。我的亲爱的朋友，你可别也是为了一个女人而死，而且还要为了我再去残杀别人。不，让希腊国拯救我吧，我是自愿的！”[1]

1 古斯塔夫·施瓦布：《希腊古典神话》，第 289 页。

二、由仇杀再说到人祭

在施瓦布所写的那本《古典希腊神话》中，对于阿伽门农家族早前的仇杀链条，还有过更为清晰而连贯的梳理交代，它使人不由想起常常出现在中国武侠小说里的想象情节，甚至，这比那些杀人不眨眼的侠客还要凶残，因为那些来自远古的希腊贵族不光是杀人如麻，而且还专门杀戮自己的血亲骨肉，甚至在杀完后还要把被牺牲者再给吃掉：

> 阿伽门农的族第背负一场诅咒，这还要追溯到他的曾祖坦塔罗斯时代。他的先辈动用无耻的暴力，有的成为座上客，有的沦为阶下囚。阿伽门农原来也将由于族第间的罪孽而身亡。从前，他的曾祖坦塔罗斯邀请神赴宴，却把自己的儿子珀罗普斯剁成碎块端上餐桌。神的奇迹让珀罗普斯恢复了生命。珀罗普斯应属清白无辜，可是他却杀害了善良的密耳提罗斯，使得家族的罪孽更加深重。密耳提罗斯是赫耳墨斯的儿子，在国王俄诺玛俄斯宫中当御使。珀罗普斯跟国王打赌赛车，他如果取得胜利便能娶国王的女儿希波达弥亚为妻。为此，珀罗普斯说服密耳提罗斯，让他拔出国王车上的铁钉，换上蜡制的假钉。国王俄诺玛诺斯的赛车果然裂断，珀罗普

斯胜利了，赢得了年轻的妻子希波达弥亚。可是，当密耳提罗斯追讨应得的报酬时，珀罗普斯竟然杀人灭口，把密耳提罗斯推入大海。后来，他再三请求忿怒不已的赫耳墨斯原谅自己的罪孽，又给被害的密耳提罗斯建造坟墓，给赫耳墨斯建立寺庙，但这一切都无济于事：珀罗普斯及其族人难逃神的报复。

珀罗普斯生有两个儿子：阿特柔斯和堤厄斯忒斯。他们两人的罪孽更为深重。阿特柔斯是迈肯尼的国王；堤厄斯忒斯统治亚哥利斯的南部地区。兄长阿特柔斯养了一头金毛公羊。堤厄斯忒斯垂涎欲滴，千方百计想要得到金毛羊：他诱骗兄长的妻子埃洛珀并与之通奸，从她那里得到金毛羔羊。阿特柔斯看到兄弟二罪俱发，立即采用祖父曾经使用过的报复手段。他悄悄地俘获了堤厄斯忒斯的两个儿子坦塔罗斯和普勒斯忒涅斯，将他们杀掉，烧成肴馔，端给堤厄斯忒斯，请他用膳。另外，他又将孩子的血拌和美酒，请堤厄斯忒斯饮用。太阳神看到如此残忍的人间悲剧，惊吓得把金车往后退转回去。堤厄斯忒斯害怕不已，最后逃往厄庇洛斯国，投奔国王忒斯普洛托斯。

阿特柔斯的国度里遭受着干旱和饥荒。国王从神谕中获悉，只有把驱赶出去的兄弟重新接回来，国内的灾难才会消失。阿特柔斯亲自上路，并在堤厄斯忒斯的藏匿地点找到了他。他们一起回自己的故乡，堤厄斯忒斯的儿子埃癸斯托斯一道回来。埃癸斯托斯早就发誓，一定为父亲而向阿特柔斯和他的孩子报仇雪恨。兄弟两人一起回到迈肯尼，可是他们的友谊只维持了短短的一段时间。阿特柔斯把他的弟弟投入监狱。埃癸斯托斯想出一道奸计，假意主动地请求去杀害生身父亲。等到他获准进入监狱时，他跟父亲密谋如何报复的良策。后来，他把一柄鲜血淋漓的利剑献给阿特柔斯。阿特柔斯见到血剑，以为兄弟已死，心中大喜，便在海岸边设祭浇奠。埃癸斯托斯抽出血剑，朝阿特柔斯奋力刺去。堤厄斯忒斯从监狱中释放出来，占领了兄长的王国。可是阿特柔斯的长子阿伽门农后来又举刀报了杀父之仇。阿特柔斯死后，他的儿子阿伽门农和墨涅拉俄斯前往斯巴达投奔国王廷达瑞俄斯，即勒达的丈夫，而勒达生下女儿海伦。阿伽门农在那里娶妻克吕泰涅斯特拉；墨涅拉俄斯则与海伦婚配。廷达瑞俄斯临死前立墨涅拉俄斯为继承人；阿伽门农回到迈肯尼，杀掉堤厄斯忒斯，当了迈肯尼的国王。埃癸斯托斯获得赦免。众神保全他，让他继续这个族第的凶杀之灾。于是，他又回到父亲从前在南方统治的地区做了国王。[1]

相形之下，虽说古代中国也拿“猪头三牲”做过祭品，可毕竟这边又是一个讲究“君子远庖厨”的社会，所以，至少对于受到过孔子仁学教化的、生活在轴心时代之后的中国人来说，一旦看到了上面引文中的野蛮行径，再来阅读下文中对于屠杀的津津乐道，那么，尽管后者已不再是直接地“以人为食”了，却还是很容易把它们归并到一类，盖因其正绘声绘色地欣赏这种血腥：

> 他们每个人向一位永存的天神献祭，
> 祈求能够避免死亡和战斗的辛苦。
> 人民的国王阿伽门农宰一头五岁的肥牛
> 祭祀克罗诺斯的儿子，那无比强大的天神；
> ……
> 他们祈祷完毕，撒上粗磨的大麦粉，
> 先把牺牲的头往后扳，割断喉咙，
> 剥去牺牲的皮，把牺牲的大腿砍下来，
> 用双层网油覆盖，在上面放上生肉。
> 他们把这些祭品用干枯的柴薪烧烤，

1　古斯塔夫·施瓦布:《希腊古典神话》，第457—459页。

又把内脏叉起来，放在匠神的火焰上。
他们在大腿烧化，品尝了内脏以后，
再把其余的肉切成小块叉起来，
细心烧烤，把肉全部从叉上取下来。
他们做完事，备好肉食，就吃起来。
他们心里不觉得缺少相等的一份。[1]

由此又自然而然地，这种发生在血亲之间的、如此频繁的杀戮与报复，以及不惜杀掉自己拥有的最佳动物、再用其最好的部位来献祭神灵的做法，就在我们面前织起了一幅相当连贯的外邦风情画。——也就是说，那样的图景本身既具有相当的连续性，又同我们自身的传统表现出了相应的断裂性。

无论如何，尽管那样的情况在希腊世界已不多见，然而我们还是可以从荷马史诗中发现它的孑遗形态。比如，大概是为了最为极端地表达出悲愤之情，据说阿基里斯还是在帕可洛特洛斯的葬礼上，动用了“活人献祭”这种极端的报复形式：

但宙斯不让人们的愿望全都实现，
我们两人注定要用自己的血染红

1 荷马:《伊利亚特》，第二卷，第 91—95 页。

特洛亚这片土地，我不会再返回家园，
车战的佩琉斯老父和母亲忒提斯不可能
在家中迎接我，这块土地将把我埋葬。
帕特罗克洛斯啊，既然我在你之后入土，
我便要把以杀死你为荣的赫克托尔的
铠甲和头颅送来这里再给你礼葬，
我还要在你的火葬堆前砍杀十二个
显贵的特洛亚青年为你报仇消怨。
现在你暂且躺在我的翘尾船前，
腰带低束的特洛亚的和达尔达尼亚的妇女们
将不分白天黑夜地围着你涕泪涟涟地哭泣，
我们用自己的双手和长枪摧毁世间
无数富饶的城市，把她们掳来这里。[1]

此外我们还知道，等到特洛伊城真被攻破之后，该国的美丽公主波吕克赛娜也同样被杀祭了，并且这次杀戮又是为了阿基里斯本人。——此外，还不得不顺便说明的是，如果把考察范围再放得宽一些，我们又可由此再继续联想，发现也不光可以在希腊人的传说中，还同样可以在希伯来人的传说中，看到与此相当近

1 荷马:《伊利亚特》，第十八卷，第971页。

似的可怕场景：

有一日，那人和他妻子夏娃同房，夏娃就怀孕，生了该隐，便说："耶和华使我得了一个男子。"该隐也被称为"世界上的第三个人"。后来，又生了该隐的兄弟亚伯。亚伯是牧羊的，该隐是种地的。有一日，该隐拿地里的蔬菜和粮食为供物献给耶和华；亚伯也将他羊群中头生的和羊的脂油献上。耶和华看中了亚伯和他的供物，只是看不中该隐和他的供物。该隐就大大的发怒，变了脸色。耶和华对该隐说："你为什么发怒呢？你为什么变了脸色呢？你若行得好，岂不蒙神悦纳？你若行得不好，罪就伏在门前。它必恋慕你，你却要制伏它。"

该隐与他兄弟亚伯说话，二人正在田间，该隐起来打他兄弟亚伯，把他杀了。耶和华对该隐说："你兄弟亚伯在哪里？"他说："我不知道！我岂是看守我兄弟的吗？"耶和华说："你做了什么事呢？你兄弟的血的声音通过地里向我哀告。地开了口，从你手里接受你兄弟的血。现在你必从这地受诅咒。你种地，地不再给你效力，你必流离飘荡在地上。"该隐对耶和华说："我的刑罚太重，过于我所能当的。你如今赶逐我离开这地，以致不见你面。我必流离漂荡在地上，凡遇见我的必杀我。”耶和华对他说：“凡杀该隐的，必遭报七倍。”耶和华就给该隐立一个记号，免得人遇见他就杀他。于是该隐就将眼目离开了耶和华，不再视见耶和华的面，去住在伊甸东边挪得之地。[1]

这段文字的真正费解之处，还不单在于它也是在讲血亲间的谋杀，而更在于，如果该隐所犯下的只是单纯的谋杀，那么，即使他杀害的不是自己的兄弟亚伯，又有什么理由再向神主去抱怨“我的刑罚太重”呢？由此想到，更加耐人寻味之处便又在于，那位据说既全知全能又无比公正的上帝，居然也马上就接受了他的抱怨，乃至于还给该隐立下了一个记号，宣示“凡杀该隐的，必遭报七倍”呢？——因而，正是从这类的可疑之处出发，英籍犹太学者海厄姆·麦考比（Hyam Maccoby）才大胆地设想，这里不啻留下了故事的早期版本的遗迹，也就是说，该隐实际上是一位神圣的刽子手，而他所进行的只是必要的活人献祭，由此才无须为自己的杀戮行为受到惩罚。[2]

如果说，该隐的例子还只属于某种蛛丝马迹，据此还只能进

---

1 《圣经·旧约·创世记》，中国基督教三自爱国运动委员会，中国基督教协会，2009年，第5页。

2 参见 Hyam Maccoby, *The Sacred Executioner: Human Sacrifice and the Legacy of Guilt*, London: Thames & Hudson, 1983。

行无法证实的推想，甚至还肯定会引起看法不同的争议，那么，我们还可以把《圣经》接着往下再读，那里还有更加确凿的以活人献祭的证据。——而众所周知，那故事恰恰发生在“众人之父”亚伯拉罕身上：

神要试验亚伯立罕，就呼叫他说：“亚伯拉罕！”他说：“我在这里。”神说：“你带着你的儿子，就是你独生的儿子，你所爱的以撒，往摩利亚地去，在我所要指示你的山上，把他献为燔祭。”亚伯拉罕清早起来，备上驴，带着两个仆人和他儿子以撒，也劈好了燔祭的柴，就起身往神所指示他的地方去了。到了第三日，亚伯拉罕举目远远地看见那地方。亚伯拉罕对他的仆人说：“你们和驴在此等候，我与童子往那里去拜一拜，就回到你们这里来。”亚伯拉罕把燔祭的柴放在他儿子以撒身上，自己手里拿着火与刀，于是二人同行。以撒对他父亲亚伯拉罕说：“父亲哪！”亚伯拉罕说：“我儿，我在这里。”以撒说：“请看，火与柴都有了，但燔祭的羊羔在哪里呢？”亚伯拉罕说：“我儿，神必自己预备作燔祭的羊羔。”于是二人同行。

他们到了神所指示的地方，亚伯拉罕在那里筑坛，把柴摆好，捆绑他的儿子以撒，放在坛的柴上。亚伯拉罕就伸手拿刀，要杀他的儿子。耶和华的使者从天上呼叫他说："亚伯拉罕！亚伯拉罕！"他说："我在这里。"天使说："你不可在这童子身上下手，一点不可害他。现在我知道你是敬畏神的了，因为你没有将你的儿子，就是你独生的儿子，留下不给我。"亚伯拉罕举目观看，不料，有一只公羊，两角扣在稠密的小树中，亚伯拉罕就取了那只公羊来，献为燔祭，代替他的儿子。[1]

当然话还要说回来。跟"荷马史诗"中的主神宙斯不尽相同，实则《旧约》中的那位耶和华，又并不怎么欣赏诸如此类的献祭，因为希伯来上帝的位格要更加超然，也更加高不可攀，不愿接受任何形式的人间干预，哪怕是以献祭的形式来讨好地进行干预，以免就像希腊神话中的诸神那样，能跟任何个人发生情感上的特定纠葛。——这显然是一种较为晚出的情况，正如斯蒂芬·平克就此所叙述的：

以色列人夸耀说，他们的神在道德上优越于周围部落的神，因为他们的神只要求屠宰牛羊做牺牲，而不要

1 《圣经·旧约·创世记》，第 23 页。

儿童做牺牲。但诱惑一定就在周围游荡着，故而以色列要在《圣经·利未记》第18章第20节中明文规定其为非法：“不可使你的儿女经火归与摩洛，也不可亵渎你神的名。”他们的后裔在几百年间一直努力不让这一恶习重新复活。[1]

特里·伊格尔顿也曾就此叙述道：

仪式献身是给他者的一种信息，焦急地问它是否仍然在那里并且承认人们的存在。鉴于这种承认永远不可能得到肯定；就必须强制性地重复行动。在传统意义上，它涉及抚慰，用焚烧的祭品平息众神的敌意。《旧约》中的耶和华偶尔会对这种做法动几次怒，唐突地让以色列人知道他们焚烧的祭品在他的鼻孔中发出恶臭，要求他们采取措施保护弱者免受有钱人的暴力。“我有足够被烧的公羊祭品和被喂养动物的油脂，”他脾气败坏地攻击宗教说，“你们不要再献虚浮的供物。香品是我所憎恶的……寻求公平，解救受欺压的，给孤儿申冤，为寡妇辩屈。”他在《阿摩司书》中说：“我厌恶你们的节

1 斯蒂芬·平克：《人性中的善良天使：暴力为什么会减少》，上卷，第163页。

期，……你们虽然向我献燔祭和素祭，我却不悦纳……唯愿公平如大水滚滚，使公义如江河滔滔。"《新约》将用使上帝本人成为受害者的方式，戏剧性地颠倒通常的牺牲概念。但是一般情况下，古代牺牲的价值在于利用神的权力。[1]

不过，从伊格尔顿的上述说法中，我们还是应当借机再分辨出，如此高蹈于尘世之上的希伯来精神，恐怕也只能存在于《圣经》的《旧约》之中，而一旦到了那位作为神之现世化身的、蒙难于十字架上的加利利人那里，则他的遭遇本身就可以算是一种活人献祭了，尽管是以一种反转过来的、创造性变态的祭献形式。也正因为这样，海厄姆·麦考比才在他的书中继续发挥说，在耶稣这里又不啻重演了该隐和亚伯的那个故事。这位作者的意思是，由于"神圣的刽子手"不应当是局外人，而行刑者和受难者还必须关系密切，所以托马斯·犹大才恰是耶稣的亲兄弟，而所谓"托马斯"，在希伯来语中，也只有"双胞胎"这一种意思。[2]耐人寻味的是，我们从这一点出发，又该联想起上帝对该隐的惩罚来了，

1 ［英］特里·伊格尔顿：《甜蜜的暴力：悲剧的观念》，方杰等译，南京：南京大学出版社，2007 年，第 290—291 页。

2 参见 Hyam Maccoby, *The Sacred Executioner: Human Sacrifice and the Legacy of Guilt*, New York: Thames & Hudson, 1982。

也即“你必流离飘荡在地上”那句话，——这似乎也对应了犹太人后来的遭遇，据说他们已被命定为“永世流浪”？[1]

赶紧从希伯来再回到希腊来，那才是这番论述的要点和指归。如果我们在前文中已经说过，希腊人在“抢亲”方面是“并不例外”的，那么，现在从伊菲吉妮娅和阿基里斯的例子中，则又可以白纸黑字地看到，其实他们在以“活人献祭”方面，也同样是属于“并不例外”的。所以，如果从后人的眼光看来，“两希文明”在这方面的区别，也只在于虽都曾进行过人祭活动，但一个已开始基于晚出的道德给予文饰，另一个则还在较早的史诗中坦白地描写。——更明确的证据是，除了前面已经提到的、反映于神话或史诗中那些蛛丝马迹，我们还能从人类学家的笔下，读到更加切实的相关描述。比如，詹·弗雷泽就曾在“替罪羊”的名义下，为我们描写了这种曾普遍流行于希腊世界的、稍经弱化一点的“活人献祭”的形式：

> 希腊最热闹、最明媚的都市之一——马赛，一遇到瘟疫流行就有一个出身穷苦阶层的人自愿来做“替罪羊”，人们用公费整整养他一年，拿精美的食物给他吃。一年期满就让他穿上圣衣，用神枝装饰起来，领着他走

1　参阅［法］端木松:《永世流浪的犹太人史》，罗国林译，广州：花城出版社，2007年。

遍全城，同时高声祷告让人们的全部灾害都落在他一人头上。然后把他扔出城外，或在城墙外由人们用石头把他砸死。雅典人经常用公费豢养一批堕落无用的人，当城市遭到瘟疫、旱灾或饥荒这一类的灾难时，就把这些堕落的替罪羔羊拿出两个来献祭：一个为男人献祭，另一个为妇女献祭。前者在颈上围一串黑无花果，后者围一串白无花果。有时候，献祭的为妇女，而杀祭的人牺似乎也是个妇女。先领他们走遍城里，而后杀祭，显然是在城外利用石头砸死的。[1]

进而，韦尔南等人不仅同样指出了这种遍布于希腊世界的、把活人当作“替罪羊”的献祭制度，还指明了它正好起源于我们最为关注的雅典：

就像在古希腊的其他城邦一样，在雅典也存在一种年度仪式，定期驱逐过去一整年累积的罪恶。拜占庭的赫拉狄俄斯转述说：“相继献祭一男一女两个人作为祭品、替罪羊，这是雅典的习俗，其目的就是净化罪

1 ［英］詹·乔·弗雷泽:《金枝》(下册)，徐育新、汪培基、张泽石译，北京：商务印书馆，2015 年，第 895 页。

恶……”根据传说，这一仪式的起源是因为雅典人对克里特人安德洛革俄斯犯下了渎神的谋杀罪（或者说，前者对后者的死负有重大责任）：为了要清除由这一罪行所引发的灾难，雅典人就开始通过献祭（替罪羊）来净化罪恶，从此就形成了一种惯例。仪式在萨吉里节（也称为收获节）的第一天举行，也就是萨吉里月的第六天。这两个作为替罪羊的人，要戴着干无花果项链（黑色或白色的，根据他们所代表的性别来分配），他们会被带着在城邦绕着示众，大家用绵枣的球茎、无花果的树枝和其他野生植物击打他们的性器官，然后再将他们驱逐出去。可能至少在这种习俗开始的时候，他们会被处以石块击毙的刑罚，然后火烧尸体，最后再将骨灰抛撒各处。[1]

而说到这种“替罪羊”的发明，作为一位生就或命定“属羊”的作者，我还要心有不甘地再揭开一个谜底。——无论如何，且不提以色列传说中那个“以羊易人”的故事，哪怕只是在这个有关两头梅花鹿的故事中，我们还是可以非常清晰地看出，毕竟在古希腊人的下意识中或前理解中，对于美丽神鹿的

1　让－皮埃尔·韦尔南、皮埃尔·维达尔－纳凯:《古希腊神话与悲剧》，第 114 页。

杀戮或牺牲还是不同寻常的，还应当是对于人的心灵有所触动的，由此人们才会围绕它编出那样的故事来。可相形之下，他们却毫不在意对于羊群的屠杀，哪怕就是像在这部影片中那样，干脆放马到羊栏中进行密集的屠杀。在我看来，在这种对于羊群的“特别残忍”中，或在对于羊群性命的“不以为意”中，还残留着很多已不能为人觉察的历史遗踪，说明他们作为狩猎乃至放牧部落的后裔，曾经长年把羊群当作最基本而稳定的口粮，或者是可以驱赶着搬迁行走的肉类。我想，大概也正因为这样，才在中国同样出现了“正当”地“以羊易牛”的故事。[1]而且，由此再比较起来，“无论在全人类的哪个文明中，对于‘羊’这种动物进行另类诠释的可能性，都相对要小一些，而对于‘牛’这种动物进行自由解释的余地就大得多”[2]。如果依情理来推想，大约也正是沿着这样的人类学基础，才会发展出所谓

---

1 参阅孟子笔下的说法——曰：“臣闻之胡龁曰，王坐于堂上，有牵牛而过堂下者，王见之，曰：‘牛何之？’对曰：‘将以衅钟。’王曰：‘舍之！吾不忍其觳觫，若无罪而就死地。’对曰：‘然则废衅钟与？’曰：‘何可废也？以羊易之！’不识有诸？”曰：“有之。”曰：“是心足以王矣。百姓皆以王为爱也，臣固知王之不忍也。”王曰：“然。诚有百姓者。齐国虽褊小，吾何爱一牛？即不忍其觳觫，若无罪而就死地，故以羊易之也。”曰：“王无异于百姓之以王为爱也。以小易大，彼恶知之？王若隐其无罪而就死地，则牛羊何择焉？”王笑曰：“是诚何心哉？我非爱其财。而易之以羊也，宜乎百姓之谓我爱也。”曰：“无伤也，是乃仁术也，见牛未见羊也。君子之于禽兽也，见其生，不忍见其死；闻其声，不忍食其肉。是以君子远庖厨也。”（《孟子·梁惠王上》）

2 刘东：“‘必要之恶’的谨慎权衡——动物之食用与药用及其限制”，《思想的浮冰》，第99—100页。

“替罪羊”的概念来。

接下来，沿着不断向前迈出的文明步骤，我们在利奇德所著的《希腊风化史》中，则又会看到两种继续有所弱化的“替罪羊”形式。其中的一种形式是，大体上虽还跟弗雷泽所讲的情节相似，却已不再把被当成“替罪羊”的人杀死：

> 在科洛丰举行的塔尔盖利节期间，如果该城遇上饥荒、瘟疫，或类似的大灾害之后需要赎罪，那么，涤罪人，即为别人赎罪而被献上当活祭之人，先是被人领着穿过城里，以便让他一人带走全城的污秽罪孽，然后被逐出城外——为了物色这样一个合适的人选，人们就会找出最令人讨厌的那个人。出城之后，别人会将一些面包、奶酪、无花果等放在他手中；而且根据希波纳克斯的记载，人们要用野无花果和棉枣树的树枝鞭打他的生殖器，与此同时，他们还用芦笛为他吹奏一首专门的曲调。[1]

很可能，用无花果树枝去鞭打生殖器的寓意，还在于让这些“祸根”能断子绝孙以根除污染。而其中的另一种形式则是，尽

1 利奇德:《古希腊风化史》，第 126 页。

管杀戮行为还是有可能发生，但已经转变成“以羊易人”的动物献祭了：

在塔纳格拉城里举行的赫耳墨斯节期间，最俊美敏慧的一位刚成年的男子必须肩扛一只未阉割过的公羊绕着城墙跑。普萨尼阿斯就是这么告诉我们的。他还说，这种风俗习惯是为了让人们记住赫耳墨斯当年就是这样做才使该城躲过一场瘟疫。这只公羊可能是用来献祭，也可能是被人赶到城外很远的地方去——据说它将全城的罪孽都负在自己的身上，借此替大家赎罪。我们在其他地方也见到这种风俗习惯，其共同特点是，必须选出全城最英俊的男子来担此重任。[1]

正是沿着这种不断弱化、不断转化或不断文化的发展路径，特里·伊格尔顿不仅复述过这种“替罪羊”的人祭形式，还沿着大概是由其同胞简·哈里森所开辟的解释路向，指出了它同希腊悲剧之间的直接渊源关系：

替罪羊在悲剧思想中有着悠久历史。悲剧的意思是

1 利奇德:《古希腊风化史》，第137页。

“山羊之歌”，不过也许最好将其翻译成“替罪羊之歌”。希腊悲剧很可能与动物献祭有些渊源，尽管这个问题尚存在争议……将起源的问题搁置起来，替罪羊的形象对某种类型的悲剧显然十分重要。在古希腊一年一度的塔基利亚节仪式上，排除城里头一年聚集的污秽之物的方式，是挑选两个替罪羊用于净化，他们是从城里最贫困、畸形的人中间进行挑选，由国家供养，让他们吃某些特殊食物，然后抽打着他们的生殖器在街上游行，将他们逐出城外，在早先他们也许会被处死。可以说，一个人可以是职业替罪羊，这就像他不可能真正是职业烈士一样；不过这是合乎逻辑的，因为替罪羊的整个意义是其无名性，作为一个被迫丧失主体性并且成为废物或虚无的人。[1]

说到这里又要特别说明一下，即使在那里真实地流行过活人献祭，这也并不意味着，如果比起地球上的其他部落来，古希腊人的社会风习就来得格外残暴，——他们只不过仍然属于“并不例外”罢了。我们刚才已经述及了希伯来的情况，但那种情况看来也已属于远古的遗风；而同样可资回顾的远古遗风，还有流行

1　特里·伊格尔顿：《甜蜜的暴力：悲剧的观念》，第 292—293 页。

于中国商代的大规模人祭现象。比如，在《甲骨续存》下七四四片所记载的，就是烧女奴以祭天祈雨的卜辞；而《殷墟文字甲编》二九九二片中所记载的，更是一次杀害三十名羌人来祭河神的卜辞。所以总体的情况，应当正如斯蒂芬·平克所综述的：

> 活人祭祀不只是令人着迷的神话。两千年前的罗马史学家塔西佗，记录了他目睹的日耳曼部落的人祭活动。希腊史学家普鲁塔克描述了迦太基发生的人祭，今天的游客还能在那里看到儿童献祭烧成焦炭的遗体。夏威夷人、斯堪的纳维亚人、印加人和凯尔特人都有人祭的传统……在墨西哥的阿兹特克人中，在印度东南的冈德人中，在西非的阿散蒂王国、贝宁王国和达荷美王国，活人祭祀是地地道道的行业，受害者的数目成千上万。马修·怀特估算，在公元 1440 年至 1524 年间，阿兹特克人每天要用大约 40 个人做活人祭祀，总计 120 万人成为牺牲品。[1]

当然，话又要说回来，在经过了“轴心时代”的精神洗涤之后，这类残暴的风习在主要的世界性文明中，毕竟都已是普遍

1 斯蒂芬·平克:《人性中的善良天使：暴力为什么会减少》，上卷，第 164—165 页。

消失或者至少是大为减少了。比如，我们从儒家经典的相关记载中，就可以明确看到这类的远古风俗，是如何在礼教制约下被逐渐革除的：

> 陈干昔寝疾，属其兄弟，而命其子尊已曰："如我死，则必大为我棺，使吾二婢子夹我。"陈干昔死，其子曰："以殉葬，非礼也，况又同棺乎？"弗果杀。[1]

也正因为这样，当大大开化了的人们到了近代以后，还能在玛雅文明那里见到人祭的仪式，还能在日本社会中听到有关"人柱"的传说，甚至，还能在当今印度的某些边远部落，亲眼见到用于祛病或求雨的活人献祭，他们都势必要为之不胜恐惧与惊悚。

而另一方面，正由于无论牲祭还是人祭，都曾经相当普遍地流行过，又正由于人类在经过那个阶段之后，还要朝更加"文明化"的方向前行，我们才会长出一口气地看到，再从献祭活动转化成为演剧活动，这在晚出的历史中也同样演成了相当普遍的现象。所以，如果我们判定希腊悲剧最初是从献祭特别是人祭活动中发展而来，那么它也同样只不过是"并不例外"而已。——比如，就我们身边最有把握的现象而言，从"酬神"的傩祭变异成

1 《礼记·檀弓下》。

"娱人"的傩戏，就属于这方面最明显而确凿的例证。甚至，还有人由其读音的相近又联想到，再从中国的傩戏发展到日本的能剧（のう），或许也同样存在着直接的影响关系。这方面的情况，亦正如盛行于中国边远山区的傩戏，恐怕也同样是由中原地区传播去的；而相形之下，倒是中原地区本身在此后的进程中，由于来自儒家的持续脱魅努力，却不大流行这种简单的戏剧形式了。

那么，通过前边两小节的追根溯源，究竟可以寻觅到什么样的启发呢？这仍要从正反两个方面来进行分梳。一方面，这样一种源自血腥行径的"路径依赖"，还是有助于打破长期以来所建立的、对于希腊乃至西方文化的盲目崇信。无论如何，在这个世界上并不存在天生优秀的种族，或曰天然优越的文化，乃至于唯一进步的文明，所以，曾被长期神话与膜拜的希腊悲剧，虽在后世的阐释中被赋予过种种的精彩，却是脱生于如此野蛮、血腥、悖谬的活人祭献活动，这听起来毕竟像是一个荒诞的玩笑。由此又不免想到，至少是在我们这个星球上——姑且不拉扯上想象中的外星人——还很少有别的什么动物，会像我们这种"高级"的灵长类动物这样，不仅敢于如此相互残杀，且还如此精于自相残杀，甚至还正是基于这种残杀，弄出了什么号称是了不起的文化。这种现象初看起来，似乎有点让人匪夷所思。不过，如果再联想一下古罗马奴隶被迫进行自相残杀的角斗场，乃至于中世纪贵族动辄决斗的野蛮风俗，以及到了当代仍在风行的西班牙斗牛场，我们却又会恍然地领悟到，那也并非什么不可思议的天方夜谭。

也正因为这样，那些竟把中国文化说成是“五千年的大错”，而把西方文化说成是“唯一正确”的人们，就不妨再来阅读一下来自西方人的自我反省，从而得以加强性地复习到，实际上天底下的所有文明，都是被“将错就错”地开辟出来的：

> 如果往昔是一个陌生的国度，它也是一个极端残暴的国度。人是健忘的，常常不记得生活曾经何等危险，每时每刻、方方面面都渗透出残忍的野蛮。文化记忆抚平了往日的块垒，原来的血腥已经褪色，留下的只有浅描淡画的纪念。从妇女佩戴的十字项链上，谁还会想到这曾经是古代常用的刑具？当人们说要抽打孩子一顿时，也不会想到一种旧俗，为处罚王子的胡作非为，要另外一个无辜的男孩代受鞭笞。我们周围到处都是祖先生活方式的丑恶印记，但我们几乎已经意识不到他们曾经的存在。人们说旅游拓宽头脑，对我们的文化遗产进行一次思想之旅，也许能够提醒我们，往昔的生活有何不同。[1]

不过，又要把话再说回来。另一方面，如果不是把希腊的

1 斯蒂芬·平克:《人性中的善良天使：暴力为什么会减少》，上卷，第 11 页。

乃至于“两希”的文化，像以往那样仰视为唯一优越的文化，甚至是唯一“文明”或高明的文化，而只是平等地视作某种殊别的文化，那么，即使确凿地看到了上述的“路径依赖”，也并不会妨碍我们又去平心地认定，就算从献祭活动发展出演剧活动，乃是一种相当普遍的发展路径，可毕竟，竟然能像古代的希腊人那样，从如此原始而血腥的献祭仪式，接引和发明出如此独特的悲剧形式，又赋予了它如此重大的文化地位，这一点仍属于堪称辉煌的戛戛独造；再者说，就跟犹太人又把那种血腥的人祭形式，转化成作为刑具的十字架上的、充满悲悯之情的耶稣蒙难像，从而长期约束过西方人的道德行为一样，希腊人把在祭坛上宰杀“替罪羊”的风习，转化成圆形剧场中轰轰烈烈的演出，并让我们从中领悟到人生的种种复杂性，这也同样显出了万花筒般的人类创造潜能。

既已把话说到这里，便可顺势来澄清一下“还原”和“还原主义”的区别了。无论如何，“还原主义”绝不是一种好的研究习惯，因为即使来自希腊的悲剧形式，可以溯源到早先的人祭活动，它也不可以被直接视同于那种人祭，相反倒属于涵容了变化巨大的、匠心别具的后世发挥，从而仍然不失为一种灿烂的文化创造，足以让我们借此洞悉很多人生的复杂底蕴，那底蕴以往就算也曾潜藏在我们心里，却并未被如此强烈而明确地唤醒过。不过，从另一方面来说，努力去进行知识上的“还原”或“考古”，却可以帮助我们去追溯事物的起源，从而看穿很多原本难以索解的谜团，包括我从一开始就明确提出的、那个理应早就被提出和追问的困难问题，——也就是“为何非要无辜者赴死”，或者更具体地说，是——

> 为什么剧中那个最被注目的主人公，哪怕他（或她）已被证明是全然无辜的，至少也是罪不当死的，也都要被剧作者这么刻意编派着去赴死，而且，他们到了自己最终就要赴死的那一刻，还都表现出慷慨乃至甘愿的样子，似乎从精神上得到了莫须有的胜利？

大体而言，我们就此已算是初步找出了答案。只不过，这种人文学意义上的答案，由于残留的历史碎片本身不够完整，仍只能辅之以大胆想象的勾连。而正因为这样，它就从来都会闪出知识上的缝隙，也只能表现为“姑且如此理解”的，不仅会遭到来自当代的种种质疑，还更有待于来自后世的反复证伪。另外，尽管我们已经较为清楚地看到了，希腊的悲剧确是从人祭活动发展而来，但是，它到底为什么会发展成了这个样子，而不是成了在其他文明中的别种样子，这还需要进行更为复杂的成因分析，对此我们将留到下一章再予以展开。

三、人类对自身的驯化

在本章剩下的另一半篇幅中，我们还要先朝另一个方向来运思：人类为什么会这么“将错就错”地且不约而同地从充满暴力的早期，发展到现在这种较为“文明”的形态？应当意识到，只有借助于由此推出的参照系，才能帮我们更清晰地回望悲剧，甚至体会到即使是在它毁灭的结局中，竟也包含着文明化的“不忍”之情。

另外，还应当意识到，这样来提问题也就意味着，尽管我们已经清醒地意识到了，在天地间并不存在一个尽心呵护的神灵，来确保在整个演化进程中的“合目的性”，但我们经由上面的回顾又确乎发现了，似乎在那种从祭礼到演剧的演化中，仍自存在着某种多元一体的、暗合统计学的规律。

如果想在认识中落实这样的规律，我们就必须有足够的理由来判定，自己这些来自东非的晚期智人的后代，真的是在从野蛮的丛林走向“文明”的人间。一方面，我们有时候好像当真是看到了这种“进化”的路线。比如，与前述那种普遍存在的抢亲风俗相连，我们还可以在上古的遗风中平行地看到，雄性借助于暴力的带有强制性的性行为，也同样曾经是普遍存在的，而把这两种野蛮习俗再叠加在一起，就几乎可以引向下述的普遍性结论：强奸乃是原始人之性行为的初始形式。可无论如何，随着人类暴力倾向的逐渐减弱，这两种在性行为方面的野蛮方式，就都被“文明”的进程给慢慢控制住了，——正如利奇德就此所写到的：

在远古时代，强奸多半是所有交媾行为的最初表现。而且我们也知道，作为宗教仪式诱拐妇女和男童的现象往往延续到文明程度发展到了相当进步的时代。但是我们同样发现，强奸在今日仍然不少见。若有人真使用暴力，他就会同时受到公众舆论的谴责和法律的制裁。[1]

但另一方面，可惜我们有时竟又不无沮丧地发现，偏偏跟上述的进程南辕北辙，人类往往又正在越变越凶暴和野蛮。比如，针对前文中已经述及的、人类几乎无所不用其极的自我残杀，俄国作家陀思妥耶夫斯基就充满反讽地说过：

的确，谈到人的残暴时往往称之为“兽行”，但这对于兽类是极不公平和带侮辱性的：兽类绝对不可能像人那样残忍，兽类的残忍不可能那样高明，那样艺术。老虎只会咬，只会撕。老虎即使会使用钉子，也绝对不

1　利奇德:《古希腊风化史》，第 142 页。

会想到把人的耳朵钉起来过夜。[1]

刚刚过世的英国史学家霍布斯鲍姆，更是出语惊人地针对当代社会而写道：

> 这个世纪教导了我们，而且还在不断教导我们懂得，就是人类可以学会在最残酷而且在理论上最不可忍受的条件之下生存。因此，我们很难领会自己这种每况愈下的严重程度——而且更不幸的是，我们堕落的速度愈来愈快，甚至已经陷入我们19世纪祖宗斥之为野蛮的境地。[2]

由此，在处理现代世界的“大屠杀”问题时，鲍曼便向我们提示了当代生活中相反相成的“一体两面”：

> 屠杀弥散于我们集体记忆中的那种无言恐怖（它时常让人们产生强烈的愿望，不要去面对那场记忆）就是

---

1 ［俄］陀思妥耶夫斯基：《卡拉马佐夫兄弟》，上卷，荣如德译，上海：上海译文出版社，2011年，第288页。

2 ［英］霍布斯鲍姆：《极端的年代》，郑明萱译，南京：江苏人民出版社，1998年，第20页。

> 要令人痛苦地去怀疑大屠杀可能远不仅仅是一次失常，远不仅仅是人类进步的坦途上的一次偏离，远不仅仅是文明社会健康机体的一次癌变；简而言之，大屠杀并不是现代文明和它所代表的一切事物（或者说我们喜欢这样想）的一个对立面。我们猜想（即使我们拒绝承认），大屠杀只是揭露了现代社会的另一面，而这个社会的我们更为熟悉的那一面是非常受我们崇拜的。现在这两面都很好地、协调地依附在同一实体之上。或许我们最害怕的就是，它们不仅是一枚硬币的两面，而且每一面都不能离开另外一面而单独存在。[1]

那么，置身于如此矛盾、断裂的状态中，我们究竟如何针对人类的暴力倾向，做出既如实又持平的判断呢？——从我的角度来看，这就需要引入所谓“智力发展”的变量了。也就是说，按照我个人的理解，在人类自我生成的历史进程中，正因为他们如此高度地发展了智力，所以如果他们成心想要为非作歹的话，那么相比起来，正如陀思妥耶夫斯基所讲的，其他动物自然是想不出这么坏的主意，既然它们的头脑还没有这么多的沟回。大概也

1 ［英］鲍曼:《现代性与大屠杀》，杨渝东、史建华译，南京：译林出版社，2002 年，第 10 页。

正因为这样，希区柯克们才会设计出所谓“完美谋杀”的影片，而好莱坞的观众们也才会精细地观赏它。不过，再反过来说，也正因为人类已然是越变越聪明，他们也就越来越精于盘算和长考。这样一来，如果他们在文明发展的进程中，发现付诸暴力的成本明显越来越高，而不付诸暴力的收益反倒越来越好，那就自然会倾向于放弃暴力的选项，久而久之也便形成了某种“自我驯化”。

按照斯蒂芬·平克的说法，尽管这种“自我驯化”的过程，还不至于改变人类内在的基因本身，但它至少会使身体内具有“善根”的基因，即倾向于移情与自制的较为理性的基因，在一个挑明了要抑制暴力的社会中，会悄然转变为具有数量优势的基因，而这跟丛林时代的潮流相比是正相反：

> 不妨想象一下，在霍布斯的无政府社会，冲动性暴力具有自我保护的功能，但在经历了平靖进程或文明进程的社会中，动辄复仇的暴力不仅于事无补，而且伤害自身。利维坦势必极力剿杀精神变态狂和狂热分子，将他们送进地牢或送上绞刑架，让头脑冷静的人在安定的社会中生儿育女。有利于移情和自制的基因得以繁衍，而放任捕食暴力、争夺优势和复仇的基因则日渐衰落。[1]

1 斯蒂芬·平克:《人性中的善良天使：暴力为什么会减少》，下卷，第706页。

沿着这样的论述逻辑，既然有了霍布斯的丛林式起点，我们自然也就会推想到利维坦的必要性了；换句话说，其实暴力也并不是从此就消失了，而只是被关到了国王私人的笼子之中，被更加强暴的政治力给垄断或独享了。——正如埃利亚斯就此所指出的：

> 人对人所造成的威胁，通过暴力独占的形成而受到更为严格的制约，因之更容易预见得到。日常生活已经从那种大起大落、令人震惊的突变中解脱出来。暴力业已军营化；只是在极端的情况下，在战时，在社会动荡的时期，暴力才会从其藏身之地，从军营之中破门而出，直接波及个人的生活。一般来说，暴力已为某种专家集团所独占，而从其他人的生活中剔除出来。而今这些专家，暴力的整个独占组织，只是处于社会日常生活的边缘地位，监督守护着个人的行为。[1]

饶有趣味的是，这样的“自我驯化”还不只限于人类；也正因此，我们就还可以对比着经过驯养的动物，来反观在我们自身上出现的相应变化。比如——

1 ［德］诺贝特·埃利亚斯:《文明的进程》，王佩莉、袁志英译，上海：上海译文出版社，2013年，第451页。

理查德·兰厄姆指出，动物的驯化通常是要放缓它们身体某些部位的发育节奏，将幼兽的某些特征一直保持到成年，这个过程被称为幼态化或幼态持续。经过驯化的品种或物种往往有更接近幼崽的头颅和脸型，性别差异较少，更喜欢玩耍，更少攻击性。在那些刻意驯化的家畜，如马、牛、羊和狐狸身上，我们通常都能见到这些变化。数千年前，一些狼开始盘桓在人类营地周围搜寻吃剩的食物，这开启了狼向狗的自驯化过程……兰厄姆认为，根据旧石器时代人类化石显示的幼形变化，在过去 3 万年至 5 万年间，人类也经历了幼态化过程，而这个过程至今也许仍在持续。[1]

于是更有趣的是，古人类学家针对人类本身的"自我驯化"，据说也已经找到了考古学上的某种证据。在 2014 年 8 月的《当代人类学》杂志上——

爱荷华大学古人类学家 Robert Franciscus 和同事确认了人类近期进化过程中发生的一些相同变化。该团队分析了生活在 8 万年以前的 13 位早期现代人的眉骨

1 斯蒂芬·平克:《人性中的善良天使：暴力为什么会减少》，下卷，第 711 页。

投影、脸型和颅容量，41 位生活在 3.8 万年前至 1 万年前的现代人类以及 1367 位近代人类样本的头骨。他们发现，过去 8 万年间人类眉骨收缩且面部变短，同时人类的祖先开始表现出象征性行为，并在全球扩散。颅容量也在减少，尤其是在约 1 万年前发明了农业之后。Franciscus 在此次会议上表示，所有这些变化都倾向于让男性的面孔看起来更像女性，而这与较低的睾丸激素水平相关。他和同事提出，对具有更高社会容忍度个体的选择导致较低水平的睾丸激素和应激激素，尤其是在男性身上，也因此带来面孔的女性化。对犬类 DNA 的研究也显示，调控侵略性的基因影响面部形状的发育。[1]

而另一位古人类学家，则又从自己的研究领域出发，得出了大体上与社会学家埃利亚斯相似的看法：

在 Wrangham 的报告中，他提出自然选择导致发育延缓这一过程的出现，并且减少了人类之间的攻击。民族学家发现，采集狩猎的人会杀死和别人老婆偷情的人或者其他人。随着社会关系在生存中变得越来越重要，

1 “自我驯化：人类救赎之路”，《中国科学报》，2014 年 11 月 6 日。

人类祖先可能采纳了同种类型的死刑，从而清除那些有着强烈对抗性和攻击行为的男性。不过，Wrangham 认为，这并非意味着人类是一个“卑鄙的物种”，充满了战争和摧残，而是因为这种选择更倾向于那些能够在一起共同工作的男性，无论是出于维持和平的目的还是开展集体性的攻击行为，例如战争。[1]

那么照此说来，人类对于他们自身的这种驯化，从而暴力在统计意义上的这类下降，是否就属于一种确凿的“进步”呢？我们看到，至少钱永祥在他撰写的相关导读中，就曾以赞成的口气这样写道：

《人性中的善良天使》之所以引人瞩目，出版之后引起广泛争议，正是因为作者敢于直言人类的历史的确有进步可言，进而又提出了暴力下降作为度量这种“历史进步”的尺度。这两项主张都具有高度的挑衅性。承认人类在进步，就意味着正面挑战了近百年来主流思潮不愿也不敢再谈“进步”的相对主义、虚无主义倾向，并强调人类不仅在“改善”之中，而且这种改善从过去

---

1 “自我驯化：人类救赎之路”，《中国科学报》，2014 年 11 月 6 日。

到现在乃至未来，足以构成一部相连贯的人类进步史；如果接受以“暴力下降”作为进步的量尺，就等于是在挑战习见的高调道德观，把道德关注的核心议题从“追求德行”下移到了“减少苦痛”，所谓“改善”并非指人类已进入某种崇高的道德境界，而只是减少使用暴力，减少个人所承受的苦难而已。[1]

不过，我本人仍在为此而感到踟蹰犹疑。即使上面的论述已让我们看到，生活在不大可能被突然给屠宰掉，甚至给活活吞吃掉的这个现时代，已经可以算是相当大的幸事了，然而，如果事情也就仅此而已，便去动用像“进步”（progress）这样的大词，那么，至少对于具备哲学素养的头脑来说，仍嫌未能具备足够的说服力。——这是因为，正如我本人早已就此指出的，这样的“大词”是要相对于更大的参照系而言的：

一旦着手处理此类历史哲学的方法论问题，我们就会和 Kant 一样，感到“进步”概念属于形而上学的范畴，即由于缺乏具体的直观对象而注定只能是空洞的。

1 钱永祥：“重看历史，重建道德”，载斯蒂芬·平克：《人性中的善良天使：暴力为什么会减少》，上卷，导读，第 1—2 页。

> 也就是说，如果我们不是神，如果我们并不具备一种“理性直观”来放眼望尽无限，如果我们不可能稳固地把握住标志着至善的人类历史终点（就像Karl Jaspers在《历史的起源和目标》里所企图做到的那样），那么，我们终究就不能判定人们是否在向一个可靠的目标“上升”，而“进步”也就和“物自体”一样在本质上被排除到了认识之外。[1]

也正因为这样，在我看来，任何经验形态中的有限的“进取”，或任何在有限区间内的相对的“进展”，如果拿来跟基于历史终点而言的“进步”相比，就只能转而动用较小的词汇来描述，比如，我们可以把它描绘为某种有限的“改进”（improvement），或者干脆是某种局部的“帕累托优化”（Pareto Optimality）。——别的不说，就拿眼下正在讨论的“暴力减少”的现象为例，只要不再把文明的观察局限于某个有限区间，而让自己的目力再旁及更广的参照区域，那么，我们就会自内而外地遭遇到如下两种疑难。

第一种疑难，可以说是出现在具体文明的结构内部。无论如何，尽管那种在霍布斯意义上的、作为政治怪兽的“利维坦”，

1 刘东：“多元标准下的‘进步’概念”，《近思与远虑》，第23页。

也的确因为由霍布斯所预设的丛林状态，而获得了相应程度的“合法性”，可它还是让我们想起了马克斯·韦伯有关国家的带有恐怖性的定义，即国家乃是“拥有合法使用暴力的垄断地位”的实体。在这个意义上，即使它曾经相对地平定了人间的暴力，却又随时可以更大规模地动用暴力，而且，它之所以能够相对地平定以往那些形式的暴力，也正是因为它可以再千百倍地付诸暴力，并且还是在所谓“合法性”的漂亮外衣下，正如庄子早在先秦时代就已经看穿的：“彼窃钩者诛，窃国者为诸侯”[1]。缘此，尽管平克曾经挑衅性地反诘过——“如果这不叫进步，我不知道还有什么能算是进步”，但反过来，他终究还是较为平衡地指出了问题的另一面：

> 至于暴力，这个世界上的第一个利维坦——国家解决了一个老问题，但又制造了一个新问题。人民固然不再经常地死于凶杀和战争，但他们又被暴君、神职和贪官污吏们攥在手心里。这让我们更加觉得“平靖”这个字眼带有太多的血腥气，它绝不仅仅是带来了和平，而且还带来了强权政府的绝对控制。对第二个问题的解决，人类还要再等上几千年，而在世界的很多地方，这

1 《庄子·胠箧》。

个问题至今也没有得到解决。[1]

当然话又要说回来，如果不再动用像“进步”那样的大词，而只是把它谨慎地描述为“改进”或“帕累托优化”，那么，尽管也有在“现代性与大屠杀”之间的关联，但若仅就暴力现象的相对减少而言，生存状况的部分“改善”还是确凿存在的，而我们既然身为受益于此的人类，当然也不应当视而不见地否定它。实际上，也正是因为这一点，尽管人们在谈论现实政治的时候，往往要以清高的姿态来厌弃地撇开它，可是他们一旦研究起古代历史时，却又会把哪怕是最高压的政治，认定为一种重要的、不可或缺的文化现象。——正是在这样的意义上，李泽厚老师也早就对我讲过这样的判断，即“哪怕最坏的政府也要好过无政府”；而且在我看来，这也正是他后来又提出“告别革命”的潜在动机。而无论如何，作为一系列无人会表示欣赏的例证，晚近以来正急剧恶化的中东局势，似乎也从反面再次验证了他的这种判断。

不过，即使是这样，我还是不能同意某些人的极端说法，他们竟要利用中东世界的当前乱局，来替它当年的残暴统治者辩护，甚至讲什么“有了萨达姆的伊拉克就是天堂”。事实上，正如平克在前边已经坦言的，即使这类暴君也曾解决过某些问题，

---

1 斯蒂芬·平克:《人性中的善良天使：暴力为什么会减少》，上卷，第76页。

他们还是随即就又“制造了一个新问题”，而且，在世界的很多甚至很可能是更多的地方，这后一个问题“至今也没有得到解决”，甚至今后也未必就都能被解决。正因为这样，为了进一步去获得“免于恐怖”的权利，我们就必须头脑清楚地意识到，在人类对于暴力的控制过程中，或者在人类对于自身的驯化进程中，必须并存起一前一后两个阶段，而且这前后相随的两个发展阶段，其作用力还必须是指向相反的，——也就是说，如果在抑制暴力的第一阶段，主要应该由君主来驯化施暴的臣民，那么在抑制暴力的第二阶段，则主要应该由人民来驯化施暴的君主。

不待言，所谓“驯化君主”的说法，当然是来自哈维·曼斯菲尔德的同名著作，所以我在这里为了叙述的方便，就有必要先来利用一下该书的简介：

> 在本书中，曼斯菲尔德系统地梳理了从亚里士多德《政治学》直到《联邦党人文集》的西方政治思想，考察了执行权学说的兴起及其发展演变，认为尽管有各种各样的“原始执行官”，现代意义上的执行官却是首次出现在马基雅维利的《君主论》中。但马基雅维利的过于强大、残忍的执行官削弱了共和理论。因此，后来的政治哲学家如洛克和孟德斯鸠等人就致力于“驯化”嗜

血的“君主”，将其纳入宪政的框架，最终形成了今天的美国总统一职。[1]

由此可知，曼斯菲尔德几乎是把整个现代政治学的进程，从马基雅维利到洛克再到孟德斯鸠等人，都浓缩成为层层加码地去驯化“公权力”的艰难进程。

基于这样的梗概，我们便可以再到曼斯菲尔德的笔下，来看看作为天下公器的“公权力”，是如何沿着洛克、孟德斯鸠乃至帕布利乌斯的思路，而逐渐在大洋彼岸被“驯化”掉其野性的：

> 美国的宪政体制是洛克式的，但是它比洛克的宪政体制更温和，因为它符合孟德斯鸠的分权，即把司法权从执行权中分离出来。这种宪政体制的所有部门都来自于人民，因此它依靠的是人民的自豪感，而不是他们的恐惧或一个君王的威严。它是可以修正的，但必须从宪法上遵循它自身的形式。从理论上说，如果享有主权的人民愿意，它也可以被废除……因此，节制统治的欲望也变成了一种统治类型。人民是宪政体制的裁决者，然

1 ［美］哈维 · C. 曼斯菲尔德：《驯化君主》，冯克利译，南京：译林出版社，2005 年，封底语；其中马基雅维利的译名为取一致有所改动。

而他们是经过了宪政体制的塑造，才成为它的杰出的裁决者。[1]

无可否认的是，也正是出自对于“第二次驯化”的警戒心——尽管这也带来了堪称沉重的“自由的代价”——在美国就是不能去随意收缴私人的枪支。

既然如此，我们虽然单从逻辑上也可以说，在人类逐步剥离自身野性的过程中，可以被区分为上述两个前后相随的发展阶段，然而，一旦回到实际演化的历史中，这种“自我驯化”却未必能顺利接续下去，甚至还很有可能去大开倒车，如陈寅恪所说的“似有合于所谓退化论之说者”。[2] 而由此就至少可以说，在社会发展尚未继续落实驯化之前，我们至少不能只把逻辑中的可能性，过于乐观地误判成了历史中的现实性。——也正因为这样，我们就更应当清醒地看到，尽管在人类发展的过程中有过某些“改进”，然而，即使把这些“改进”全都叠加或积分起来，也未必就有理由把它们判断为“进步”。

第二种疑难，又可以说是来自文明与文明之间，换言之，它们乃是由文明之间的落差所导致的。为了理解这一点，最好先回

1 哈维 · C. 曼斯菲尔德:《驯化君主》，第 332—333 页。

2 陈寅恪:“读吴其昌撰梁启超传书后”，《寒柳堂集》。

到中国本身的“平靖时代”的开端。在那里，无论是韩非所指斥的“儒以文乱法，侠以武犯禁”[1]，还是秦始皇所实施的“收天下兵，聚之咸阳，销以为钟鐻金人十二，重各千石，置廷宫中”[2]，都确乎表明了利维坦对于暴力的控制，以及基于这种垄断性控制的“驯化”。——正如我在近三十年前便曾就此写到的：

> 历史进入大一统的秦、汉以后，个性向任何方向的自由发展都势必受到压抑。为这种统治作理论准备的韩非，就已把后来分化为专职文、武的两种“士”归入危害法度的“五蠹”之列，宣称“儒以文乱法，侠以武犯禁”，应分别予以“罪”“诛”。当然，既为先秦诸子之一，强调“耕战”的韩非也并非不再尚武。但从维护国家利益的功用出发，他却主张这种精神只能是作为国家机器的“坚甲厉兵”的特权，而不应成为“游侠私剑”的个人气度。否则，“国平则养儒侠，难至则用介士，所用者非所养，此所以乱也”。[3]

耐人寻味的是，也正是源于这种来自强暴国家的抑制，后

1 《韩非子·五蠹》。

2 （西汉）司马迁:《史记·秦始皇本纪》。

3 刘东:“尚武精神”,《中华文明读本》，南京：译林出版社，2009 年，第 445 页。

来竟也把“士”这个汉字的语义，从所谓的“赳赳武夫，公侯干城”[1]，给驯化成了为文雅书生所特有的专名，而忘记了在孔子当年传授的“六艺”中，原本也有足以和“礼、乐”并列的“射、御”，并非只有风花雪月与书生意气。——也正是沿着如此笃定的驯化路向——

> 中国原有之文武双全的精神便被分裂为二，而“重文轻武”的偏颇亦渐在士大夫中趋于主导。从《后汉书·光武帝纪下》所谓“退功臣而进文吏，戢弓矢而散马牛……斯亦止戈之武焉”的说法中，可以清晰地看到这种由官方倡导的转捩。而后，这种文武天平的失衡倾向，虽亦曾不断被融入中原文化的周边民族的原始野性所冲淡和遏止，却终于在后世酿成了积弱不振的国势和文弱不武的国民性格。[2]

正是出于这个缘故，才凸显出了“文明与文明”之间的问题，这是因为，作为中华民族之主体的汉族，越是被大一统的国家意志所“驯化”，越是独自地攀越到了“止戈为武”的文

---

1 《诗经·周南·兔罝》。

2 刘东：“尚武精神”，《中华文明读本》，第 446 页。

化高度，就越是难于再去抵御野性未泯的、马背上的民族。回溯起来，这种困窘到了高度发达的两宋之后，由于它那“杯酒释兵权”的疑心重重的起点，也由于它那“强干弱枝，重文轻武”的偏颇国策，便拖累得整个社会都难以从上述的落差中自救了。——在我看来，即使是本院学养最深的陈寅恪教授，有时候也会被这种无形的困境缠绕进去，这最突出地反映于他在审查邓广铭的著作时，曾经无意间流露出的那种矛盾心态：

> 即使从最粗浅最表面的历史常识出发，人们也不难看出——有宋一代乃是极为奇异的现象组合：它在最称富甲天下的同时，却又最称积弱积贫；它在登上了文修之峰顶的同时，却又滑下了武备之谷底……正因乎此，即使在当时的人们心中，便已将汴梁和临安的升平景象看作转瞬即逝的南柯一梦了。而基于如此残酷的历史事实，我们就不禁要进一步追问：身为一代史学宗师的陈寅恪，难道竟忘记了华夏文化不光是“造极于赵宋之世”，而且也是“衰落于赵宋之世”吗？——不！我们发现，且不讲其广博的历史知识，单就其当时“家亡国破此身留”的个人际遇，也足以使他未敢片刻稍忘宋代史实的这种两面性：恰恰在同一篇序文当中，他的笔端便转而流露出和陆诗辛词同样凄绝的调子——“嗌！先生（案指邓广

铭）与稼轩同乡土，遭际国难，间关南渡，尤复似之。”[1]

接下来，同样属于题中应有之义的就在于，还是因为早已被大一统的利维坦所驯化，我们到了鸦片战争之后，就不光是难以抵御来自草原的入侵者，也更难以抵御来自海洋上的入侵者了。正因为这样，作为一种不得已反弹和检讨，梁启超才会惊叹于日本的武士道，而提出了“中国民族之武，其最初之天性也；中国民族之不武，则第二之天性也”。[2]而接续着这种论述，陈独秀则又提出了作为“教育方针”之“四大主义”的“兽性主义”：“兽性之特长谓何，曰意志顽狠，善斗不屈也；曰体魄强健，力抗自然也；曰信赖本能，不依他为活也；曰顺性率真，不饰伪自文也。”[3]此后，青年毛泽东又跟着这些先行的导师，提出了“欲文明其精神，先自野蛮其体魄；苟野蛮其体魄矣，则文明之精神随之”[4]的主张。凡此种种，都可以说是迫于文明板块间的显著落差，不得不强迫自己去大开驯化的倒车，以应付来自文明外部的陡增的暴力。

顺便再说一句，讲到这种外部的可怕暴力，恐怕当今国人

1 刘东：“试论中国文化类型的形成”，《近思与远虑》，第 188 页。

2 梁启超：《中国之武士道》，上海：中华书局，1936 年，自序，第 17 页。

3 陈独秀：“今日之教育方针”，《陈独秀文集》，第一卷，北京：人民出版社，2013 年，第 109 页。

4 毛泽东：《体育之研究》，北京：人民体育出版社，1979 年，第 8 页。

最是记忆犹新的，就要数来自日本发动的侵华战争了，而与此同时，日本那边对于中国崛起的某些反弹，又在不断刺激和加深着他们的这种记忆。不过，如果说到对于现实态势的判断，我们却又理应充满历史感地看到，其实日本民族本身对于暴力的态度，也同样是处在不断的“驯化”中。正因此就应当注意，我们也不要只是因为沉湎于记忆，就反而忘记了判定当今日本的实际情势；尤其是，我们更不要仅仅出于这样的误解，乃至于对于这种误解的故意利用，便人为制造出了原本并不存在的忧患：

> 幸运的是，似乎历史发展的隐秘锁钥，也潜藏在刚刚过去的进程中。不管怎么说，如今都早已过了资本主义的那个早期发展阶段，也就是说，尽管它的全球化扩张从来都未曾消歇，但它毕竟是采取了更加平和而隐晦的跨国商战的形式。
>
> 而与此相应，民族国家之间的那种僵硬壁垒，也早已在这种渐次成为常态的跨国活动中，逐渐软化、融化和淡化起来，根本不再需要去动用刀兵来打破。而且，全球经济的一体化水平已经达到了这样的地步：任何一次出于爱国主义的对于某国产品的抵制，都马上会反而损害到自己国家与国民的利益。
>
> 正因为这样，任何对于国际大势稍有现实感的人都

知道，一方面，从现实利益的角度来看，拥有众多跨国公司的日本，再也没有侵略中国的可能与必要，而另一方面，从文化价值的角度来看，正在稳步朝向传统价值复归的中国，更是绝对没有侵略日本的动机与需要。[1]

事实上，早在20世纪50年代，基辛格就在他的那本成名作中指出，正由于在国家暴力之间的恐怖均势，反而剥夺了所谓“全面战争”的历史意义。当然，这也并不是什么值得夸耀的历史“进步”，而无非是来自对于核武器的共同恐惧。——不无巧合的是，他也在自己的书中重提了前边那个希腊故事，但却是在一种否定的和恐惧的意义上，重新回顾了人类对于天火的僭越盗取：

许多世纪以来，关于普罗米修斯的传说一直象征着对于狂妄野心的惩罚；他因企图从天神那里盗取火的秘密，受到终身被锁在岩石上的惩罚。人们并不了解，对于普罗米修斯的这种惩罚是一种含有怜悯心情的行为；如果天神许可他把火盗走，那会是严厉得多的惩罚。我们这一代成功地盗来了天神之火，因而就注定要生活在

1 刘东：“把东亚还给东亚历史：中日关系的反思与愿景”，《自由与传统》，第310页。

由于这件事的成就而带来的恐惧中。[1]

尽管谁也不敢担保说，在这些形成了恐怖平衡的“文明”国家之间，就永不会有因为擦枪走火而陷入地狱火海的那一天，不过就当今时代的日常状态而言，那些随时可以爆发出来的常规暴力冲突，却毕竟是来自这种均势的平衡之外。一方面，那些仍被阻隔在现代世界之外的国家，特别是那些刚组成国家的部落联盟，就像当年成吉思汗或努尔哈赤的马队一样，肯定还没有来得及受到相应的“驯化”，缘此就更惯于使用暴力手段来解决问题。另一方面，他们那个原本属于过去时代的生活世界，偏又在急剧扩张和一体化的全球化进程中，跟那种既可以说是被大大“驯化”了，又可以说是握有更大暴力的现代国家，高度浓缩地挤压在同一个狭窄的地球村。这两个前提条件叠加到了一起，也就再次形成了文明间的显著落差，只不过跟宋代以后的中国情势相比，今天毕竟已不再能简单地比试冷兵器了，而是一个须要比试“天神之火”的高科技时代。

如果在这个意义上，阿玛蒂亚·森对于当代暴力之起源的研究，就至少可以算是从“文明错位”的角度，提示了一条值得继

1 ［美］亨利·基辛格:《核武器与对外政策》，北京编译社译，北京：世界知识出版社，1959 年，第 72 页。

续去深究的思路：

> 事实上，全球范围内潜在冲突的一个主要根源就是如下假设，即可以根据宗教或文化对人类进行单一的划分。关于这种单一划分的支配地位的信念使得暴力在全球一触即发。单一划分世界的观点不仅仅与那种认为人类大体上是一样的信念格格不入，而且也与那种较少受到关注但更为合情合理的观点，即认为我们的差异是多样的观点相悖。世界往往被视为由各类宗教（或“文明”“文化”）组成，而忽略人们所实际拥有和重视的其他身份，诸如阶级、性别、职业、语言、科学、道德和政治。单一划分观要比多元和多种划分观更偏于对抗，而后者构成了我们所实际生活于其中的世界。这种理论上的简化主义往往可不经意地助长实际政治中的暴力。[1]

这种既复杂又缠绕的文明错位，还表现在下述的矛盾与脱节之中，而整个的当代世界都由于无法应对这种脱节，陷入了恐慌和不知所措的境地。在一方面，如果从现代国家的文明规则出

1 ［印度］阿玛蒂亚·森:《身份与暴力：命运的幻象》，李风华等译，北京：中国人民大学出版社，2013 年，第 1—2 页。

发，肯定能找到很多说得出口的理由，去声讨乃至征讨那些嗜血的独裁者，既然他们竟能动用大规模的杀伤性武器，来残暴地维持本国内部的高压秩序。可在另一方面，一旦不顾一切地对这些暴君进行了“斩首”，也就同时打烂了那些国家原有的秩序，从而使得这种突然失去了利维坦的部落，干脆又回到了赤裸裸的丛林时代。——而更加令人尴尬的是，这些来自原始习惯的暴力动能，如今又顺势反弹到了欧洲乃至美国自身，无论是采取移居的还是难民的形式；可偏偏那些早已经过“驯化”的欧美居民，却又失去了应对暴力的原始本能，不再具有以牙还牙的基本习惯和能力，往往就只能等着被施以行刑式的简单屠杀。

正因为这样，才构成了我在《感性的暴虐》中所指出的，既可以说是双向背反，又可以说是相辅相成的当代趋势：

> 如果从感性学的角度来验收，此种文明进程在我们身体上的突出印迹，也正是造成了“属人”的眼睛和耳朵，以及其他标示着“人性”的感性器官。照我看来，这才是最本质的非物质性文化遗产，正是由它才外化出了那些被人们看重的物产。——而进一步说，其实又远非只限于那两个被古希腊人所偏爱的“理论感官”（眼睛和耳朵），再来读读《武林旧事》中大多失传的菜单，再来尝尝法国集市上数不胜数的奶酪，再来闻闻被日本

人化为庄重仪式的香道，我们就会骄傲地发现，原来我们自己的身体本身，特别是它的感觉器官，确曾表现为文明发展的最高成就。

只可惜，正如“历史”并没有继续上升为“理性”一样，正如“经验”并没有得到“先验”的保佑一样，我们的“心理”包括我们的感性心理，也并没有借助于此后的信号“积存”而继续上升为“本体”，恰恰相反，它倒是日渐下作和不断沉沦了。前面说过，由这种感官欲求外化而成的影视作品，一直在无所不用其极地突破着以往的视觉禁忌，迫使人们不得不去面对乃至适应那些自打脱出动物界以后就不愿再去直面的可怕场景。——而由此也就不可否认，正是在视觉文化的这种滑落中，我们的人性本身也正不断地向下迁移。[1]

此外，还在不断为这种印象增效的，则又是另外一种不协调的现象。在一方面，如果就身边的日常生活而言，那么，暴力现象大体上还是被隔离开来的，使我们感觉到那已离自己很远，除非你属于某种特殊从业者，如警察。但在另一方面，那些追求新闻冲击力的媒体记者，却又会从地球村的每一个角落，把偶发的

1 刘东：“感性的暴虐”，《西方的丑学》，2007 年，第 238 页。

零星暴力事件全都传递过来，使它们每天清晨都充溢于视屏，让大家就好像还是生活在血腥的丛林中。更不要说，尽管跟往日的丛林时代相比，发生暴力的比例肯定是下降了，然而科技手段的发达却又造成了，只要还有极少数人愿意“恶向胆边生”，就能轻易地造成大规模的流血，这似乎也属于“风险社会”的一种表现形式。[1]——在这个意义上，如果作为一种绝望的抗议，恐怖主义的目的原本就是造成恐惧，那么，也可以说他们确实是达到了目的。

当然，还是应当平心地说，即使有着这样的漩涡和逆流，但如果就总体的概率统计而言，在作为总体的人类身上，还是存在着“自我驯化”的一般趋势。只不过，如果从生物学、心理学、乃至社会学的角度来看，这种“自我驯化”与其说是一种“进步”，倒不如说是一种“进化”或“演化”，也就是说，基于所谓“智力发展”这个变量，就使得越来越精于计算的人们，无论是从种群的先天基因而言，还是从个体的后天教育来说，都必须去努力适应变化了的环境。——只不过，如果只是在这个意义上，我们也就很难同意平克的说法，也去说在我们心中还有什么“善良的天使”，既然这样去做也无非是为了自保，换言之是完全出于自私的目的。

---

1 参阅［德］乌尔里希·贝克:《风险社会》，何博闻译，南京：译林出版社，2003年。

正因为这样，到了此一小节的最后，我还要有针对性地再来提出，如果真正在渴望“进步”的话，那就必须在“驯化”的功利视角之外，再关注到“教化”的道义视角，而这往往又是社会学家所看不到的，甚至即使他们也同样看到了，也还是会因为“行为人”的学科预设，而倾向于忽视或者轻视它的作用。无论如何，恰恰是痛切的现实经验告诉了我们，在抑制乃至消弭暴力倾向方面，道德教化还是具有很大作用的，它至少可以在受到这种教化的群体中，把暴烈的行为降低成只表现为某种“例外”，而不会表现为司空见惯的“常例”。——比如，从“文革”时期走出来的那一代人，正因为在他们心智形成的早年时代，已经不再顾及任何传统的道德教化，就总是比寻常的社会成员更倾向于暴力。

也正因为这样，虽说是“孔、墨之后，儒分为八，墨离为三，取舍相反不同，而皆自谓真孔、墨”[1]，而其中最为显耀的派别，又要推“孟氏之儒”（孟轲）和“孙氏之儒”（荀匡），前者在主张“恻隐之心，人皆有之”[2]，后者在主张“人之性恶，其善者伪也”[3]，但如果回顾一下前面的论述，我们就会恍然大悟地发现，这两种倾向其实都是确凿存在的，也都确实属于我们的天性

---

1 《韩非子·显学》。

2 《孟子·告子上》。

3 《荀子·性恶篇》。

和本能，还都是为了护卫和传递人类的基因，甚至更不妨说，这两者由此还是相互连在一起的。——不过，即使明确认识到了这一点，我本人还是宁可倾向于孟子的预设，其理由我也早在其他文章中讲明过，是鉴于这种预设更能促进人性的转化：

> 曾经有人冷不丁这么问我：你是怎样评价“人之初，性本善”这句话的？我随即就这样回答他：决不要想要以经验手段去“科学地”检验它，那实不过是一种“验前的”文化暗示，属于任何文明都总要先行奠定的、潜伏在个体认识的地平线之下的“文化前理解”（cultural pre-occupation）。——如果非要追问它的效验不可，那么这种效验也只能是落实在无论过去还是将来的历史进程中。也就是说，尽管有了这种文化上的暗示，我们仍然有可能看到教化的例外或失败，即从个别案例那里发现“性恶”的证据，但从具有统计意义的总体来看，绝大多数受到“性善”暗示的人们，却绝对不可能全都属于例外，由此社会就有可能总体上表现为安定祥和、秩序井然。[1]

1 刘东：“‘礼失求诸野’之后——国学热的冷思考”，《思想的浮冰》，第154—155页。

好了，尽管本节正在讨论的这个话题，肯定是理解悲剧的必要前提，但由于学界在这方面向无定论，我们也不得不把它相对放大些，从而在这个细节上迁延得过久了。那么接下来，就赶紧再回到本章讨论的主线来吧。

四、悲剧作为转化路标

我们曾经在上一章的最后一节，对比过梁启超和胡适针对“知命”问题的不同看法。同样，到了这一章的最后一节，我们又要延续那种比对的手法，再来展示一下王国维和胡适对于西方文化的不同态度，而此中的部分原因当然也在于，梁启超和王国维都曾是本院早期的导师。为此，就让我们先从胡适写于 1923 年 12 月 16 日的一篇日记谈起，他正巧在那一天走访了王国维：

> 静庵先生问我，小说《薛家将》写薛丁山弑父，樊梨花也弑父，有没有特别意义？我竟不曾想过这个问题。希腊古代悲剧中常有这一类的事。他又说，西洋人太倡欲望，过了一定限期，必致破坏毁灭。我对此事却不悲观，即使悲观，我们在今日势不能不跟西洋人向这条路上走去，他也以为然。我以为西洋今日之心头大患不在欲望的发展，而在理智的进步不曾赶上物质文明的进步。

他举美国一家公司制一影片，费钱六百万元，用地千余亩，说这种办法是不能持久的。我说，制一影片而费如许资本工夫，正如我们考据一个字而费几许精力，寻无数版本，同时一种作事必求完备尽善的精神，正未可厚非也。[1]

在我们将要进行的论述中，上述材料之所以显得重要，是因为这两人都曾充当过引进悲剧的急先锋。比如众所周知，王国维早在1904年就曾以检讨的口吻，对比了西方的悲剧精神和中国的乐天倾向，并沿着叔本华哲学的悲观取向，判明了《红楼梦》的特别高明之处：

吾国人之精神，世间的也，乐天的也，故代表其精神之戏曲小说，无往而不着此乐天之色彩。始于悲者终于欢，始于离者终于合，始于困者终于亨，非是而欲餍阅者之心难矣……故吾国之文学中，其具厌世解脱之精神者仅有《桃花扇》与《红楼梦》耳。而《桃花扇》之解脱，非真解脱也。沧桑之变，目击之而身历之，不能

1 胡适:《胡适日记全编（4）》，曹伯言整理，合肥：安徽教育出版社，2001年，第131—132页。

自悟而悟于张道士之一言，且以历数千里冒不测之险投缧绁之中所索女子才得一面，而以道士之言一朝而舍之，自非三尺童子，其谁信之哉？故《桃花扇》之解脱，他律的也；而《红楼梦》之解脱，自律的也。且《桃花扇》之作者，但借侯李之事以写故国之戚，而非以描写人生为事，故《桃花扇》，政治的也，国民的也，历史的也；《红楼梦》，哲学的也，宇宙的也，文学的也。此《红楼梦》之所以大背于吾国人之精神，而其价值亦即存乎此。[1]

等到了1918年，胡适更是沿着王国维的先有思路，而以越发鄙夷的口吻严厉地批评道：

中国文学最缺乏的是悲剧的观念。无论是小说，是戏剧，总是一个美满的团圆。现今戏园里唱完戏时总有一男一女出来一拜，叫做“团圆”，这便是中国人的“团圆迷信”的绝妙代表。有一两个例外的文学家，要想打破这种团圆的迷信，如《石头记》的林黛玉不与贾

1 王国维：“红楼梦评论”，方麟选编：《王国维文存》，南京：江苏人民出版社，2014年，第142—143页。

宝玉团圆，如《桃花扇》的侯朝宗不与李香君团圆；但是这种结束法是中国文人所不许的……这种“团圆的迷信”乃是中国人思想薄弱的铁证。做书的人明知世上的真事都是不如意的居大部分，他明知世上的事不是颠倒是非，便是生离死别，他却偏要使“天下有情人都成了眷属”，偏要说善恶分明，报应昭彰。他闭着眼睛不肯看天下的悲剧惨剧，不肯老老实实写天工的颠倒惨酷，他只图说一个纸上的大快人心。这便是说谎的文学。更进一层说：团圆快乐的文字，读完了，至多不过能使人觉得一种满意的观念，决不能叫人有深沉的感动，决不能引人到彻底的觉悟，决不能使人起根本上的思量反省。[1]

与此同时，跟这种“虚假浅陋”的本国文学相比，胡适又转而提到了西洋文学的榜样，只是已经漂洋过海过的他，已可不再乞援于近代西方的哲学家，而能直接援引古代希腊的悲剧家了：

西洋的文学自从希腊的厄斯奇勒（Aeschylus，即埃斯库罗斯——引者），沙浮克里（Sophocles，即索福

1 胡适：“文学进化观念与戏剧改良”，《胡适文集》，第二卷，北京：北京大学出版社，2013年，第111—112页。

克勒斯——引者)，虞里彼底(Euripides，即欧里庇得斯——引者)时代即有极深密的悲剧观念。悲剧的观念：第一，即是承认人类最浓挚最深沉的感情不在眉开眼笑之时，乃在悲哀不得意无可奈何的时节；第二，即是承认人类亲见别人遭遇悲惨可怜的境地时，都能发生一种至诚的同情，都能暂时把个人小我的悲欢哀乐一齐消纳在这种至诚高尚的同情之中；第三，即是承认世上的人事无时无地没有极悲极惨的伤心境地，不是天地不仁，“造化弄人”(此希腊悲剧中最普通的观念)，便是社会不良使个人销磨志气，堕落人格，陷入罪恶不能自脱(此近世悲剧最普通的观念)。有这种悲剧的观念，故能发生各种思力深沉，意味深长，感人最烈，发人猛省的文学。这种观念乃是医治我们中国那种说谎作伪思想浅薄的文学的绝妙圣药。这便是比较的文学研究的一种大益处。[1]

不过，等到时光推移到了 1923 年，也就是到了《红楼梦评论》问世的二十年后，我们再借助于胡适记下的上述对话，却可以饶有兴致地留心观察到：尽管王国维仍在捉摸此中“可比性”

1 胡适：“文学进化观念与戏剧改良”，《胡适文集》，第二卷，第 111—112 页。

的问题，也就是说，还是要拿中国戏文中的弑父情节，来对照西方悲剧中的杀父娶母，可是他显然已不再笃信这一切了，倒觉得这是“太倡欲望”或不合情理；只可惜，与他当面对话的胡适博士，尽管自承对这些问题都不曾留心，却还是要信口就在别人的起疑处，来强作解人地为西方文化进行辩护，由此才记下了他那番不讲逻辑的说法——“我对此事却不悲观，即使悲观，我们在今日势不能不跟西洋人向这条路上走去。”缘此，我们难免就要联想到，尽管胡适有过一句广为传颂的名言，即“做学问要在不疑处有疑，做人要在有疑处不疑”，可这种作为理想形态的行为规范，仍然怕是“说着容易做着难”的吧？——尤其是，正如这一篇日记又记载下的，一旦涉及西洋文化的哪个侧面，那么无论是它的“太倡欲望”，还是它的“过度耗费”，胡适就总要以更了解西方的身份，来几乎出自本能地为它千般回护。

不管怎么说，在当年那种门户初开的话语场中，这种“西方文化权威代言人”的形象，正是胡适曾经乐于和善于扮演的。也正因此，我们就能在很多不同的文化侧面，看到他几乎如出一辙地在采取这种姿态。比如，就以最靠近自己手边的材料为例，再来对比一下他在担任驻美大使时的表现：

> 胡适为人温和、犹豫，当国家处于生死存亡时刻却缺乏紧迫感。他不断发电报给重庆当局，解释美国民主

> 制度的运作情形，以及随着美国在远东政策的演变所出现的各种困难，并时常趁机建议对美国要显示耐性及信任。毫不奇怪，他发回重庆的讯息有时候会引来蒋介石的不快。然而，他努力去令蒋从美国的角度观看世界，并且让他了解美国所面对的种种困难及其各种考虑是如何决定了它的行动。胡适作为一个忠诚的批评者，无惧于“教导领袖”。不幸的是，他没有从重庆的观点掌握好中国的紧急需要。[1]

由此也便不难理解，正是这同一位“勉为其难的大使”胡适，在备受正紧张抗日的国民政府之批评的同时，何以又被美国政府视作了“不能再好”的伙伴。

只不过，尽管胡适很愿意表现得更了解西方，但若从今天的角度来看，至少他对西方的深层理解仍属相当有限。比如，如果他能够更深地了解到，即使根据西方本身的外交学说，作为一国驻外使节的主要天职，正是要代表自己的那个国家，去同另一个国家来进行商谈、交涉与折冲，以便让对方更了解本国的文化传统、价值关切、行事风格和利益所在，他也许就能在如此吃紧

1 冯兆基：“勉为其难的大使：胡适在华盛顿的外交工作，1938—1942”，《中国学术》，第三十七辑，北京：商务印书馆，2016 年。

的抗战时期，表现得更加无愧于自己担负的使命，而他这种更加职业化的表现，到头来也反而更会赢得其交涉对手的尊重。再比如，他当时向王国维说出的那句“正如我们考据一个字而费几许精力，寻无数版本”，恰好使我们想起了唐德刚后来为他的抱恨：

> 适之先生在史学上的弱点便是他老人家“因噎废食”，过分着重“方法学”而忽视了用这“方法”来研究的“学”的本身。一个史学家如果搞来搞去搞不出“拿证据来”这个圈子，那他的史学研究的范围也就很狭隘了。晚年的胡适之所以搞了十多年的“水经注”也就是这个道理！[1]

那么，为什么一套原应有助于研究的“方法”，反倒会如此耽误他本人的研究工作呢？那还不是因为他对杜威的学理领悟得太浅吗？他竟把原本相当贴近人生意义的实用主义，只理解成了所谓“实验主义”或“工具主义”，非但不能借之去抵御工具合理性的膨胀，反要以它去迎合对于价值合理性的挤压。正是由此，他才会几乎铁嘴钢牙一般地，驳回王国维对于好莱坞消费主义的质疑，认为那倒显示了“作事必求完备尽善的精神”；也正

1 唐德刚:《胡适杂忆》，长春：吉林文史出版社，1994 年，第 109 页。

是由此，他才会把杜威原本更强调人本精神的哲学，只理解成了科学主义的简单规训，一味地沉迷于考据的“科学”性质，而想不到历史学其实更需要恢弘的知识面、激越的想象力及入木三分的思考力。与此同时，也同样是缘于此故，胡适才会又不分青红皂白地、既自误又误人地又讲出：“发明一个字的古义，与发现一颗恒星，都是一大功绩”！[1]

出于同样的缘由，虽则胡适已经信心满满地认定了，“势不能不跟西洋人向这条路上走去”，可是就我们正在探讨的悲剧而言，只要稍微细看一下他所提出的论证，就很难理解他到底在沿着什么样的逻辑，倒觉得他根本就是只凭着一知半解，便既生吞活剥、又心悦诚服地接纳了它。也就是说，胡适甚至都还未曾进入过亚里士多德的、或者黑格尔的悲剧理论，从而哪怕稍微体会一下他们所遭遇的困境，那些人至少都还想事后圆场地要来补充说明正义或理念的虚拟胜利；相反，胡适在发表于《新青年》的上引文章中，简直就是在“拿着不是当理说”地讲，正因为这样的戏剧是表现了生灵的涂炭、天地的不仁、社会的不公，所以它作为一种文化的生产，才获得了最为良好的社会效果。——那么，到底为什么会像他所讲的那样子，一旦去“承认世上的人事无时

1 胡适：“答毛子水信”，刘东、文韬编：《审问与明辨》，北京：北京大学出版社，2012年，第292—293页。

无地没有极悲极惨的伤心境地，不是天地不仁，‘造化弄人’（此希腊悲剧中最普通的观念），便是社会不良使个人销磨志气，堕落人格，陷入罪恶不能自脱（此近世悲剧最普通的观念）”，就反而足以刺激起“各种思力深沉，意味深长，感人最烈，发人猛省的文学”，而不是恰恰相反，弄得就像他所说的“销磨志气，堕落人格，陷入罪恶不能自脱”呢？——坦率地说，就不要说起这位留洋学生而问之了，就是干脆尽起西方大哲而问之，恐怕也说不出个所以然来吧？

既然走笔到了这里，就要再次重温我们在一开头提出的那个问题了：

> 为什么剧中那个最被注目的主人公，哪怕他（或她）已被证明是全然无辜的，至少也是罪不当死的，也都要被剧作者这么刻意编派着去赴死，而且，他们到了自己最终就要赴死的那一刻，还都表现出慷慨乃至甘愿的样子，似乎从精神上得到了莫须有的胜利？

无论如何，只要不是一味地强词夺理，也不是一味地人云亦云，那么照任何正常的中国心灵来看，这种希腊教条还是显得太不合常情了，简直连人们去哭天喊地的权利都给剥夺了。事实上，正如我早在第一章中就说过的，在中国的大团圆中并非没有包含冲突，而关键只在于它的最终解决，因为否则就有可能毁掉生活的信念。既是这样，我们就不免要来反唇相诘：难道一旦所有的人间冲突都表现得绝对不能解决，而且老天爷也是表现得从来都不长眼睛，这就可以发人深省和鼓舞人心了吗？再退一步说，就算命中注定非要遭遇苦难和死亡了，可毕竟还是“死生亦大矣，岂不痛哉”[1]，凭什么非要让主人公去抖擞精神去慷慨赴死呢？就不能让他们惊天动地、涕泗滂沱地哭个痛快吗？——不妨再回想一下孟姜女的故事吧，大家就足以想到这中间的悖谬有多大了，而人家孟姜女总还比伊菲吉妮娅大几岁呢，且还只是在为她的丈夫而号啕大哭呢！

由此就又联想起那位正值豆蔻年华的伊菲吉妮娅来。——在柯杨尼斯所拍摄出的那些镜头中，这位一直都显得特别稚嫩的、浑身上下都充溢着孩子气的，由此才更招人怜爱的小姑娘，到了终究需要她来主动配合剧情时，竟一反常态地说出些大人话来了！毫无疑问，如果让王国维用这个疑虑来请教胡适，后者肯定还是能找出一套强行的说辞来，大约还是说只有做出如许的安排，才能达到“思力深沉，意味深长，感人最烈”云云。——然而这回且慢，如果潜回到古希腊的思想语境，我们此刻却可以恍然大悟地发现，原来伊菲吉妮娅这类太过突兀的“转折”，就连

1 （晋）王羲之:《兰亭集序》。

当年的大哲亚里士多德也未能说服过，而且正因此后者才会言之凿凿地批评说：

> 即使诗人所模仿的人物“性格”不一致，而这种不一致的“性格”又是固定了的，也必须寓一致于不一致的“性格”中。……不一致的“性格”，可举《伊菲吉妮娅在奥利斯》中伊菲吉妮娅的“性格”为例——请求免死的伊菲吉妮娅与后来的伊菲吉妮娅一点也不相合。[1]

另外，写到这里又不妨来补述一下，也正是鉴于这种性格上的不连贯，后来曾到欧洲去专攻悲剧的朱光潜，才会又追记下一种另类的细节，而它显然也属于更贴合“人之常情”的改写——

> 欧里庇得斯塑造的伊菲吉妮娅也许更为真实，但在信仰和情绪上却远不是那么坚定如一。她先是一点也不想死，请求不要牺牲她的生命，后来她知道死亡已经无可避免，才明白表示愿为希腊和她自己的荣誉而死。但在内心深处，她痛恨让她去死的希腊人。她在成为阿尔提米斯祭坛的女祭司后，仍然对自己所受的委屈愤愤不

1　亚里士多德:《诗学》,《罗念生全集》，第一卷，第 64 页。

平。她希望有朝一日在祭坛上无情地杀死那些希腊人，
就像他们在奥里斯无情地杀死她一样。[1]

当然，哪怕是再突兀、再反常和再悖谬，我们眼下也可以事先料定了：必须让这位无辜的少女去走向死亡，这总归属于古希腊悲剧的情节要求，否则就没有办法去向雅典的观众交代了，因为按照当时的习俗与心理，总是要让他们到了曲终人散的时候，亲眼看到造成“污染”的“罪孽”已被带走。然而，又正因为那毁灭是非要发生不可的，让后人难于索解的困境也便由此产生了。也就是说，尽管剧情的归宿早已被“命定”了，然而说到底，这却只是在那个“迷索斯”的世界里，才能得到充分解释和理解的特定剧情；可偏偏现在，那个神话世界却已经离开人们远去，所以只是出于不得已，他们才必须在“逻各斯”的世界里，重把它编排得可以被解释和被理解。实际上，正是由于这一点所导致的、完全是来自“先天”的剧情悖理，此后就几乎绞尽了许多西方学者们的脑汁，——他们为此几乎调动了一切的辩证法或诡辩论，也几乎调动了所有能派得上场的学科，想要从这种无理的悖谬中再找出些理由来。

比如，到了德国古典哲学的发展盛期，谢林就基于他那浪漫

1 朱光潜:《悲剧心理学》，张隆溪译，北京：人民文学出版社，1983 年，第 229 页。

的哲学观念，从绝对的“自由论”来重估悲剧的意义，也就是说，人们既在理念上享有绝对的自由，又要在现实中遭遇到必然的限制，而这样一来，便不得不去面对悲剧性的冲突。然而此间吊诡的是，按照谢林那种很难令人信服的说法，“自由之至高无上的意义以及最高的胜利，便在于此，即：甘愿忍受因不可避免的罪愆而招致的惩罚，以期以其自由之丧失正是证实这一自由，并以捐生显示其自由意志”[1]。换句话说，也只有通过悲剧中的失败，通过毁灭性的冲突，自由和必然两方才能各取所需地，同时赢得自己所追求的胜利。——只不过，这次或许有点让读者失望的是，实则只有必然才算是取得了实际的胜利，而自由则不过是取得了“精神的胜利”。

再比如，想从心理学来理解这些的朱光潜，也曾在他写于欧洲的那篇博士论文中，沿着立普斯等人给出的解释，来分析悲剧给人带来的所谓快感：

> 悲剧的欣赏首先是一种活动，所以自然会产生一般人类活动所共有的快感。在这里，最重要的是确定快感本身的性质。享乐主义派的错误在于把情感看成意志与活动的原因，因为情感取决于我们的主观兴趣和态度，

1 ［德］谢林:《艺术哲学》，魏庆征译，北京：中国社会出版社，1996 年，第 374 页。

离开与我们主观兴趣和态度的关系，任何事物本身都不可能是痛苦的或是快乐的。视情感为意志与活动的结果，这才是更合实际的看法。生命总是随时努力在活动中实现自己，情感就是这种努力成功或失败的标志：活动不受阻碍，生命能量得以畅然一泄时即为快感，活动受到阻碍，生命能量被抑制而郁积时即为痛感……杜波认为，悲剧正是这种寄托方式之一，它可以消除我们的无聊，给我们以快乐。但生命也需要变动，人们很快会厌腻一种寄托方式，渴求别的东西。悲剧不仅是一种使精神有所寄托的东西，也是一种转移注意的方式。它使我们摆脱日常生活的单调贫乏，这也是它能给人快乐的原因之一。[1]

幸而，一旦弗洛伊德的心理学说流行开来，凡此种种的巧辩或强辩，其效果就大致只是在引人莞尔了。尽管这位精神分析学派的开山，其本意仍是要去解释由悲剧带来的快感，然而，这位训练有素的心理科医生，毕竟在自己的解释中一语道破了：悲剧主人公在剧中获得的所谓“快感”，和观众在剧场中获得的所谓“快感”，说到底竟只有通过变态心理学的理论，才能获得曲里拐

1　朱光潜:《悲剧心理学》，第 251—252 页。

弯的、似是而非的解释。——这一点用他自己的话来讲正是：

> 戏剧起源于众神崇拜中的献祭仪式（参见关于羊和替罪羊的论述），这一事实更涉及了戏剧的此层意义。戏剧仿佛掀起了对宇宙的神圣法规的反叛，正是这个法规造成了灾难。英雄们首先就反对上帝或者反对某种神圣事物；快乐似乎来自面对神的力量的较弱者的苦难——一种受虐狂满足的快乐，也是从不顾一切地坚持下去的伟大人物身上直接享受到的快乐。[1]

而另一方面，弗洛伊德也不自觉地吐露出，如果在悲剧中主动求死的英雄都是些“受虐狂”，那么与此相配合，在剧场中还能兴致盎然的观众，则又必须都是些“施虐狂”；换言之，他们都必须是些心怀歹毒的病人或恶人，否则又怎能从别人的受难和毁灭中，感受到以往所说的那种心理上的畅快呢？——

> 当我们参与其中并希望从中获得快乐的痛苦源泉不在两个几乎是相等的意识冲动之间的冲突，而是意识冲

1 ［奥地利］弗洛伊德：《弗洛伊德论美文选》，张唤民等译，北京：知识出版社，1987年，第22页。

> 动与被压抑的冲动之间的冲突时，心理悲剧就变成了精神病理悲剧。这里，快乐的先决条件是观众必须自己就是神经病症患者，因为只有这样的人才能从对被压抑的冲动的揭示和或多或少有意识的认识中获得欢乐，而不是报以纯粹的厌恶。[1]

当然，更加幸运的还在于，沿着前文中所铺开的“知识考古”，我们眼下已经不必再去钻那个“牛角尖”了，因为我们已可一目了然地发现——而不必再像胡适那样去盲从或强辩——要不是悲剧这种独特的文化形式，乃是从源自上古的、以“活人献祭”的仪式中转化而来，它也就不可能更不必要总去安排主人公的死亡，不管是要他们被动地受死，还是要他们主动地赴死。

另外，有了我们在本章第三节的分析，对于眼下已如此简单明了的判断，我们便可以调动起丰富的历史感，来进行更加细致而圆通的补充。也就是说，我们已经可以更加设身处地地想到，发明出这种悲剧形式的当年的希腊人，既是从远古的恐怖和暴力中走来，那么，这种文化形式在当时带给人们的感受，就注定跟它后来带给我们的有所不同。——这意味着，一代又一代的后人们，只是在经历了更为久长的驯化和教化之后，才来回看这一项

1 弗洛伊德:《弗洛伊德论美文选》，第 24 页。

两千多年前的文化发明，而由此也就难免要惊讶于它的残酷，乃至难于接受它的血腥与暴力；但他们只怕很难充满历史感地想到，它当年被如此这般地发明出来，却正是要避免在那之前的、远远比这更加残酷的暴力。

这也正是这番“文化解析”的精妙所在！如果人类的“自我驯化”的过程，也正是他们走向“文明化”的过程，那么，希腊悲剧的吊诡之处恰在于，它既属于这种“文明化”的某种产物，但它本身作为转化中的一个路标，作为“活人献祭”形式的文化代用品，其所蕴含的来自上古的残余暴力，到了继续去征服暴力的后世进程中，却又很难被后人完全领受与理解。——正因此我们才能在后世看到，17 世纪的法国批评家圣埃弗蒙会这么写道：

> 要是有人即使能够把那部古代最好的悲剧《俄狄浦斯王》译成法文，并且保存了与原作同样的精神和力量，那我敢大胆断言，世界上也没有一部作品比这出悲剧显得更加残忍，更加违反人类所应具有的真正感情了。[1]

---

1 ［法］圣埃弗蒙：《论古代和现代悲剧》，伍蠡甫主编：《西方文论选》，上卷，上海：上海译文出版社，1979 年，第 272 页。

而稍后的意大利学者维柯，则显得更加忍受不了那类传说：

> 阿伽门农使他的虔敬的女儿伊菲吉妮娅所受到的那种许愿与牺牲，也是起于天神意旨。当时路克里修斯对于伊菲吉妮娅的惨死，就很不虔敬地叫喊道："宗教所造成的罪恶竟如此严重！"[1]

只可惜，当时竟无一人能去告诉埃弗蒙或维柯，那中间的野蛮若照古希腊人本身看来，已经算是相当的淡化或虚拟化了，也已跟血淋淋的暴力拉开了关键的距离。

换言之，如果已经能这么设身处地，那么，我们对于悲剧的所谓"快感"问题，也就同样可以配备上历史的眼光了。也就是说，我们由此就可能充满历史感地想到，说不定当年的希腊人还真有这种感觉呢！试想一下，他们既看到城邦的"罪孽"被如其所愿地带走了，这本身就可以使之获得如释重负的感觉；而这种赎罪的形式竟又演变得如此"文明"，无非是一种虚拟性的戏剧演出，不仅不必再血淋淋地杀害活人，就连用来替罪的羔羊都不必宰杀了，这难道不是同样令人会心和欣慰吗？只不过，再等到时光迁延到了更文明的后世，昔日那类野蛮的风俗不光是已被废

1 ［意大利］维柯：《新科学》，朱光潜译，北京：人民文学出版社，1986年，第99页。

止，甚至已经干脆都已变得不为人知了。——要是在这样的情况下，还只顾去人云亦云地说，观看这种演示着灭亡的“替罪羊之歌”，会使人们从中得到怎样的“快感”，那么像这样子的鹦鹉学舌，就只能让人不明所以或感到可怜了。

进一步再来分说。即使的确是从充满暴力的历史路径中，来进行这种别具匠心的升华或转化，古希腊人在这方面，也仍不过是表现得“并不例外”罢了。我们如果再放宽眼界来观察，那么，希伯来先民的那么多野蛮与暴力，后来不也都在对于《旧约全书》的不断解释中，转变成了倒是具有道德含义的“寓言”吗？甚至，再到了晚出的《新约全书》之中，就连那个沾满了鲜血的十字架，不也从起初那种让人惊惧的杀人刑具，转变成了辟邪除魔的神圣标记，和治病救人的医疗符号吗？——更不要说，耶稣本人作为特殊的“替罪羊”，还把自己的身体转化成了无酵饼，把自己的鲜血转化成了葡萄酒，从而向信徒们源源地提供着“圣餐”。再进一步说，还与这种情况相当类似，中国古代所谓“从我从羊”的“義”字，所谓“撒豆成兵”的博弈，以及列为“六艺”之一的射箭，也都发生了方向大抵相同的转化，——它们要么就从“为理想而牺牲”的凶煞之意，转化成了属于“仁义礼智”的道德规条；要么就从“法于用兵”的争狠斗勇，转化成了属于“琴棋书画”的怡性之具；要么就从“百步穿杨”的夺命利器，转化成了“射以观德”的乐群之礼……

很可能，在进行了上述的“文化解析”之后，有些人反倒要疑惑起来：照此说来，这种从“活人献祭”转化出来的悲剧文化，就不值得再去大力交流和引进了吗？当然不是。——不过话又说回来，在文明边际所进行的这种心智对话，却又很需要讲究方式方法。至少有一点，用我本人自创的术语来讲，面对着纷至沓来的、纷繁复杂的外部信息，又必须先要心怀谨慎地去判明，究竟哪些东西只属于“小空间”，而哪些东西才属于“大空间”。

有了“大空间”对于“小空间”内容的“过滤”，即使已经清楚地认识到了，在印度佛教哲理的背后，也还有作为隐秘身体态度的瑜伽修行，或者在希腊悲剧文化的背后，也还有作为民间孑遗形式的献祭节礼，正如在中国岐黄医道的背后，也还有作为身体想象的吐纳导引之术，我们在当下这种全球化的“大空间”中，也只能理性地收纳佛教哲理、悲剧文化，和岐黄医道，让它们到未来的世界性文化中，去构成具有普适意义的文化因子。——而如果缺乏这种方法上的这种谨慎，一旦认识到了曾经发生在某个特定“小空间”中的、曾经展现于某个特定历史阶段中的因果关系，就急于要沿着这种关系溯源回去，甚至恨不得让自己从文化上“脱胎换骨”，那么，这样一种过了时的、不无可笑之处的“返祖”心理，就仅仅意味着在步步地误入歧途了。[1]

基于这种谨慎的态度，在一方面，我们还是可以而且应当承认，悲剧作为希腊人所创造的“文化之果”，是既有可能也有必要来进入“大空间”的。这说到底，正由于它是沿着那种独特的路径，才会比任何其他的艺术形式或文化形式，都更加专注于揭示、编造和表现人生中的冲突。而既然对于这类冲突的惊人揭露，拿到任何社会中都会有深刻的启发性，那么，悲剧的发明对于作为整体的人类而言，当然也就可以具有普遍的思想意义，而且它在这方面所做出的文化贡献，也应当属于相当突出乃至杰出的。

的确如此，尽管在其他文明中也不乏其例，然而古希腊的心智相对而言，还是更能确认与涵容人生中的两难，以及由这种左右为难带来的尖锐冲突。比如，我们即使只是从一般性的史料中，也同样可以看到这类的两难困境，以及由此带来的在选择上的艰难：

> （4）我曾经和另外两人一起作为法官裁决一个朋友的生死。根据法律应当判其有罪！或是我的朋友被处死，或是采用诡计违背法律。（5）我冥思苦想，寻求对

1　刘东：“国学如何走向开放与自由”，《自由与传统》，第 18 页。

这个进退两难的局面的补救方法。我所采取的方法，相比其他办法，更容易让人接受：(6) 我自己偷偷地投了有罪票，死刑票，但我又说服我的法官同僚投无罪票。(7) 这样，在这种境地下我完成了作为法官和朋友的责任！但我的所作所为一直困扰着我，担忧自己无异于欺诈和犯罪，为了同一件事情，在同样的时刻，担负着共同的职责，我居然说服他人去和我自己认为的最佳决定逆向而行。[1]

这种困境一旦到了悲剧家那里，由于总是把焦点对准了冲突，也就更加尖锐地凸显了出来。即使在最早的埃斯库罗斯那里，比如到了他的《七将攻忒拜》的最后，安提戈涅是否安葬其兄长的尸体，就会因为波吕涅克斯是攻打城邦而死，而不像俄狄浦斯的另一个儿子，是作为保卫城邦的首领而死，而构成了一个尖锐的、折磨人的两难；再如在他的《阿伽门农》中间，身为人子的俄瑞斯忒斯究竟如何是好，是放过不共戴天的杀父之仇不报，还是再犯下罪不容诛的杀母之罪，也就构成了相当严峻的、看似无解的两难。事实上，也正因为这种对于困境的专注，才又从埃斯库罗斯走到了索福克勒斯，因为对于这类两难困境的解

1 ［古罗马］奥卢斯 · 革利乌斯：《阿提卡之夜》，第 25 页。

释、营造和夸张，显然都是后者的拿手好戏和招牌产品。

但在另一方面，如果能不再像以往那样盲从，那么正如我们在前面也曾讲过的，虽说这种发明于古希腊的悲剧形式，曾经想方设法甚至搜肠刮肚地，去构想、捕捉和暴露人生的冲突，从而大大推进了我们相应的认知，可它还是受到了固有路径的制约，以至于它所提出的冲突解决方案，竟然既是相当简单划一的和非常教条主义的，又是相当不近人情的和非常缺乏智慧的。——而且也正因为这样，它那种几乎无从逃避的、难得有过例外的毁灭结局，也就不可能同样具有普遍的意义。

就说刚才那两出看似都属无解的、来自埃斯库罗斯笔下的悲剧吧。如果换到典型的中国场景中，那么，忒拜城中不许埋葬敌人的严格禁令，就自然会对其直系亲属闪出一个例外——正所谓"法外施恩"，还会鼓励"父为子隐，子为父隐"，[1]而否则就会显得"不近人情"了；同样，几乎任何中国人都会下意识地想到，身为双亲之子的俄瑞斯忒斯，也应当既杀掉奸夫以报父仇，又碍于同样亲密的母子关系，只把自己的妈妈打入冷宫，而至少也不要去手刃母亲，否则也同样显得"不近人情"了。[2]这种相当微妙的区分就启示了我们，就算已从思想上追溯进了它的"小空间"，

1 《论语 · 子路》。

2 参阅梁治平:《法意与人情》，北京：中国法制出版社，2004 年。

而领悟或洞悉到了它的“文化之根”，我们也不可由此便鲁莽灭裂地要求自己，从实践上也归化到别人的“小空间”去，因为我们还另有一个独特的“小空间”，——它同样也是依赖着种种内在相关的路径，不可能跟任意的殊别文化都进行“通分”，否则就只能被搞得失常、失序、失准和失语。

因此在这个意义上，我们就应当永远都牢记着，作为一种“转化路标”的希腊悲剧，尽管已经在此后的长期发展中，镶嵌上了一大片星群般的名字，从埃斯库罗斯，到高乃依，到莎士比亚，到尤金·奥尼尔，从而算是长成了参天的文化大树，然而，在它饱含着岁月痕迹的树干上，却仍有一道不可能被打磨掉的、在艰难转折时刻所留下的“结疤”。在一方面，正是它的这道“树疤”才让我们回想起，如果不是进行过当年的转折，这树干还不会长得如此高指云天；可在另一方面，也正是这道“树疤”才为我们留下了遗憾，因为它先天地规定了树干的表面，不可能做到完全光滑与顺遂，——或者更具体地说，它僵化地限制着悲剧的剧情，总是走向同一种毁灭的结局，从而到头来终究还是不令人信服。

走笔至此，就可以再回顾胡适对于王国维的那次访问了。令人懊悔的是，正是他随口向胡适讲出的那种疑惑，即“西洋人太倡欲望，过了一定限期，必致破坏毁灭”，反而使我们有所领悟地想到，其实早在王国维还健在的那个年代，中国人就有理由反过来进行追问了：既然这本是一个强调“哀而不伤”“情理交融”的文明，那么，中国为什么就非得有“悲剧”不可？甚至，中国为什么就非得有“荒诞”不可？

我这样说乃是因为，实际上正如加缪所说的那样，“荒诞产生于人类的呼唤和世界的无理的沉默之间的对立”。[1] 正因此，无论西方的哲学史还是艺术史，都以此后的发展而切实地验证了，如果人们总是遭遇到悖谬的死结，总是在生活中被碰得头破血流，总是在现实中看不到天理何在，那么，他们就终究会产生出莫名的“荒诞感”来。于是在这样的普遍心情中，用以表现这种生活的正确戏剧形式，就不会再是希腊式的、慷慨赴死的悲剧，而是作为其对立面的、无聊偷生的喜剧；或者说，是由“心如死灰”所必然导致的，从古典悲剧悄然转化成的现代喜剧。——对于这一点，我在早年的著作中就已指出过了：

> 荒诞派戏剧家亚达摩夫在自杀前不久，曾经惨淡地说，“一切人类的命运同样是徒劳无益。无论断然拒绝生活或是欣然接受生活，都要通过同一条路走向必然的失败，彻底的毁灭。”正是这种毁灭感、末日感，使得

---

1 ［法］阿尔贝·加缪：《西绪福斯神话》，“文艺理论译丛”第三卷，北京：中国文联出版公司，1985年，第331页。

人们在不同的死路上殊途同归，因而也使得悲剧与喜剧殊途同归了——“只有无可解决的事物，才具有深刻的悲剧性，才具有深刻的喜剧性，因而从根本上说来，才是真正的戏剧。”正是西方现代心灵中荒诞的现实，导致了这种荒诞派戏剧家对戏剧的荒诞认识，导致了这种为丑学所独有的悲剧性的喜剧，喜剧性的悲剧。[1]

令人痛惜的是，在西方文化还代表着“一切真理”的时候，人们往往会不假思索地以为，这种舶来文化的任何一个细节，尤其是那些出人意外的细节，都绝对地具有普适的价值。而正是从这样的误解或迷信出发，他们才会在西方文化的巨大压强之下，对于本土文化去进行毁灭性的误操作。——反过来说，当然也正是冲着这一点，我们眼下就需要通过新的写作来呼吁：一方面，西方文明当然是一个伟大的文明，而且它的真正伟大之处，我们也已旷日持久地、低首下心地领教过了；但另一方面，也正因为学习得如此久长，我们又同时从中看到了许多不能自圆甚至故弄玄虚之处，所以，也完全不必再去亦步亦趋，对于凡是被它写到教科书上的都一概相信。

这才是所谓“在别人不疑处生疑”呢，而在我们的具体

1 刘东:《西方的丑学》，成都：四川人民出版社，1986 年，第 244 页。

语境中，那疑问仍然要固执地表现为:“为何非要让无辜者赴死”？——令人欣慰的是，经过了这一章在知识上的“考古”活动，我们眼下已经依稀可辨地发现了，那正是因为这种悲剧的独特形式，当年恰是应着减少暴力因素的要求，而从希腊的祭祀庆典中转化出来的。正因为这样，这种仍然带有丛林痕迹的文化发明，才对后世的心灵造成了他们始料未及的冲击。——这就像同样在寻求狂欢的古老习俗中，也可以从角斗士的野蛮游戏，转化出较为“文明”的斗牛游戏一样，那一方面同样代表着暴力或残忍的减少，但另一方面却仍让后人感受到了暴力和残忍。

无论如何，只有在真正看清了希腊悲剧的起源之后，我们接下来才能公正地判断它和评估它，从而也才能真正合理地借鉴它和利用它。

第四章　作为殊别文化的希腊悲剧

——即不中或不远的拼图

一、亚里士多德的正确悲剧

经过了前面的分析，我们自然会倾向于这样的结论，即无论你决定去轻视它还是重视它，质疑它还是首肯它，拒绝它还是利用它，你都必须首先明确下来：悲剧只不过是特定文化脉络中的特殊文化产物。甚至，也许都不必费前边的这许多周折，因为也可以通过分析“悲剧”一词的多重义项，而把这个结论更为简明地推导出来，——既然它那个最离奇古怪的义项，偏又是它最严格深刻的理论定义。

应当分清，无论在西方语言还是现代汉语中，随着语言的漂移、扩散与传播，悲剧或者 tragedy 这个词汇，都逐渐获得了以下将要分述的两种用法。而且耐人寻味的是，其中在先的和为主的一种用法，反倒是来自于它那种不大严格的、应当属于在扩散之后形成的日常用法，即意指某种悲惨的遭遇、结局或下场。比如德国历史学家梅尼克所写的《德国的悲剧》，西班牙哲学家乌纳穆诺所写的《人生的悲剧意识》，美国作家德莱赛所写的《美国的悲剧》等等，都是在这个意义上运用的。——只是，反过来也就要特别注意，恰由于受到了这种日常用法的规定或反制，tragedy 这个词就更不可能被另起炉灶地译成“肃剧”了。这是因为，读到下边就会更加明白，如果有人刻意要回避掉“悲剧”中的这个“悲”字，或者说，如果都已到了我们这个时代，才有人想要去强调在所谓 tragedy 中，向来就只有“庄重肃穆”的关键含义，那么他也就无法再向我们解释，柏拉图当年何以要这般地反感它，而认为它迎合与放纵了人性中的低劣部分。

顺便还要交代一下，现代汉语中的“悲剧”一词，正如其他的西语外来语一样，都曾取道于那个更早拥抱了西方的邻国东瀛。也正因为这样，从早年留日的现代作家郁达夫笔下，我们便可频繁地看见它的日常用法，比如读读这一段：

> 儿时的回忆，谁也在说，是最完美的一章，但我的回忆，却尽是些空洞。第一，我所经验到的最初的感觉，便是饥饿；对于饥饿的恐怖，到现在还在紧逼着我。……象这样的一位奶水不足的母亲，而又喂乳不能按时，杂食不加限制，养出来的小孩，哪里能够强

健？我还长不到十二个月，就因营养的不良患起肠胃病来了。一病年余，由衰弱而发热，由发热而痉挛；家中上下，竟被一条小生命而累得筋疲力尽，到了我出生后第三年的春夏之交，父亲也因此以病以死；在这里总算是悲剧的序幕结束了，此后便只是孤儿寡妇的正剧的上场。[1]

从这里我们很容易觉察，所谓“悲剧”二字在郁达夫那里，不多不少地就是在指“悲惨的戏剧”，或者“悲惨的境遇”。

需要稍加辨析的是，沿着这一层简单的含义，那么至少在中文世界里，“悲剧”的这种日常用法，不仅可以用来摹状品行高尚的人物，也照样可以用来形容人格低下的人物，比如对于普遍遭到唾弃的汪精卫，我们便可说“这是他投靠日本侵略者的悲剧”，再如对于普遍受到学界不齿的人，我们也可以说“这是他剽窃别人成果的悲剧”。而这样一来，tragedy 这个词就更不能被译成所谓“肃剧”了，因为它受这种日常用法的规定，就更没有亚里士多德所讲的那种严肃性，倒只具有喜剧式的讽刺、取笑与不屑。更有意思的则是，和这种反讽效果联系在一起，晚近在乱哄哄的中文互联网里，很可能就是从打错了词组开始，又胡乱地衍

1　郁达夫:《悲剧的出生》，长沙：湖南文艺出版社，1996 年，第 9—10 页。

生出了一个谐音词——“杯具”，而它随即就被心领神会地接受了，专被用来指称不大不小的、很有点喜剧效果的，甚至让人幸灾乐祸的倒运；由此，就更是把“悲剧”一词的意思给戏谑化了。无论如何，语言的游戏就是这么无序地漂移着，不能只靠搬弄过了时的学究词典，便想要去擦洗掉它的某种日常用法。

然而，除了上述日常的用法之外，悲剧一词毕竟还有它的第二种用法，那才属于它在发端时的基本用法，也才能反映出它在理论上的意义。在这里，tragedy 被专门用来指称产生于古代希腊城邦中的，又于文艺复兴后再生于西方世界的某个特定剧种或体裁，而这个剧种或体裁之最基本的特征，就在于它那不可调和的戏剧性冲突，以及由此所导致的、无可回避的毁灭性结局。当然，也正因为它的这一种意义，就使我们在研究 tragedy 的时候，不可避免地就要“言必称古希腊”了。正如斯坦纳在《悲剧之死》一书中所写到的：

> 所有人都意识到悲剧人生。然而悲剧作为一种戏剧形式却并不是普世性的。东方艺术谙熟暴力、悲伤，以及自然灾难或人为灾难的打击；日本剧场里充满了残酷和死亡的仪式。但是，我们称之为悲剧的个人苦难和英雄主义的表现却是迥异于西方传统的。它多少已成为我们关于人类行为的可能性意识的一个组成部分，《俄瑞

斯忒亚》《哈姆雷特》和《费德尔》在我们的精神气质中是如此的根深蒂固，以致我们忘记了，在一个公共的舞台再次演出私密的痛苦是多么奇怪而复杂的念头。这种念头和它所暗示的人类幻景是属于希腊人的。[1]

进一步说，就像前文中已经提到的，对这个剧种或体裁的经典要求还更在于，尽管这的确是在表现一个无可避免的伤悼过程，可是在其中被毁的主人公却又必须是正面的和高尚的，从而终究在精神上还是获得了提升甚至胜利的。可以想象，正是沿着这样的基本理解，17 世纪的法国古典主义剧作家拉辛，才又想到去修正对于它的基本要求，尽管他这种说法在实践中也只能聊备一格：

> 在悲剧中，血腥和死亡并不是必需的。它的行为是伟大的，人物具有英雄气概，激情便能由此而引起，其总的效果表现为一种构成了整个悲剧快感的崇高的悲痛，这就足够了。[2]

---

1 Steiner, G., *The Death of Tragedy*, 1961. 转引自约斯 · 德 · 穆尔:《命运的驯化：悲剧重生于技术精神》，第 4 页。

2 拉辛：“《贝蕾妮丝》前言”，转引自［英］克利福德 · 利奇:《悲剧》，尹鸿译，北京：昆仑出版社，1993 年，第 5 页。

而我们稍加联想，要是再把这种经典的规定性代入中文语境，那么也许就可以将这一层意思表达为，尽管人们终究都是“必有一死”的，然而在这种悲剧舞台上的死亡，根据某种从西方传来的艺术规条，却不应被描述和理解真正的不幸，因为剧中主人公都可以说是“死得其所”；换句话说，这个专门用以描写正人君子的剧种或体裁，就只适合去表现文天祥或者岳飞的死，而不能去表现秦桧或者汪精卫的死。

理所当然地，这两种要么属于日常生活、要么属于艺术舞台的悲剧定义，彼此之间又不会是全无关联的，而海伦·加德纳的下述说法，尽管表面上显得刻板和谨严，却又说明那种教科书式的定义，也可被理解为是从家常用法中“萃取”出来的，是所谓既“源于生活”而又“高于生活”的，或者换言之，是基于一种来自希腊的固定理念模式，而对日常经验所进行的框定、提炼与改组：

> 严格说来，现实生活中没有悲剧。悲剧是艺术品，因而它是用来提供娱乐的。事件本身也并不具有悲剧性，它们可能是灾难性的、令人震惊的、可怜的或是恐怖的，但不经过想象力的加工则不具有悲剧性。在我们心中唤起怜悯、恐惧或惊愕的同时，它们时常要求我们采取行动……尽管如此，在日常生活中，尤其是在历史中，有种种我们能立刻感到足以成为悲剧素材的事件和

故事，虽然它们只是初具悲剧性，却已经充分具备了采取悲剧形式的条件，于是，按悲剧一词的延伸意义，它们便被合理地称之为悲剧。在历史中尤其如此，在这里，人的想象力对经验材料提炼加工，使之成形，从而使某些事件、故事和人物构成了一种有意义的模式。我们称它们为悲剧性的，甚至把它们称作悲剧，不仅是因为它们属于悲剧作家所选择的那一类事件和故事，而且还因为，在这类事件和故事中，我们能发现事件的某种意向，以及动机与事件之间的某种具有悲剧所特有的反讽特征的关系。[1]

这样一来，我们的真正关注焦点，也就要被引向这种模式的深层理由了。而事实上，不管这种理由到底是什么——那总是被争论得不亦乐乎——但毕竟是这种深层东西的存在，以及由此所带来的两种悲剧语义的精微区别，曾经长期被当作西方文明的重大奥秘，虽则有时也难免让人有“神乎其技”之感。比如，依迪丝·汉密尔顿就曾这么写道：

1 ［英］海伦·加德纳：《宗教与文学》，沈弘、江先春译，成都：四川人民出版社，1989年，第9—10页。

让我们来考虑一下我们日常生活中所说的"悲剧"和"悲剧的"这两个词，这将颇有启示。痛苦、悲伤、灾难。我们认为这些词都是使人感到压抑、使人情绪低沉的——我们常说痛苦的深渊、悲伤得肝肠寸断、灭顶之灾。但谈到悲剧的时候这些比喻就发生了很大的变化。我们说它们把我们推上了悲剧的高度，而不再说别的什么了。我们说某种情绪给我们带来深深的忧伤，但我们不说悲剧给我们带来深深的忧伤……这里有一个非常值得思考的问题，人本能地感觉到悲剧的痛苦和所有其他的痛苦之间有着很大的不同，这不是程度上的不同，而是类别上的不同。悲剧中有某种东西使它与其他的灾难之间产生了非常明显的区别，这种区别也非常明显地表现在我们的日常语言之中……为什么普通人的死是一件凄惨的、令人震颤的事情，会促使我们转身走开，而为什么英雄的死却总是悲剧性的，会让我们感觉到一种鲜活的生命带来的温暖的感觉？回答了这个问题，也就解开了悲剧为什么会给人带来快感这个谜。[1]

1 ［美］依迪丝·汉密尔顿:《希腊精神：西方文明的源泉》，葛海滨译，吉林：辽宁教育出版社，2003 年，第 166—172 页。

针对如此典型的西式疑难，我们眼下要把握的平衡点应当在于：一方面，既已通过前几章而进行了知识的铺垫，我们此刻就应借助那些已经摆出的理由，来更加沉得住气地，带有某种“间离效果”地来打量那些对于“悲剧快感”的声称，而不必再去似懂非懂地、强充内行地跟从它们。但另一方面，这种在理智上的疏离或存疑，却又并不应妨碍我们设身处地地看到，在代代相传的强大文化暗示中，西方人也确乎曾经满心地以为，他们就是能从作为文化产品的悲剧结局中，获得这种若有若无的、煞有介事的对于毁灭结局的“快感”；再者说，又由于在他们复兴了希腊文化以后，那些有志于悲剧写作的西方剧作家，也同样是成长在这类的文化暗示中，所以他们也就确乎做出过种种的努力，来营造、传播和引导这样的“快感”，无论是利用舞台上的创造，还是运用教科书上的评论，而这也就越发固化了人们的相应印象。甚至，长期以来，这种答案还被当作了基本的教养，收纳进了标准的西方学术试题库中，构成了被免于质疑的文化前理解。也正因为这样，才导致了我在前边说过的，在经由漂移、扩散和传播而产生的、有关“悲剧”一词的一系列随机义项中，偏偏又是最为独特与怪异的那种词义，被推为最为正宗和准确的理论定义。

我们难免会接着推想，一方面，也正是在这样的文化暗示下，或者说，正是基于这种可以躲过反思的“前理解”，才会导致人们常说的“甜蜜暴力”的命题，或者像德米特里·贝科夫所形容的，“帕斯捷尔纳克的名字，是刹那间幸福的刺痛”；可另一方面，这种像“怪味胡豆”“糖拌辣椒”一样纷然杂陈、不能自洽的说法，终究还是要遇到前文中追问过的那个要害问题。无论如何，从心态史或思想史的角度，我们已可毫无困难地理解，这种“似乎有过”或“有无之间”的快感，还确乎曾在西方的心灵世界中存在过，甚至还确乎感动和激励过很多人，正如对于“最高主宰确实存在”的感觉，也确乎长期地占有过人们盲从的心灵，并且实际造成了人们对于圣诞节或复活节的、虽说也是越来越属于世俗的喜庆感受。也正因为这样，锡德尼才会就此给出了如下的、当然同样是纷然杂陈的描述——

> ……悲剧能够令人感动到什么程度，普卢塔克给了一个很好的例证：连臭名昭著而罪大恶极的暴君亚历山大·菲拉尤斯都认为，一部制作良好和表演精湛的悲剧可以催人泪下。他曾经残忍地杀害过无数人，其中包括自己的骨肉，他的所作所为完全可以作为悲剧的题材，但他仍然不能抗拒悲剧的甜蜜暴力。[1]

---

1 ［英］雷蒙·威廉斯:《现代悲剧》，丁尔苏译，南京：译林出版社，2007 年，第 15 页。

当然事到如今，对于此类见惯不怪的怪事，我们也许还能再发点黑格尔式的感慨：世界上最怪的咄咄怪事就是，很少有人会对天大的怪事感到奇怪。

当然话说回来，当我讲出“很少有人”的时候，又意味着并不是“没一个人”这么怀疑过。比如，至少亚里士多德的那位著名的老师，就不会觉得在这种“暴力”中还能有什么“甜蜜”可言，否则，柏拉图也就不会动念要去驱逐诗人（肯定也包括悲剧诗人），既然他们专去讨好教养低下的观众，专去模仿和煽动人性中的薄弱部分，使他们变得易于冲动和溺于感伤，不再能调动理性来进行自我克制。——也正因为这样，面对着悲剧家们对于种种尖锐冲突的揭露，对于种种明显悖理的发掘，和对于种种社会不公的惊呼，柏拉图的下述回答就很像奥威尔笔下所描写的、颁发自僵化严明“真理部”的红头文件了：

> 他必须说，神所做的只有是好的，公正的，惩罚对于承受的人们是有益的。我们不能准许诗人说，受惩罚的人们是悲苦的，而造成他们的悲苦的是神。他可以说，坏人是悲苦的，因为他们需要惩罚，从神得了惩罚，他们就得到了益处。我们要尽力驳倒神既是善的而又造祸于人那种话；如果我们的城邦想政治修明，任何人就不能说这种活，任何人也就不能听这种话，无论老

少，无论说的是诗还是散文。因为说这种话就是大不敬，对人无益，而且也不能自圆其说。[1]

只不过，我们又应从另一个侧面看到，一旦经过了他那位弟子的苦心回护，对于悲剧诗人及其作品的这种柏拉图式的愤怒，起码在希腊化后乃至文艺复兴后的西方，就开始变得不那么属于常态和主流了，而这主要就应当归结于亚里士多德的雄辩，正如德国作家施莱格尔在18世纪所总结的，至少是在到他的时代为止的西方历程中，“每一个人天生不是柏拉图主义者就是亚里士多德主义者”。——大家都知道，亚里士多德就此给出的经典定义则是——

悲剧是对于一个严肃、完整、有一定长度的行动的模仿；它的媒介是语言，具有各种悦耳之音，分别在剧的各部分使用；模仿方式是借人物的动作表达。而不是采用叙述法，借引起怜悯与恐惧来使这种情感得到净化。[2]

而在这段经典的文字中间，又尤其要数“怜悯”“恐惧”和

---

1 ［古希腊］柏拉图:《理想国》，第二卷，转引自《柏拉图文艺对话集》，朱光潜译，北京：商务印书馆，2013年，第26—27页。

2 亚里士多德:《诗学》,《罗念生全集》，第一卷，第36页。

“净化”这样的术语，为此后的话语延伸起到了“扳道岔”的作用。导致这种分野的心理成为部分地在于，尽管柏拉图也并未断然否认，在悲剧中可以有痛感和快感的交加，可他从根子上却瞧不起任何情感的因素，而只愿去张扬人类的理性部分；然而，他的那位弟子却偏要一反这种思路，倒要从维护心理健康的角度，去首肯情感宣泄的积极效用，并借此回护了悲剧这种文化形式。

亚里士多德的这种经典定义，其在认识论上的支撑论据又在于，据说作为艺术手段的“模仿”，就是有这等“点石成金”的魔幻能力。实际上，在“逻各斯”对于“迷索斯”的努力消化中，这类“艺术辩证法”一直都盛行于西方，以致我们直到在尼采的早期著作中，都还能看到代表着艺术的日神精神，同样在点化代表着生存意志的酒神精神，并且也同样导致了人生境界的神奇陡转。而这样一种辩证的思路，很可能就是从亚里士多德的笔下开始发端的，他在《诗学》一书中貌似有理地提出，尽管一具可怕的尸体或可怖的动物，如果放到现实世界中来会令人生厌，但是，要是以画笔对它进行惟妙惟肖的模仿，那么人们反而又会去欣赏它。既是这样，尽管亚里士多德本人并没这么说过，但我们还是很容易替他推论一步：要是作为艺术手段的绘画，可以通过对于尸体的逼真模仿，而“化腐朽为神奇”地带来愉悦或美感，那么，同样是作为艺术手段的特定戏剧，当然也可以通过对于一个“完整、有一定长度”的动作的模仿——正是那万变不离其宗的戏剧动作，把高贵的主人公推向了毁灭并化作了尸体——而“化腐朽为神奇”地为心理带来净化或宣泄。

这样来替亚里士多德进行理论的引申，如果把它径直送进现代人的耳朵里，听起来或有点像是恶意的玩笑？不过在我看来，无论人们此后又费了多少心思，去为《诗学》里那段有名的话来辩护，这位希腊先哲当年所发出的这番论证，其本质或底蕴也不过如此。——也正因为这样，我们眼下才有充分的理由来判断，与其把那番话看成对于悲剧艺术的澄清，还不如把它看成对于悲剧事实的遮掩；与此同时，与其说亚里士多德解决了什么问题，还不如说他又进一步制造了问题。既然如此，就像伽利略当年曾经一手拿着大球、一手拿着小球，要登上那座比萨斜塔去做个决定性实验，以反驳这位并不可靠的古典权威一样，实际上，我早岁那本《西方的丑学》的主要立意之一，也正是要反对这种认定了经由艺术的模仿，就可以神奇地“变丑为美”的传统说法：

> 亚里士多德的说法，在近代西方早已受到了批评。莱辛曾在《拉奥孔》里写道，形体的丑“看起来不顺眼，违反我们对秩序与和谐的爱好，所以不管我们看到这种丑时它所属的对象是否实在，它都会引起厌恶……也不能得出结论来，说丑经过艺术模仿，情况就变得有利了。知识欲的满足所生的快感只是暂时的，对于使知

识欲获得满足的那个对象来说，只是偶然的；而由看到丑所生的那种不快感却是永久的，对于引起不快感的那个对象来说，却是有关本质的。前者如何能抵消后者呢？”的确，只要天地万有失去了它在信仰世界里的神性，只要丑已经被判为也是一种本质而非假象，那么，丑被感知得越多，人们势必就越感到痛苦不安，美的超越地位就势必越岌岌可危。近代人无疑已经认识到了这一点。[1]

另一方面，我们还应当进一步去体会，如果这种基于认识论上的辩证法，还只属于一种辩护的手段或手法，或曰一种在理智方面的小小“花枪”，那么，更多地被亚里士多德投以关注的，还在于他从伦理学方面的迫切考虑，那毕竟才是他的老师批评悲剧的关切要点。——我们看到，也正是从这种伦理关切出发，亚里士多德才会在所谓“卡塔西斯”（Katharsis）的“净化说”之外，又提出了所谓“哈马提亚”（harmartia）的“过失说”。

既然最完美的悲剧的结构不应是简单的，而应是复杂的，而且应模仿足以引起恐惧与怜悯之情的事件（这

1 刘东:《西方的丑学》，2007 年，第 135 页。

是这种模仿的特殊功能），那么，很明显：第一，不应写好人由顺境转入逆境，因为这只能使人厌恶，不能引起恐惧或怜悯之情；第二，不应写坏人由逆境转入顺境，因为这最违背悲剧的精神——不合悲剧的要求，既不能打动慈善之心，更不能引起怜悯或恐惧之情；第三，不应写极恶的人由顺境转入逆境，因为这种布局虽然能打动慈善之心，但不能引起怜悯或恐惧之情，因为怜悯是由一个人遭受不应遭受的厄运而引起的，恐惧是由这个这样遭受厄运的人与我们相似而引起的（怜悯是由不应遭受的厄运而引起的，恐惧是由这人与我们相似而引起的），因此上述情节既不能引起怜悯之情，又不能引起恐惧之情。此外还有一种介于这两种人之间的人，这样的人不十分善良，也不十分公正，而他之所以陷于厄运，不是由于他为非作恶，而是由于他犯了错误，这种人名声显赫，生活幸福，例如俄狄浦斯、堤厄斯忒斯以及出身于他们这样的家族的著名人物。[1]

由此一来，我们随即就可以醒悟到的是，最受亚里士多德器重的悲剧家，就注定不会再是最早的埃斯库罗斯了；既然那位

1 亚里士多德：《诗学》，《罗念生全集》，第一卷，第55页。

“悲剧之父”所描写的冲突，沿着荷马史诗中的基本语境，主要还是表现在英雄与命运之间，那么剧中人物的形象就肯定会太过完美。与此相反，亚里士多德后来提出的悲剧“过失说”，却正是要引导人们不再怨天尤人地归罪于命运，而是到属于人类自身的现象界，尤其是到人类的伦理实践中，去寻找更加清晰可辨的失败成因。对于这位希腊哲学家来说，看来也只有这样，才能把悲剧从对于“天地不仁”的抗议和诋毁，转变成对于道德生活的积极呼唤、对于个人缺失的理性清算，以及对于伦理责任的勇敢担当。——这一点，正如弗莱后来对其理论立场的概括：

> 另一种简单化的悲剧理论认为：推动悲剧过程的行动首先必须是对于道德准则的违背，不管这一道德准则由人类还是由神明所制定；简言之，亚里士多德所讲的“哈马提亚”（harmartia）或“过失”必定同罪孽或作恶有着基本的联系。如前所述，绝大多数悲剧英雄确实都有点傲慢（hybris），这是一种高傲、热烈、执著、亢奋的心态，它导致可以从道德上理解的毁灭，而这种傲慢是促成悲剧结局的常见的媒介；正如在喜剧中，促成圆满结局的媒介一般都是某种体现在一个奴仆或装扮成下人的女主人公身上的谦卑行为。在亚里士多德的理论中，悲剧英雄的“过失”同亚里士多德的“自由选择”

> (Proairesis)即对一个目的的自由选择的伦理观念不无联系，而亚里士多德又的确倾向于认为悲剧可以从道德上加以理解，而且几乎还可以从自然规律上加以理解。[1]

不难理解，正是从这样的前置考虑出发，亚里士多德才把他所关注的焦点，转而对准了稍后出现的悲剧家索福克勒斯。而看来并非巧合的是，这位足可在成就上并列第一的索翁，大概是由于开掘的深度和意识的敏锐，也由于他对复杂的城邦生活的细腻体会，其悲剧作品就特别适合于理论上的发挥，以致不光是亚里士多德对他情有独钟，而且到了后世的黑格尔乃至弗洛伊德那里，也都几乎把他当成了唯一的悲剧家。不过，说到这里又要赶紧指出，亚里士多德对于索福克勒斯的器重，又不是照单全收的和不讲原则的；正相反，他其实只把关注点对准了后者的某一部悲剧，那就是在情节上最无厘头的《俄狄浦斯王》。——这件事，初看上去或许有点不可思议，可毕竟在亚里士多德看来，又确乎只有这部罪孽深重的悲剧，才最适合发挥他本人的悲剧“过失说”：

> 严格说起来，他并不是认为所有的悲剧都可以给人

---

1 ［加拿大］诺思罗普·弗莱：“秋天的神话：悲剧”，［丹麦］索伦·克尔凯郭尔等：《悲剧：秋天的神话》，程朝翔、傅正明译，北京：中国戏剧出版社，1992年，第106—107页。

以“净化”的。他反对欧里庇得斯的“按照人本来的样子去描写”，提倡索福克勒斯的“按照人应当有的样子去描写”，从而给悲剧题材以严格的更符合他的第一原理的划定。他要求悲剧表现“虽非罪有应得，却又咎由自取”的“好人犯错误”并承担其责任后果的情节，以使人们在这种公正的悲剧结局中，既会惊赞和怜悯铮铮的英雄，更会敬畏和服膺昭昭的天理。后人常爱假亚里士多德的悲剧定义去套所有的悲剧作品，但我们看到，其实只是在他所说的“正确的悲剧”的意义上，亚里士多德才在《诗学》里对悲剧给出了那著名的论断——“借引起怜悯和恐惧来使得这种情感得到净化。”[1]

那么，亚里士多德的这些理论努力，如果提升到更高的文化层面上，到底意味着怎样的深层思考呢？——在事过了几千年之后，我们不妨对此进行这样的“复盘”：希腊悲剧家们在其潜意识中，正是通过精心设计出的呼天抢地，而向整个社会提出了根本性的质询与挑战，从而要求回答一系列的尖锐问题：由无可回避的矛盾所导致的冲突，以及由这些冲突所导致的无可回避的毁灭，乃至对于这种凄惨结局的悲伤感受，究竟在我们的人生过程

1 刘东:《西方的丑学》，2007 年，第 52—53 页。

中意味着什么？或者更明确一点说，它究竟属于生活的假象，或终将被克服的，还是属于生活的本质，或总是要如此的？再进一步说，如果令人悲伤的结局是虚假的，那么，我们经由对于这个假象的克服，又可以看到生活的什么深层价值？而反过来讲，如果令人悲伤的结局是真实的，那么，我们在撕破了那一切障眼法之后，又应当如何去重新安顿今后的生活？

一旦把这话说白了，几乎让我们哑然失笑的是，对于这些曾让柏拉图忧心如焚的，挑战着甚至刺穿了社会生活之底线的逼问，尽管亚里士多德确是想要为诗人辩护，或者至少是部分地为他们辩护，可他的辩解却又相当的出人意表，甚至如果我们把它归结起来，还根本就是“答非所问”或“大题小做”，——那就是“悲剧”实则也并无多少“可悲”之处，因为所有走向了败落的结局和所有造成了毁灭的动作，都不过属于种豆得豆、咎由自取而已。那么，他到底又为什么要这样来回答呢？在我看来，理解他这种悲剧理论的关键，还在于要从更深广的层面去体察，这位从总体上构筑过“形而上学”的哲学家，当然不会从根本上去首肯对于世界的悲观理解；或者更详细一点说，尽管他并不否认由于具体的道德实践，可以偶然在某个具体的时空之下，导致悲惨的结局并引发悲切的情愫，可他毕竟不会由此便认为，对于整个人生和人类文明的理解，也由此就应奠定在对于整个世界的否定性理解上。在这个意义上，亚里士多德在《诗学》里的那一番努力，无非是要把悲剧的现象给说开了、化解了、消弭了，让人看到它并未带来任何悲观弃世或反抗社会的理由。所以再说穿了，也是只有在进行了这种“无害化”处理以后，他才愿意略微举出一部悲剧来为之稍加辩护。

既然如此，我们便很容易顺藤摸瓜地理解到，即使那全都是出自索福克勒斯之手，亚里士多德也不会喜欢《忒拜三部曲》的整体，尤其是，他绝对不会喜欢其中那部至少同样出彩的《安提戈涅》；而事实上，由于雅典观众对于剧情的普遍熟知，尽管这出悲剧在情节上属于最后，可在当时每年一度的悲剧比赛中，却反而是被最早创造和上演的。这当然是因为，虽然俄狄浦斯并无意去犯大错，甚至还竭尽全力想要避开大错，可他终究也曾亲身铸成了大错，并且按照索福克勒斯的精心安排，他还马上就以王者特有的高贵姿态，勇敢地负起了应有的责任，而凡此种种都让哲学家尚可以接受。[1]然而令人头疼的是，如果再让这个三部曲接着往下演，特别是，如果又牵出了安提戈涅的毁灭结局，那么，尽管她倒确实是执拗地有意为之的，可要是就连她那种行为是否属于“过失”，都还被人们喋喋不休地争论着，那么，它又能算

1　而事实上，在有关这个“杀父娶母”故事的更早版本中，俄狄浦斯并没有为这个“无心之失”而自我放逐，相反倒仍维持着他对于城邦的统治。参阅［英］阿尔弗雷德·齐默恩:《希腊共和国：公元前5世纪雅典的政治和经济》，龚萍译，上海：格致出版社，2011年，第78页。

是什么非死不可的大罪呢？由此说来，把她处死会不会显得天道不仁和社会不公呢？甚至，会不会干脆颠覆了亚氏自己的“哈马提亚”之说呢？凡此种种，就都成了根本说不通的问题。

这样一来，我们也就更加清楚地看到了——什么才算是亚里士多德的“正确悲剧”？简直让人不可思议的是，这里所谓的“正确”，竟是在忽略了所有“错误”的情况下，才勉强得出来的、适用范围很有限的规定性。所以，如果一语道破的话，其实亚里士多德对于他老师的反驳，也就仅仅限制在“不能一概而论”的意义上，因为毕竟在他看来还有这么一出悲剧，也就是索福克勒斯的《俄狄浦斯王》，即使从伦理学的角度来考量也是“说得过去”的。

二、俄狄浦斯犯了什么错

我早已先期声明过，自己并不认同希腊悲剧的教条倾向。不过，一旦说到它的某些经典剧作，尤其是说到索福克勒斯的这出《俄狄浦斯王》，那么，倒不是因为亚里士多德曾经肯定过它，而是为了它所呈现出的具体艺术内涵，包括它的情感冲力，它的剧情结构，它的语言水准，它的情节转换，它的故事穿插，它的紧张激越，它的耐人寻味，它的神秘莫测，它的解释不尽，它的无穷内涵，又都不能不让我发出来自内心的赞叹。

顺便来讲，尽管悲剧在当年的希腊也是要吟唱的，然而，毕竟是因为有了由此出发的文字创作传统，才在西方开启了源远流长的、更加精致的话剧传统。而由此一来，相对于其他的综合性戏剧而言，这种经由提纯的话剧艺术，其对于作品的文学性和戏剧性，乃至对于上述的那些因素，包括情感冲力、剧情结构、语言水准、情节转换、故事穿插等等，都无疑有着更高或更纯粹的要求，否则，就不可能让台词本身具备独立的观赏价值，也就无法跟歌剧的动听或舞剧的悦目来进行竞争了。而与此同时，也正是由于这种源远流长的创作传统，戏剧在西方才主要是属于作家的，才具有更高或更纯粹的文学性，可在中国则主要是属于领班演员的，更多地取决于表演者的现场发挥。

再转回有关俄狄浦斯的故事上来。实际上，埃斯库罗斯的《七将攻忒拜》，就已经涉及过了这个故事，因为后来那场昆仲操戈的凄惨悲剧，正是眼下这个故事的情节延伸，——它源于失明后的俄狄浦斯于一怒之下，竟向自己的儿子们发出了如此可怕的诅咒：

> “当王位和权杖在你手上的时候，”他说，“你亲自将父亲赶出了故国家园。你和你的弟弟，你们都不是我的真正的儿子。要是依靠你们的话，我早就已经死了。只是因为女儿们的帮助，我才活到今天。你们应该受

到神的惩罚。你不能毁灭你父亲的城市，不然你将会躺在你的血泊之中，如同你弟弟躺在他自己的血泊之中一样。这就是你应该给那些同盟者带去的回答！”[1]

到了后来，既然悲剧的文体已经开始成形，也变得越来越具有内在容量了，索福克勒斯自当会跟进地利用这种形式，再次围绕这一串出名悲惨的故事，写成他最负盛名的那一组剧本，即《俄狄浦斯王》《俄狄浦斯在科洛诺斯》及《安提戈涅》，它们有的是发生在《七将攻忒拜》之前，有的则是发生在这个悲惨事件之后。而由此获得的这样一组剧本，或者索福克勒斯笔下的这个三部曲，由于前边有令人毛骨悚然却又不明所以的《俄狄浦斯王》，后边有令人回肠荡气却又争执不下的《安提戈涅》，便可以称作悲剧经典中的经典，精华中的精华了，——所以卢卡奇才这么来评价《俄狄浦斯王》：“一切寻求形式的灵魂的戏剧都以该剧作为永恒而伟大的模式。”[2]

此外，沿着前面有关“替罪羊”的叙述，我们还不难顺势觉察出，由索福克勒斯创作的这一出悲剧，是更加落实了在悲剧和“替罪羊之歌”之间的关联。而进一步说，在这两者间之所以会

1　古斯塔夫·施瓦布：《希腊古典神话》，第 245 页。

2　索伦·克尔凯郭尔等：《悲剧：秋天的神话》，第 55 页。

出现这样的关联，当然又是因为盛行于希腊世界中的、对于生活中之不洁或污染的恐惧。甚至，拉齐克在他论述索福克勒斯的文字中，还曾直接推想过在它的剧情和实际瘟疫之间的关联：

> 在他的悲剧里可以找到许多对当代现实事件的反映。下面的推测可能性是很大的，即《俄狄浦斯王》中所描写的瘟疫，正是反映了公元前 430 年和前 429 年在雅典一带流行的传染病，而“清除恶行”也就是驱逐因本人的到来而玷污了城邦的凶手。[1]

由此一来，既然有了我们在前文中的那些铺垫，也就更容易理解这出悲剧的独特剧情，包括剧中那许多双关台词的弦外之音了：

> 这些细节可以使悲剧观众更容易了解雅典的宗教习俗，特别是因为，俄狄浦斯便是很明显地以“罪恶”，必须驱除的污染的面目表现的。他刚一出场，就无意之中用形容“替罪羊”的话语为自己下了定义，他对请

---

1 ［苏联］谢·伊·拉齐克：《古希腊戏剧史》，俞久洪、臧传真译，天津：南开大学出版社，1989 年，第 93 页。

愿的人们说:“我知道你们大家很痛苦，但是，没有一个人比我更加痛苦。因为你们每个人只为自己悲哀，不为旁人，而我的悲痛却同时是为城邦，为我自己，也为你们。”稍后:“我更主要是为大家担忧，而不单为我自己。”俄狄浦斯错了:这罪恶——克瑞翁立刻说出了它的真正名称是沾染——正是他自己的。然而，他却在错误的情况下无意道出了真理:正因为他本人即是污染，即是城邦的“罪恶”。他的的确确承担着所有的臣民的痛苦。[1]

在我看来，对于索福克勒斯如此饱含灵感的创作，乃至对于任何一部调动了下意识的创作，特别是前人仍未脱离“迷索斯”语境的早期创作，作为后辈的读者们都应当首先警惕到:它们原本就是说不尽、道不完的，原本就在抵抗着被后人“水至清则无鱼”地悉数复述，尤其是不能用“逻各斯”话语来彻底澄清，而且也正因此它们才表现出多重的意义，否则它们也就不那么值得珍贵了。——当然，再从另一方面来讲，无论它们含有多少重变化的意义，至少有一点总是被悲剧家们坚守着，那就是不管在

1 让-皮埃尔·威尔南:“《俄狄浦斯王》谜语结构的双重含义和‘逆转’模式”，陈洪文，水建馥选编:《古希腊三大悲剧家研究》，北京:中国社会科学出版社，1986 年，第 510 页。

现象界里会表现为怎样的剧情，在本体界中都终要表现为命运的缠绕；而且，这种命运的最令人生畏之处又在于：你越是想要做出努力来逃避它，它就越会疏而不漏地缠绕住你，你越是想要表现得精明过人而不受摆布，就越会在它面前暴露出自己的愚蠢。

也正是为此，颇有些出人意外的是，即使是大智者如亚里士多德，而且他还是如此小心谨慎地，只为我们解说了这么一出悲剧，却还是闪露了很多论证的缝隙，遗留了很多未尽的问题。而正是针对着这类的问题，后人又进行了无休止的发挥，也爆发了无穷尽的争辩。——那中间的焦点之一就在于，如果拿亚里士多德的“哈马提亚”之说，来对照一下索福克勒斯笔下的剧情，也就是说，如果以他的“虽非罪有应得，却又咎由自取”的解释，来对照《俄狄浦斯王》乃至《安提戈涅》的剧情，那么，到底俄狄浦斯算是犯了什么错？再由此推想，纵然安提戈涅有点认死理，难道这种年轻人的小毛病，或许就是来自“青春期的反抗”，就已经可被判决为罪不容诛？

更不要说，还有很多连这点瑕疵都没有的人，也同样在悲剧的舞台上变成了“替罪羊”，尽管这正是亚里士多德想要避开的，却也肯定是构成了他所谓“哈马提亚”的盲点。于是，沿着我们在前面做出的铺垫，大家首先就可以想到伊菲吉妮娅了，正如弗莱就此所提出的批评性意见：

> 一切从道德角度立论的悲剧理论，或迟或早总要遇到这样一个问题：悲剧中的无辜受难者（即诗学意义上的无罪的人），如伊菲吉妮娅、考狄丽亚、柏拉图《申辩篇》中的苏格拉底、被钉死在十字架上的基督耶稣究竟是不是悲剧人物呢？而试图从这些人物身上找出严重的道德过失，同样难以令人折服。[1]

进一步说，尽管悲剧家对于不公生活的揭示与抗议，可以在带来深切同情的同时，也带来符合道义立场的同感，从而让观众在紧张悲叹之余，又感到终于有人把它痛快地讲出来了，但是，如果把这种悲愤和紧张之余的释放，乃至把这种释放之余的心理上的倦怠和松弛，胡乱解释成什么混杂的“甜蜜暴力”，或者解释成是借“怜悯和恐惧”而得到“情感的净化”，那就实在是有点言过其实了。换言之，把一肚子的苦水和冤屈都倒了出来，这自然也有几分让人感到畅快；可话说回来，苦水终究还是苦水，冤屈终究还是冤屈吧，这仍是不容混淆也无法转化的，也是从来都让人叫屈和悲愤不已的。正因为这样，人们的质疑就不光会对准亚里士多德的“哈马提亚”之说，还同样会对准他的“卡塔西斯”之说。——比如大卫·休谟就曾在书信中写道：

1　诺思罗普·弗莱：“秋天的神话：悲剧”，《悲剧：秋天的神话》，第107—108页。

人们总是认为，从悲剧的眼泪、悲痛和同情中获得愉悦，这在解释上是一个难题；如果所有的同情都是令人愉快的，那么，它可能就不是这种情况。一所医院会是一个比舞会更有趣的地方。[1]

此外，另一位作者还曾引述过查拉尔德·F.埃尔斯的下述说法，那更是在明言亚里士多德此说的不足凭信：

清除的观点，净化怜悯和恐惧的观点都是错误的。在《亚里士多德的〈诗学〉辨析》（1957）中，他否认亚里士多德有关于悲剧事件的净化的思想。在生活中，我们不能以任何平静的态度来看待乱伦和叛逆罪，但是在《俄狄浦斯王》中，由于它们在一种特殊的环境中呈现在我们面前，所以我们可以把它们看作是独立的。美狄亚杀死她的孩子，安提戈涅的毁灭，我们还可以加进格洛斯特的盲目和李尔的疯狂，如果我们在剧场外面遇到这些情况，都会手足无措。他认为亚里士多德讨论的是戏剧所创造的一切陌生化的力量（或者阅读时的诗的

1 ［英］大卫·休谟:《信札》，169，转引自约斯·德·穆尔:《命运的驯化：悲剧重生于技术精神》，第144页。

> 华丽），给了它们以距离和补偿，允许我们平静地观察他们。但是，埃尔斯坦率地承认，在希腊悲剧中这只是令人将信将疑的效果，也许并不适合后来的所有悲剧。事实上，当我们观看《李尔王》时，我们不会始终保持平静。如果亚里士多德的意思正如埃尔斯所说，那么他的“卡塔西斯”的观点对我们就没有多大作用了。[1]

到这里我们便可以看到，虽说他的经典学说由于苦心袒护了悲剧，而在此后的岁月中有助于这种艺术体裁的复活、集成与发挥，可我们却在就此追根刨底以后，发现无论是亚里士多德的“哈马提亚”之说，还是他的“卡塔西斯”之说，都令人意外地缺乏基本或必要的解释力。那么，这位大哲又到底何以至此呢？说到底只怕还是因为，亚里士多德是太讲究“中庸之道”了，太强调整个宇宙的“合目的性”了，而同时代的悲剧家本身却正好相反，又太过强调难以调和的尖锐冲突了，太愿关注由冲突所导致的毁灭后果了。——而与此相连，尽管按照亚里士多德的勉强解释，俄狄浦斯之所以在剧中走向了毁灭，总要归咎于他自己发出的动作，由此还是能从中看出伦理的意义，可是，要是果然回到古希腊的语境，只怕事情的真相却恰恰相反，因为索福克勒斯

---

1 克利福德·利奇:《悲剧》，第68—69页。

这出悲剧的要点，还并不在于俄狄浦斯的无心之失，而在于命运对于人类特别是人类中之英雄的、无所不在的残酷捉弄。在这个意义上，这位俄狄浦斯王恰正是另一位普罗米修斯，而他在忒拜城所遭遇的，也正是在英雄与命运之间的另一番冲突。

当然，这并不意味着不再去承认，作为一部含有多重意义的作品，《俄狄浦斯王》仍具有多种解释的可能。所以，这里为了叙述的方便，我们就先要分析它表面的剧情，去看看俄狄浦斯到底犯了什么错。——对于这样的追问，俄狄浦斯本人在舞台上是这样供述的：

> 啊，你们，三条道路和一个幽谷，
> 啊，你们，矮树丛和三岔路口的窄道，
> 你们从我手里吸饮了我父的血，
> 也就是我的血，还记得吗：
> 我在你们面前做了些什么？走了以后，
> 到这里又干了些什么？啊，婚礼呀婚礼，
> 你生了儿子，养大了，又给儿子生孩子。
> 儿子成了父亲的弟弟，母亲做了新娘和妻子，
> 乱伦的婚姻造成了人间最大的耻辱。
> 算了！不应当做的事情也不应当拿来说，
> 看在众神分上，还是尽快把我藏到国外去，

或者把我杀了，或者把我丢进大海，
在那里我将从你们的视界永远消失。[1]

而他的母亲兼妻子伊奥卡斯特，先是在这件事尚未被揭穿之前，似乎就已经意识到了什么可怕的事，于是就尽力来宽慰俄狄浦斯，希望能打消他那不依不饶的追问：

凡人都受偶然性主宰，不能够清楚地预见未来。
任何事情，那么，我们还应该害怕什么呢，
活着最好是尽可能随遇而安。
你也别害怕娶母的婚姻，
许多人梦中有过这种事情，
但是他们毫不在意，
日子过得十分轻松。[2]

然而令人不忍卒读是，等到这件事已经真相大白之际，伊奥卡斯特当然也就明白，自己的生命也已彻底地走到了尽头：

---

1 埃斯库罗斯等:《古希腊悲剧喜剧全集》，第二册，第 102 页。
2 同上引书，第 70 页。

她发疯似的冲过门廊，
直奔自己的婚床，两手抓住头发。
她一进卧房，便砰地把门关上，
呼唤早已死去的拉伊奥斯的名字，
回忆她早年所生的那个儿子，
说拉伊奥斯是被他杀的，留下寡妻
和儿子生了一些不幸的孩子。
她悲叹自己的床榻，悲叹自己
不幸在床上生下两代人——
和丈夫生了丈夫，和孩子生了孩子。
她后来怎样死的，我再不知道……[1]

紧接着，一旦看到母亲兼妻子的自尽，俄狄浦斯也随即就选择了自残，作为也许是更可怕和更持久的自我惩罚：

他从她的袍子上摘下两只
她佩在身上的金别针，
举手朝自己的眼球刺去，
同时喊着："让你们再也看不见

1 埃斯库罗斯等:《古希腊悲剧喜剧全集》，第二册，第94页。

我遭的苦难和我造的罪孽!
让你们从此黑暗无光吧!既然
那些永远不该看的人你们看了那么久,
却不认识那些我渴望认识的人。”
他一遍遍重复着这可怕的叫喊,
一次次举手猛击自己的眼睛,每一击
眼珠里流出的血便沾湿了他的胡须,
因为,这血不是一滴一滴慢慢地淌,而是
一下子洒下许多,深红的,密如冰雹。[1]

人们在观看这出可怕的悲剧时,每每会情不自禁地掩面感叹:俄狄浦斯的命运“怎么这样苦”啊?——不过,要是我紧接着就告诉大家,实则在那悲剧舞台上讲述和演示的,也很可能正是我们自己的命运,那么,大家就更要感觉到问题的严重性了。

事实上,我们也许都还能记得,在天真无邪、自由自在的希腊神话中,宙斯的祖父乌拉诺斯就曾跟母亲交合过,而宙斯自己也经常跟他的女儿交合。而另一方面,借助于弗洛伊德的深层心理学,我们也切实从自己身上了解到了,确实在某种程度上存在着以俄狄浦斯命名的“恋母情结”,和以伊拉克特拉命名的“恋

1 埃斯库罗斯等:《古希腊悲剧喜剧全集》,第二册,第 95 页。

父情结”。由此，从这种对于神界的宽容和对于人间的严苛中，我们就再次领悟到了“秘索思”与“逻格斯”之间的不合拍；换言之，我们由此竟又猛然地觉察到，这种发生在代际之间的性禁忌，看来并不属于远古时代的神界的规定，而不过是文明时代的人间的规定；而它一开始跟任何道义或羞耻都没有关系，而只是来自对于近亲繁殖和种群退化的忧虑。

> 儿杀父，这在中外历史中屡见不鲜。子娶母，也在各族古俗内有例可循。但杀父娶母两全其恶的极端事例，只有野蛮时代才可能出现。弗莱《金枝》谓初民社会杀老父而继任巫王，符合当时生产力水平。古希腊前奥林波斯众神时代的乌拉诺斯，与母亲该亚媾合而生提坦神、独眼巨神和百手巨神，后者都被他囚禁起来，痛苦不已。该亚心疼小儿子们，就请克洛诺斯将父亲乌拉诺斯用镰刀阉割并推翻其王位。克洛诺斯篡位后与姐姐瑞亚成婚，生下宙斯和赫拉等人，最后终被宙斯抢班夺权，囚禁在地牢里。所以《俄狄浦斯王》的杀父娶母，可以看成是对远古神统的模仿、复唱和原型翻版。但是时代毕竟不同了，跨入文明时代的希腊社会对古老神统可以不查祖宗三代，对俄狄浦斯的劣迹秽行则一定要严加追究，这就使得索翁悲剧为杀父娶母的非伦理行为找

> 出伦理化的辩护根据，对误杀、误娶采取了自责、自残、自我流放的补救。野蛮时代杀戮与乱婚的行为，同文明社会的家庭伦理构成深刻悖离，正是该剧的悲剧实质。[1]

这又使我们想起上一章所讲的“自我驯化”来。由此，弗洛伊德从心理学上所讲的“本我”和“超我”，一旦被置换到历史学的语境中，也就意味着“原始”与“文明”。而令人尴尬的是，如果弗洛伊德学说的价值就在于，他挖掘出了潜藏在我们意识深处的、已被文明压抑得失语的原始冲动，那么，又由于他所披露或主张的这种“泛性欲主义”，却也使得任何一位所谓的“文明人”，都会在他这种再无遮掩、一览无余的学说面前，羞愧地意识到了身体内部的“原罪”。换句话说，这种学说也许是并不恰当地，剥开了由长期教化所带来的文化暗示，而后者曾经高高地树立了人性的标准，意在克制我们的动物性欲望，和掩饰我们的生理性行为。

回想起来，其实恩格斯早在他那本名作中，就曾指出过这种“性禁忌”的历史性了：

1 谢柏梁:《世界悲剧文学史》，上海：上海文艺出版社，1995年，第58页。

> 那么，所谓杂乱的性交关系究竟是什么意思呢？这就是说，现在或较早时期通行的禁例在那时是没有效力的。我们已经看到，由于嫉妒而造成的限制是怎样崩溃的。如果说有什么可以确定的话，那就是：嫉妒是一种较后发展起来的感情。血亲婚配的观念，也是如此。不仅兄弟和姊妹起初曾经是夫妇，而且父母和子女之间的性交关系今日在许多民族中也还是允许的。班克罗夫特（"北美太平洋沿岸各州的土著民族"，1875 年版第 1 卷）证明，白令海峡沿岸的加惟基人、阿拉斯加附近的科迪亚克岛上的人、英属北美内地的提纳人，都有这种关系；勒土尔诺也提出了关于印第安赤北韦人、智利的库库人、加勒比人、印度支那半岛的克伦人的同样事实的报告；至于古希腊人和古罗马人关于帕提亚人、波斯人、斯基台人、匈奴人等的故事，在这里就不必说了。[1]

可是，恩格斯却并没有进一步说明，这种在“本我”“超我”与“原始”“文明”之间的差距或冲突，尚不能完全被文明史进程所弥合或化解。而由此我们才可以理解，既然弗洛伊德是在主

1 ［德］弗里德里希 · 恩格斯：《家庭、私有制和国家的起源》，《马克思恩格斯全集》，第二十一卷，1965 年，第 46 页。

张“泛性欲主义”，那么，他也就势必要在同时揭示“快感”及其“压抑”，或“文明”及其“不满”。——也就是说，在一方面，一个人由此便被说成了，要同所有的其他人结合，以便从异性（或同性）那里获得释放的快感；但在另一方面，来自人间的文明律令，却又严峻地规定了，一个人只许在达到成年以后，跟另外一个成年人发生这种关系；而由此也就憋出了各种看似错乱的情结，包括在父女之间、母子之间、兄妹之间，更不必说还在兄弟之间、姊妹之间……总而言之，既然文明的代价就是压抑和禁绝，那么文明的反面也便是不满与突破。

也正因为这样，在希腊世界才会存在“巴库斯崇拜”，而所谓“巴库斯”也正是那位酒神——狄奥尼索斯。为了缓解在感性和道德之间的冲突，或为了释放在文明及其不满之间的紧张，虽说无可挽回地“从神界堕落下来”了，希腊人还是要把这一天规定为特别的节庆，而借着酒力去享受作为例外的放纵，算是对于失去的“乐园”一种追记，或曰对于那个远逝的“黄金时代”的怀想：

> 巴库斯的崇拜者就是对于审慎的反动。在沉醉状态中，无论是肉体上或者精神上，他都又恢复了那种被审慎所摧毁了的强烈感情；他觉得世界充满了欢愉和美；他的想象从日常顾虑的监狱里面解放了出来。举行巴库

斯礼便造成了所谓的“激情状态”，这个名词在字源上是指神进入了崇拜者的体内，崇拜者想象自己已经与神合而为一。人类成就中最伟大的东西大部分都包含有某种沉醉的成分，某种程度上的以热情来扫除审慎。没有这种巴库斯的成分，生活便会没有趣味；有了巴库斯的成分，生活便是危险的。审慎对热情的冲突是一场贯穿着全部历史的冲突。在这场冲突中，我们不应完全偏袒任何一方。[1]

妙不可言的是，如果我们此刻还能记起，作为“替罪羊之歌”的悲剧，正是产生在对于狄奥尼索斯的祭礼中，那么，我们由此也就不难联想到，或许索福克勒斯最初写作这出悲剧，也恰是为了迎合酩酊大醉中的释放。在一方面，尽管它的剧情在现实中并不合乎情理，因为受限于个体人类的生理周期，任何人都不可能到了成年以后，再跟自己的母亲生出这许多孩子来，然而，它毕竟亮开了人性中的激烈冲突，甚至迎合了人们久已失语的欲望。但在另一方面，社会毕竟已经迈过了那道文明的门槛，以致即使身体中还依稀怀有此种欲望，人们也已意识到那毕竟属于确定的罪过，由此才需要由一头舞台上的“替罪羊”，在“释放”

1 伯特兰·罗素:《西方哲学史》，上卷，第 39 页。

之后再把城邦的“污染”给一并带走。很有可能，把这两个相反相成的侧面给叠加起来，才共同构成了创作并欣赏《俄狄浦斯王》的奥秘。——这正是被我总结和发挥出来的、作为一种普遍艺术法则的“伪装原则”，而且，只要回顾一下希腊世界那些令人快意的裸体雕塑，或者明清中国那些假意训世的色情小说，我们就能发现在艺术中到处都体现着这种原则。

当然又要把话说回来。一方面，如果把案件搬到现代法庭上，完全可以帮他进行“无罪推定”的辩护，因为主人公并没有“犯罪的故意”，正如理查德·巴克斯顿在意欲反驳弗洛伊德时所说：

> 在索福克勒斯关于该故事的经典版本中，不论俄狄浦斯是否还遭受了其他痛苦，对拉伊俄斯的情结都绝不会是他痛苦的根源所在，因为就他所知，科林斯的波吕玻斯才是自己的父亲。[1]

可另一方面，毕竟俄狄浦斯的所作所为，在作为文明信条的社会风俗中，又属于耸人听闻的越轨或“罪过”。只不过，我们对于这样的越轨或罪过，却也具备了相应的历史意识，知道就

1 ［美］理查德·巴克斯顿:《想象中的希腊：神话的多重语境》，欧阳旭东译，上海：华东师范大学出版社，2014 年，第 123—124 页。

连用以判明“有罪”的概念，也只是迟至很晚才产生出来的，而如果换到了祖先生存的丛林中，这也许就属于堪称正常的生理冲动。——正如跟恩格斯同样开放的马克思，也曾在他写于1982年春季的一封信中说道：

> 在原始时代，姊妹是妻子，这是合乎道德的。母子、父女的性爱也是被允许的，用任何不伦的语言来歪曲人类先祖的原始状态，都是对原始时代人类两性关系的污蔑。[1]

而更有意思的是，既然说到了这位大歌剧家瓦格纳，那么，或许是因为他也描写过这类“不伦之爱”，所以他对于《俄狄浦斯王》的点评，眼下读起来才如此的力透纸背：

> 俄狄浦斯娶自己的母亲，和她一起生孩子，这是一种使我们产生战栗和厌恶的现象，因为它令人不能容忍地践踏了我们对待自己母亲的习惯的关系以及根据这种关系所形成的看法。
>
> 为什么这种形成了道德观念的看法，具有这样大的

1 《马克思恩格斯全集》，第二十一卷，第48页。

力量呢？这是因为它是从人类的原始感情里自然而然地产生出来的。那么我们又问：当俄狄浦斯娶自己母亲的时候，违背人类天性了吗？当然没有。假如是这样，那么被践踏的天性一定会表现为这桩婚姻不能生儿育女；然而天性恰恰表明是完全自愿的：伊奥卡斯特和俄狄浦斯作为两个不相识的人相遇、相爱，当外界证明他们是母子的时候，才发现他们的爱情被破坏了。俄狄浦斯和伊奥卡斯特并不知道，他们处于什么样的社会关系之中，他们是无意识地按照纯粹个人的自然的盲目性行动的；他们的结合是对人类社会的一种丰富，他们生下了两个强壮的男孩和两个高尚的女儿，而这个社会的无法豁免的灾殃，像降临他们父母身上一样，降临在他们的身上。这一对自觉地处身在道德社会里的人，当他们认识到自己无意识行为触犯了道德的时候，便承认自己是有罪的；他们为了赎罪而毁灭了自己，这证明反对他们的行为的社会忌讳是多么强烈，这种社会忌讳是他们早在行为之前就通过习惯而知道了的；尽管他们有这种社会自觉性，仍然发生了这样的行为，这证明无意识的、人类自己的天性的威力多么强大，多么不可抗拒。[1]

1 ［德］里夏德·瓦格纳："歌剧于戏剧"，《古希腊三大悲剧家研究》，第 155—156 页。

那么，在分析过了具体的剧情内容以后，我们接着又要来具体分析一下，在这个又可以作为隐喻的故事背后，又进一步隐藏着怎样的象征寓意。正如我在前文中已经指出的，其实索福克勒斯这出悲剧的要点，并不像亚里士多德所说的那样，只是在于俄狄浦斯的“无心之失”，而在于要去呼天抢地、悲愤欲绝地申述出：那个虽属于“六合之外”的“命运”，又这般无所不在地牵绊和捉弄我们。——在索福克勒斯的笔下，这种对于既不公又可怕的命运的抗议，突出地表现在歌队长到最后的那番感叹：

> 我们的祖城忒拜的居民啊，请看，这就是奥狄浦斯，
> 他猜出了那著名的谜语，成为最伟大的人物，
> 哪个公民不曾用羡慕的眼光注视过他的好运？
> 瞧，他现在掉进了可怕灾难的汹涌海浪里了，
> 因此，一个凡人在尚未跨过生命的界限最后摆脱痛苦之前，
> 我们还是等着看他这一天，
> 别忙着说他是幸福的。[1]

1　埃斯库罗斯等:《古希腊悲剧喜剧全集》，第二册，第 110 页。

的确，人生的有限性或人类的“有死性”，从古到今都是最能引起悲沉的，特别是当人们再把这一点，同神祇的“不死性”来进行对比时，——正如歌德后来又借浮士德之口所慨叹的：“我不像神！这使我感受至深！／我像虫蚁在尘土中钻营，／以尘土为粮而苟延生命，／遭到行人的践踏即葬身埃尘。”[1] 同样，法国学者韦尔南（又译威尔南）也针对俄狄浦斯而写道：

> 被奉若神明，秉公执法的英主，一手掌握着全城的安危，这就是占据着芸芸众生之上的最高位置的“全知的俄狄浦斯”。就是他，在剧终“逆转”，化成完全另一副形象：“脚肿的俄狄浦斯”出现在社会最底层，可憎恶的污染，集世间耻辱于一身。英主、子民的净化者和拯救者与肮脏的罪人合为一体。为了挽救城邦，使它重新纯洁，必须像赶走一只“替罪羊”一样将他驱逐。[2]

于是也就可以想象，正是在“人—神”之间的悬殊对比中，恰如前文中有关普罗米修斯的例子一样，也会有人要从基督教的立场出发，来把俄狄浦斯所犯下的所谓“罪过”，同样归纳成认

1 歌德：《浮士德》，董问樵译，上海：复旦大学出版社，1993 年，第 35 页。

2 让－皮埃尔·威尔南：“《俄狄浦斯王》谜语结构的双重含义和‘逆转’模式”，《古希腊三大悲剧家研究》，第 518—519 页。

识上的“僭越之罪”。也就是说，在想要“打破沙锅问到底”方面，俄狄浦斯被认为表现得太过执拗了，以致即使连台下的观众都已看得出——甚至连台上的伊奥卡斯特也意识到——绝对不能再不懈地追问下去了，他还是不管不顾地要追问下去，而终于把最可怕的事情掀了出来，当然也把自己带入了无底的深渊。与此同时，我们当然还可以回忆起，面对着可怕的斯芬克斯之谜时，他也正是靠着内在的求知欲，而获得了自己君临天下的权力；又正是出于这种强烈的求知欲，他才在剧中想要挑战盲先知的洞察力。正因为这样，有一种解释就认为，俄狄浦斯最终所以要刺瞎自己的双眼，正是为了要惩罚自己的“求知之罪”。

> 我既对双亲犯下了这样死有余辜的罪孽，
> 如果进入冥国时眼睛看得见，
> 我该用什么样的眼光去看
> 我的父亲和我那可怜的母亲？
> 再请问，这样生出的儿女，
> 我又怎么能看了高兴？
> 不，永远不会高兴的。
> 还有这城堡，这望楼，这神灵的
> 神圣的偶像，我看了也不会高兴的，
> ……

我既揭露了自己这样的污点，
还哪敢抬起眼睛正视式拜的这些东西？
不，绝对不敢。但是我还有耳朵的听觉，
如果我有办法能把这条通道也堵死，
我一定把这可怜的身体到处都封闭起来，
让我什么也看不见什么也听不见，这样也就
没有什么东西能使我想起我的不幸了。[1]

毫无疑问，由于艺术作品所先天带有的多义性，俄狄浦斯于绝望中脱口讲出的这些台词，也可以让我们回想起在前文中的论述：

希腊人当年同时创造出有关这兄弟二人的传说，看来绝对是富有深意和洞见的，因为人类的“先见之明”与“后见之明”，从来就属于一体两面和一母同胞，可以说这兄弟二人都是人类的化身，而在这个意义上，他们那种一往无前、披荆斩棘的创化过程，其本身就有可能同时表现为破绽百出、后悔不迭的反省过程。[2]

1 埃斯库罗斯等：《古希腊悲剧喜剧全集》，第二册，第 101 页。
2 见本书第二章：“能否扼住命运的咽喉”，第 118 页。

不过，又正因为普罗米修斯和爱比米西斯乃是一母同胞，在同时代表着文明的成就和及其代价，所以我们就很难找到足够的理由，来支持下述基本属于蒙昧主义的论断，——毕竟，我们在这里感兴趣的仍然是希腊，而不是受到了希腊影响的希伯来：

> 欧里庇得斯深受希腊启蒙时期现代批判精神的影响，他的诗表达了这种精神，而索福克勒斯却坚定地站在传统宗教价值这边。……此外，在《俄狄浦斯王》中，索福克勒斯怀着反启蒙的意图，试图将人类知识贬得一钱不值。他以神的名义无情地贬低人类知识。他首先试图论证人类知识是无关紧要的。俄狄浦斯曾经解开了斯芬克斯之谜，拯救过这座城市，而到了最后这些又算得上什么呢？其次，索福克勒斯甚至希望证明人类知识是有害的。俄狄浦斯难道不是一个表面的拯救者吗？事实上，他把这座城市卷入瘟疫这一更大的不幸之中。俄狄浦斯当上了忒拜城的国王，却因此带给这座城市更大的灾难。而他之所以能当上国王，是因为他解开了斯芬克斯之谜。因此，瘟疫就是解谜的后果，即人类启蒙能力的后果！[1]

1 ［德］施米特：“对古老宗教启蒙的失败：《俄狄浦斯王》”，卢白羽译，转引自刘小枫、陈少明主编：《索福克勒斯与雅典启蒙》，北京：华夏出版社，2007 年，第 7—17 页。

三、只能从文化来看悲剧

毛泽东当年曾严厉批判过这样的学风：

> 不论是近百年的和古代的中国史，在许多党员的心目中还是漆黑一团。许多马克思列宁主义的学者也是言必称希腊，对于自己的祖宗，则对不住，忘记了。认真地研究现状的空气是不浓厚的，认真地研究历史的空气也是不浓厚的。[1]

当然不应该因人废言。不过，不去教条主义地“言必称希腊”了，并不等于就缄口不谈希腊了。且不说，就像我在本书序言中已经提出的，在中国与希腊这两大世界性文明之间，竟是“罕见地共享着一连串的文化要素，包括多元、人间、现世、经商、感性、审美、乐观、怀疑、有限、中庸、理性、争鸣、论理、伦理、学术、讲学等等”，而凡此种种的藏于深层的文化共通性，会使我们一旦能更深地了解希腊文明，也就必然能从更深的层面来反观和确证自己；就是那些中国势必要从外来文明引入

1 毛泽东：“改造我们的学习”，《毛泽东选集》，第三卷，北京：人民出版社，1991 年，第 797 页。

的因素，特别是作为现代世界标志的“科学”与“民主”，说到底也都是源自希腊文明的创造。——而说到这里，尤其发人深省的是，正因为当时作为“整体”舶来的“西方”文化，实则是由“两希文明”（希腊和希伯来）不无偶然地混杂而成，我们就更能从前辈学人的甄选与识断中，看出他们对于希腊文明的天生亲和与情有独钟：

> 在一方面，无论当日的旧派还是新派学人，虽然他们会程度不同地接纳西学，但总归都是在企求着文化间性，也总归都要付诸自己的理解；而且，他们还在纷繁复杂的外来文化中，共同总结出了“德先生”和“赛先生”，并将其带过海峡终于结出了果实。而在另一方面，那些被他们看重的民主精神、科学精神——也许还有重商精神——如果就西方文化的内在分野来看，却全都属于源自希腊的文化传统；至于由教会所代表的希伯来精神，则正如蒋梦麟所看穿的那样，如果拿来跟昔年传来的佛教相比，毕竟是有着“骑着白象”和“骑着炮弹”的尖锐区别。[1]

1 刘东：“风火轮般的历史悖论：作为美育家的蔡元培”，《中国学术》，第三十七辑，第55页。

不过，又正因为在这种“恰合我意”式的欢迎心理背后，显然还有中国自身的文化主体性在暗中支撑，就更证明了那些前辈对于希腊因素的偏好，并非只是基于单纯来自对方的、完全一边倒的“普世性”，而要基于共同发挥作用的“文化间性”。也就是说，面对着“大水漫灌”般的汹涌西潮，究竟哪些东西可被心悦诚服地领受，哪些东西还要被心怀保留地搁置，乃至剥离，进而，即使在那些可被接受的文化因子中，哪些层面能被视为可供公共采纳的果实，哪些层面则只属于结出这些果实的、本身并不可食用的根茎，都还应进行细致的分析和慎重的权衡。只可惜，受制于当时的思想条件与信息，显然那些前辈们即使有心于此，也无力把它做得更为细密周备。在这个意义上，自己眼下正进行的这番写作，既可说是对于他们学术事业的承继，也可说是对于他们研究结论的更新。

为了能在方法上稍微缜密一些，以避免再到实践中去囫囵吞枣，我晚近提出过对于“文化之根”和“文化之果”的区分：

> 在交互文化的全球化进程中，必须要分清哪些东西属于“文化之根”，和哪些东西属于“文化之果”，从而知道哪些东西只能属于“小空间”，而哪些东西则可以属于“大空间”。也就是说，由于任何特定的具体文明，都在它的特定起源之处，有其独特而隐秘的、人类学意

义上的根源，所以，在这个全球化的时代，真正能够提供给跨文化交流的，便只是从那些根底处长出来的、作为“文化之果”的东西。反之，对于那些隐秘而独特的“文化之根”，凡是居于特定文明之外的人们，充其量也只能去同情地了解，力争能够既“知其然”，也“知其所以然”，而绝不能亦步亦趋地再去学习。[1]

基于对于文化因果的上述辨析，我又进而设想了应有的操作规程：

即使已经清楚认识到了，在印度佛教哲理的背后，也还有作为隐秘身体态度的瑜伽修行，或者在希腊悲剧文化的背后，也还有作为民间孑遗形式的献祭节礼，正如在中国歧黄医道的背后，也还有作为身体想象的吐纳导引之术，我们在全球化的“大空间”中，也只能收纳进佛教哲理、悲剧文化，和歧黄医道，让它们到未来的世界性文化中，去构成具有普世意义的文化因子。而如果不懂得这一点，一旦领悟到某个“小空间”中的、历史过程中的因果关系，就急着要沿着这种关系溯源回

1　刘东：“总体攻读与对话意识”，《自由与传统》，第 185—186 页。

去，恨不得让自己从文化上脱胎换骨，那就只能一步步地误入歧途了。[1]

至于前文提到的“大空间”与“小空间”，则是我于晚近又提出的另一种分析框架，它应对着当今盛行于学界的“一多之辩”，为了避免人们把自身占有的有限时空，夸张地视同为通用于古今中外的普遍场域，便发愿要从方法论上彻底摆脱由“普世”概念带来的困境：

我们在一方面，可以用“大空间”来取代那个“一元”，从而既在传播学的相对意义上，认可某些相关要素的“普遍性”，却又避免了必然引起争议的“普世性”，以及由它所代表的文化霸权；因为在这样的意义上，它们无非是更靠近那个“一元”，却并不担保其本身就是那个“一元”。在另一方面，我们也可以用“小空间”来取代那个“多元”，从而又在人类学的经验层面上，守住另一些相关要素的“殊别性”；由此在这样的意义上，这种“多元”就既可以确保世界的丰富性，

1 刘东：“总体攻读与对话意识”，《自由与传统》，第315—316页。

又不致撕裂总体人类的基本共识。[1]

不待言，在当前这种交互文化的全球场中，再基于上述“大、小空间”的理解框架，我们总是不难想象，任何尚能传承和留存至今、并显出了相应影响的古代文明，都会既具有延伸到“大空间”中的共通性，也拥有留存于“小空间”中的殊别性，而那个曾对我们显得如此“普世”的希腊文明，在这方面更不会例外。不过，又正因为那个伟大的世界性文明，包括其间带有如此冲力的悲剧文化，都曾经在上个世纪表现得如此“普世”，并由此造成了前辈学者的普遍误解，我这里就更要集中去关切它的殊别性，或者说，要去着力揭示希腊悲剧文化的、相当特殊的人类学根源，——而这正是本章以“作为殊别文化的希腊悲剧”为题的缘由。仔细考究起来，尽管“共通性”才属于文化比较的前提，否则这种对比工作就可能缺乏“可比性”，不过，又鉴于在几百年的西风熏习中，西方文化对于非西方文化的渗透，早已超出了人们可以自觉意识到的程度，便使得如果想要厘定很多关键的观念，就只有把殊别性或差异性当成当务之急了。这一点，亦正如阿尔君·阿帕杜莱在别处所指出的：

1 刘东：“起伯林而问之：在自由与多元的轴线上”，《引子与回旋》，第118—119页。

> 文化这一概念最有价值的特征就是差异的概念，它是事物间对比的而非自身的特质。尽管差异一词如今会带来十分广泛的联想（主要源自雅克·德里达及其追随者对它的特殊用法），它的主要优点仍在于：它是一个有用的启发性规则，能够强调出各种范畴之间的相似与不同，如阶级、性别、角色、团体以及民族。因此，当我们指出某种实践、区分、概念、对象或意识形态包含文化维度（请注意这里的形容词用法）时，我们强调的是境遇化的差异。[1]

说到这里又要交代一下，这种就其“殊别性”来反思希腊悲剧的做法，又统属于我所提出的另一个更为总括的命题，即“美学研究的文化转向”，那是一种照顾面更大的范式更新，将会由另一本部头至少相仿的著作来论证，而迄今还只有少量同学在我的“比较美学课”上听到过。既然如此，我在这里也就不便让论证去过多地后退，只能限于大略地介绍一下它的基本主旨。——简断捷说，由于人类学视角在美学领域的引入，或者，由于把古代希腊甚至把整个的西方，都视作了某种特定的文化单位，就

1 ［美］阿尔君·阿帕杜莱：《消散的现代性：全球化的文化维度》，刘冉译，上海：上海三联书店，2012年，第17页。

导致了观察角度上的根本变化。这种由“人类学视角”所带来的“文化转向”，反对以往那种“从美学来看文化”的简单做法，因为这样去设问无异是先入为主地，把作为理论体系的西方美学当成了“普世”的价值，然而再以此作为衡量标准来发出评判，看看其他文明的成就是高是低、孰对孰错；与此相反，它一百八十度地转而主张“从文化来看美学”，从而干脆把“美学”这门学科本身，也看成只是为西方文化内部特有的且还产生得不无偶然的一套话语，或者借特里·伊格尔顿的那个说法，那正是一套所谓“美学的意识形态”。

由此，这样一种“哥白尼式的革命”，也就带来了理解上的根本颠覆，从而有效地否决了很多无非是在以西格中的、既牵强又被动的“研究”方式：

> 它不再把美学看成文化的目的，倒把文化看成美学的语境；换句话说，它意识到，不是美学这门学科大于文化，而是文化这个语境大于美学。由此，它就不再像以往那样，斤斤于从美学的角度来审视文化，而要掉转过来，反而从文化的角度来审视美学！而基于这样的视角转换，美学理论在近代西方的创化与发展，也就完全不必再像过去那样，被说成一种具有普适意义的理论

发明，仿佛牛顿所发明的经典物理学三定律一样。从而，我们也就没有必要像过去那样，一定要基于这种普遍的框架，来剖析作为具体个案的特定文化，依次把中国的、日本的，或印度的文化品格，全都描绘成是美学的或准美学的。相反，这套美学话语在西方世界的偶然诞生，在破除了以往对于“欧洲中心”的迷信之后，也就现出了原型，无非是某一特定文明语境中的相对文化现象。[1]

既然有了这样的理论前提，我们眼下所进行的这一番悲剧研究，也就可以统括在上述美学革新的总体范畴中了。而这种统括又理应包含两方面的含义：其一，它当然可以作为一种具体的案例，来实际验证我所提出的那种范式更新，并且，如果这种论证到头来可以被确认的话，也可以转而去支撑那种总体框架的转换。其二，它同时又是在上述范式更新的前提下，才得以逐步设想和实施起来的，故而视点才如此独特的新型研究，——否则的话，很多在前文中出现的大胆设问，从一开始就是不能被想象的。

无论如何，既然已不再“从美学来看文化”，而是转过来“从文化来看美学”，那么，当我们再来回顾百年悲剧引进时，也

1　刘东：“美学研究的文化转向”，未刊稿。

就需要准此来进行仔细的甄别，看看在产生于古代希腊的悲剧文化中，有哪些是可以进入“大空间”的“文化之果”，又有哪些则是只能滞留于“小空间”的“文化之根”。——而为了能够达成这样的区分，我们的警觉又应当从两方面渐次发出——

首先需要集中关注的，就是在悲剧发生时的那种“偶然性”。——毫无疑问，悲剧是一种具有相当文化高度的，并且绝对是匠心独运的发明。可反过来说，既然它当年被发明得如此独特，甚至都有点儿匪夷所思，那么曾经创生它的条件也就势必相当独特和凑巧，甚至即使对希腊人自己来说，都曾表现得机缘巧合、妙手偶得和稍纵即逝。既然如此，一旦把它当作殊别文化来进行考察，那么，最为无理或愚蠢的问题就莫过于：为什么别的文化或别的民族，竟没有做出同等类型的发明？而反过来，最为合理或聪颖的问题只能是，当希腊人在从事这种文化发明时，到底具备着怎样特定而复杂的创造情境，或者说，他们到底享有了哪些偶然集凑起来的创造条件？

正因为这样，等本章的行文进入下一节时，我们还会既借助于上文中的分析，再援引着来自各家的现有成说，来尝试建构起这样的一幅拼图，它将会由纷繁复杂又几乎不胜枚举的因子勾连而成，而其中的任何一个因子，又都显得既相当特殊，还相当关键，乃至于竟全都是缺一不可。既然如此，我们也就可以设想，把这些缺一不可的因子，偶然集凑到一起的概率，原本就是百不一遇甚至千载难逢的；而由此，我们也可以进一步设想，如果悲剧这种如此独特的戏剧形式，当初并没有在雅典的城邦里，如此带有偶然性地、机缘巧合地发生，也许它就会永远跟我们擦肩而过，也就是说，它也许会在人类的全部历程中，永远都未曾如此这般地发生过，而我们甚至也都不会想象到，世上还能有如此奇异的文化形式。

无论如何，我们现在都早已经知道了，在整个人类迄今为止的发展历程中，并没有一个高高在上的主宰，在无微不至地洞察着和恩佑着，以确保我们去沿着某种必然率笃定地前行。在这个意义上，任何凝聚着独特匠心的人类创造，尤其是人文世界的那种创造，都多少会带有某种随机性与偶然性，而且，又正因为这种创造的偶然，是极度仰赖于灵感的偶然迸发，才更从中见出了创造性本身的可贵。另一方面，也许还有点反讽的是，要是果然存在过这种全知全能的主宰，那么只怕他最不乐意让人类创造出来的，又正是像“希腊悲剧”这么异端的文化形式，既然它总是在申述和反抗冥冥中的命运，总是在聚焦与暴露人世间的冲突，总是在怀疑正义是否当真在世界上存在，正如柏拉图当年已敏锐觉察到的那样。

由此可知，一旦把我所主张的“从文化来看美学”的范式更新，落实到了这番对于希腊悲剧的重新研究中，那就理所当然地意味着，这个既十分珍贵又相当独特，既十分深刻又相当教条的文化形式，这个总是以冲突爆发的结局来宣告毁灭终场的奇异剧种，就不应再被理解为必然在人类社会中普遍产生的，而一旦哪个社会未能产生就会相形见绌、就会羞愧不已的文化形式；相反，它只应被理解为产生在特定“文化之根”上的、带有很大机缘巧合的“文化之果”。在这个意义上，尽管产生了这种悲剧形式的希腊文明，自当被后世视作“伟大”的；然而，即使是未能产生出它的文明，但如果也创造出了别种文化形式，并且也以其同样独特的“文化之果”，加深和丰富了整个的人文世界，那也同样可以不失为“伟大”的；再进一步说，如果其本身虽不具备产生悲剧的条件，而文化路径也没朝那个方向延伸，但却由于其心胸的开阔与机制的包容，而在此后足以去理解和欣赏、引进和发挥这种文化形式，并在其上去进一步施展人类的创造性，那么，这样的文明更有可能是“伟大”的，——至少也不应像在上世纪初那样，反而由此而感到自卑甚至自暴自弃。

接下来还需要集中关注的，又在于希腊悲剧在一经产生以后，又对后人所表现出的强烈的“特异性”。这里，为了让论述变得稍微快捷一些，不妨先来引证一下雷蒙·威廉斯的相关说法：

> 人们经常强调希腊悲剧的独特性，然而他们强调的方式往往又将其抹杀。有些古代剧本流传了下来：也就是说，由埃斯库罗斯、索福克勒斯和欧里庇得斯创作

的三百多部剧本留下了三十二部，其他几十位悲剧作家的作品全部流失，我们只知道他们的名字。虽然程度不一，这些流传下来的作品都具有非凡的影响力：其中八到十部被认为是世界上最伟大的戏剧作品。这一独特的成就应该得到肯定，但必须是被看作成就。希腊悲剧对于我们是一种资源（这从某个方面来说是对的，因为欧洲戏剧就此诞生），但它对于希腊人来说则是一种实现：一种时时处处涉及一个成熟文化的成熟了的艺术形式。在以后的若干时代中，这项重要的成就在各个层次影响了悲剧的发展，从普遍意识到刻意模仿，其影响无所不在。但是，却从未出现过希腊悲剧的再创作，也没有严格意义上的复制。这一现象并不太奇怪，因为希腊悲剧的独特性是真实的，它在许多重要方面是不可移植的。[1]

如果进一步申论，那么，何以形成了威廉斯所讲的这种情况呢？——那就必须能够让人们去“见怪不怪”了。由此在我看来，悲剧到后世所以会变得“普遍”起来，至少也变成了并非“不可思议”的，其中很重要的一个成因，就在于几乎是紧随其后的、专门针对它的不懈解释运动。也就是说，如果没有理

1 雷蒙·威廉斯:《现代悲剧》，第6—7页。

论家们持续进行的“排异”活动，那么，就不要说对于其他文明或社会而言了，即使对于后世的希腊人本身来说，悲剧的“特异性”原都会是相当明显的。我们从柏拉图对于它的强烈反应中，也应当很容易看出它的这种特征，并且也有相应的理由去预期，随着他所代表的那种倾向的增长，这种介乎“迷索斯”和“逻各斯”之间的戏剧形式，也一定会被此后的文化样式所取代或革除。——然而无巧不巧的，又偏偏因为由他那位弟子所肇始的、非要把悲剧给解释开的持续努力，也就专门为这个剧种量身打造了很多相应的理论，或者干脆说，是想要把这个原本介乎神话和理性之间的剧种，也给裹挟到盛行于后世的理性化运动中去。这样一来，只要是沿着诸如此类的解释框架，悲剧到了后世也就可以被看得越来越“普遍”，越来越可以理解、甚至理所当然，好像是足以适合任何时代与社会了。

然而，如今既然我们已不再“从美学来看文化”，而要“从文化来看美学”，那么，这也就革命性地意味着，我们不会再像过去的做法那样，仅仅就美学本身来讨论这种理论的发展；正相反，它不再被理解为纯粹抽象的思辨，并高蹈于所有的艺术现象之上，而非要联系具体的文明语境与历史条件，才能被设身处地地体认和澄清。一旦我们把这样的基本原则，再贯彻到有关悲剧的探讨上来，那么，我们也就有理由不光是不再本质主义地，把这种产生于特定时空中的戏剧形式，当成了最为贴近理想模式的、因而也是最具“普遍”意义的样板；同样，我们也不会再去沿着以往的美学史教程，去把围绕着悲剧作品的层出不穷的、甚至无所不用其极的论证，全都看作对于这种艺术形式的、不断在逼近于真实的总结。

刚好相反，就像我们眼下宁可把悲剧本身视作一种特定的文化现象那样，我们现在，也宁可把悲剧理论再视作另一种特定的文化现象。这也就是说，尽管在这两种特定的文化现象之间，肯定也会存在着相应的关联，然而那些关联却绝不是机械式的镜像反映，相反倒毋宁是彼此互动乃至相互对抗的。这也就意味着，尽管人们从一开始就寄望于，通过不断的理论构想与解释活动，总能获得对于任何一出悲剧的真诠，而且我们也确实应当肯定，这种自我期许作为研究的预设，从来都属于必不可少的心理前提；但此刻，我们在由这种心理所推动的文化史中，却毋宁关注到了它的更为隐秘、也更有启发的层面，那就是人们针对悲剧所给出的不断诠释，以及由这种诠释活动所渐次贡献出的、有关悲剧意义的不断花样翻新的论证，这些东西本身倒是跟悲剧作品一起，共同造就了西方历史中特有的“悲剧文化”。

说到这里，就要把话再给说回来：即使坐实了悲剧的偶然性与特异性，也丝毫不会意味着，它由此便不再被视作一种重要的文化样式，或者一种具有丰富精神营养的“文化之果”。无论如何应当承认，相当复杂的罕见机缘偶合到了一起，确实在古代希腊催生出了这个伟大的剧种；而此后，又受到了独特路径依赖的制约，便围绕着这种从一开始就达到了相当高度的艺术形式，不断地在进行创作、上演、变异、更新、发挥、修正与阐释，从而也就在整部西方文化史中，造就出了绝对堪称“伟大”的悲剧文化。——而这种文化样式之最可宝贵的特点，就在于它可以强力地打进人生的大伤痛处，给他们习以为常的庸碌生活提供一个警醒，从而让他们的精神去获取一个不断重临的起点。

不过，既然有了前文中的铺垫，我们就理应同时去意识到，如果只是鉴于悲剧和悲剧文化的伟大，便不明就里、不分青红皂白地追问——别的什么文化、包括自家的文明，为什么竟落后到了没有产生它的地步？那就不啻提出了一个既荒谬又霸道的问题，其霸道的程度，正如去脱离时间与地点地追问：希腊为什么落后到了不能自发地建造苏州园林，或者欧洲为什么落后到了不能发明草书艺术？无论如何，必须潜回具体的历史语境去发现，雅典城邦所享有的特殊“寸劲”正在于，那个“迷索斯”的世界已在脱离人间，可它毕竟又未曾离开得很远，并由此才同正要取代它的“逻各斯”的世界，在彼此的搅混与缠斗、冲突与对决中，共同促成了希腊悲剧的逐渐成形。而相形之下，中国的先秦理性主义却早已走得更远，而远古的“巫魅”也早已消散得更多。由此，对于这个在主流上已是“不语怪力乱神”的文明而言，即使类似的变相献祭形式，也曾被什么人转化出来过，也只会被当作野蛮而受到抑制，或受到同样匠心独运的转化。当然，我们也可以反过来设想，对于一个在当时就已“过于清醒”的文明而言，这样的文化形式要是当真被创作了出来，观众们的心理只怕就更不易抚慰了。

可无论如何，说悲剧的产生既不是也不应是“普遍”的文化现象，这并不从逻辑上意味着，在希腊悲剧乃至西方悲剧中所尖锐反映出的、那种必然会导致外部爆发的惨烈冲突，也同样是不为其他文明所知的，或者也同样只属于不可采撷与食用的“文化之根”。果真如此的话，那么其他文明倒真有可能是落后或病态的了，既然它根本就不能警醒怵惕地意识到，任何人类文明打从它创生的那一天起，就始终要被置于时大时小却如影随形的冲突之中。正因为这样，本书才会从开头的第一章，就要来重新认识“大团圆”中包含的冲突，以便去澄清围绕这个问题的、几乎是先入为主的误解，——尽管我也在前文中也已经指出，中国人对于冲突的认知与处置，仍然会与希腊人有所不同。

由此可知，就其对于冲突的关注、营造与揭示而言，希腊悲剧对于人类社会还是具有“共通性”的，既然如此，它当然也可以在某种限定的意义上，作为一种可被“普遍”采撷的“文化之果”，而进入前文论述过的那种“大空间”，并就此显出它对于整个人类的普遍意义。无论如何都弥足珍贵的是，正是在由悲剧所营造的特定文化氛围中，芸芸众生习以为常的世俗生活，突然得到了一次意外的中断，一声凄厉而凄惨的警示，或者一次难得的陌生化。唯其如此，到了悲剧的悲惨结局之后，人们才有可能去嘘唏不已地，重去检省一系列重要的人生问题，而这些问题在俗常的吃喝拉撒睡中，在日复一日的油盐酱醋茶中，往往已经被他们给下意识地遗忘了。

当然，正因为悲剧是一种心理的警醒，是一种精神的马刺，所以我们就永远也不要指望，只需依靠对于悲剧及其理论的引进，我们就足以一劳永逸地把它、或者把人生的冲突都给解释开。事实上，即使是在悲剧和悲剧理论的故乡，无论那是指古代希腊还是现代欧洲，也并没有哪位作为真理化身的大师，足以借此来帮助我们消弭人生的冲突，以及由于此种冲突所带来的困惑。那个人要是真的出现了，或者那一天要是真的到来了，那也就是所谓“意识形态的终结”了，而人类也就不再需要去追寻什么了。反之，只要那一天仍没有到来，或者根本也不可能到来，我们就仍然需要自觉而警觉地，借助于悲剧这种思考的催化剂，来努力开敞与不断更新那个足以界定我们生命存在的意义世界。

由这种认识出发，当我们再来回顾百年悲剧引进的时候，就会发现那中间涉及的层面更加丰富，绝不只是一般比较文学意义上的“影响—接受”问题。在骨子里，悲剧这种在特定时空区间所产生的特殊文化样态，是反映了生活中永远不能解释清楚的尖锐冲突，以及人们迫切需要理解和解释它的愿望，以及永远必须重新解释它的生存困境，而舍此他们就无法获得足堪一活的意义。这些问题是历久弥新的，也是会永远摆在我们面前的，正因为这样，当我们再次对于悲剧问题试做解释的时候，那必然意味着基于中国价值观念的重估。而这也就意味着，不管在我们自己的文明历程中，是否产生过悲剧这样一种戏剧形式，不断去阐释我们在人生中所遭遇的冲突，都构成了困扰我们自身文明的永恒难题，而我们也必须要历尽艰辛地设法去解释它，否则我们的文明生活本身，也就会停滞不前地走到了尽头。

四、理解悲剧的两组概念

首先应当坦承，我当然也清晰地意识到了，即使让本人——或者任何一个别人——花上一辈子的学术精力，去专攻这个有关数千年前外部世界的具体问题，也未必就能获得最终的、堪称一劳永逸的决定答案。否则就要反问：为什么那么多西方自有的、学富五车的古典学家，忙到现在也还未能找到这样的结论？其实说到底，还是由于迄今的历史学与考古学，并没有在这方面获得足够的确定信息，这就使得对于现存遗迹与残卷的线索勾勒，只有凭借想象力来填充很多的留白处。正因为这样，不论做出了多少努力，我在这里充其量也只能说，无非是到了写作此书的时候，我本人尚未读到任何决定性的反例，能够证伪马上要在下边绘出的这幅草图。

事实上，这种面对残留古代文献的困惑，早在孔子的时代就已被感受到了，正因此我们才会在他的《论语》中读到：“夏礼吾能言之，杞不足征也。殷礼吾能言之，宋不足征也。文献不足故也。足，则吾能征之矣。”[1] 不过，我们还是要意识到，问题的双向困境却也表现在——

> 对于任何立志于历史书写的个人来说，尽管他理应发愿去尽其所能地进行搜罗，然而史料本身又终究是不可穷尽的；甚至，如果一门心思只想去做到竭泽而渔，反而会消磨“求真意志”和化解“解释冲动”。既然如此，我们也就只有坦然地接受这样的矛盾，即在一方面，人类的生命历程乃是历史性和过程性的，并且正由此我们才对历史过程充满了好奇，甚至创造出被称作“历史”的学问来进行追索；可在另一方面，又正因为个体的生命本身恰是历史性的，所以我们作为个人又并不具备相应的时间，去充分和全盘把握住生命进程的展开。[2]

---

1 《论语 · 八佾》。

2 刘东：“论史料的颠覆性”，《国学的当代重估》，北京：清华大学出版社，2017 年，待刊。

照此而论，尽管不光是我个人从未敢奢望过，恐怕整个国际学术界也都无法指望，我们终究会有那么一天，能够在经验科学的精确意义上，找到希腊悲剧之全部的和真正的起因，然则，面对这种难免让人沮丧的处境，应当小心拿捏的分寸感又在于：一方面，对于从上古时代孑遗下来的史料，我们永远只能找到零散的碎布头，而且我们还永远都不会知道，这些碎布头的数量是否已经足够；可即使如此，我们还是要试着把这些碎布头勾连起来，看看能否构成显出某种“完整性”的拼图，即使那中间还留有经由“合理想象”而划出的虚线。另一方面，如果我们目前找到的碎布头已经不算太少，使得它们之间的“连续性”已日显清晰，甚至历历在目，而且，如果我们再把这种“连续性”作为一种假设，再代入原有的历史悬案中去，还可以发现它也显出了相应的解释功能，那么，也就可以姑且提出自己的尝试性解释，觉得这个答案或许是“即不中亦不远”了。

当然，即便如此我还是要说，自己接着想要尝试着提出的，仍属于一种姑且如此的、充分意识到了自身局限性的解释。——也就是说，自己之所以愿意姑且这么讲，并不是因为自信这种解释已足够圆满了，甚至已经一劳永逸地解决了这个永恒难题，而只是就自己迄今读到的材料来说，一时也提不出更加完满的解释来了；而迫在眉睫的是，如果从另一个重要角度来考虑，这里所提出的对于希腊悲剧的解释，又将构成此后将要进行的比较研究的基本参照系，从而直接影响到我们如何去看待一种至关重要的跨文化现象，那就是百年以来中国对于悲剧剧种的引进，以及由此而在文化实践中造成的深重影响。

还可以就此稍加申论，而那又将涉及另一种平衡感。一方面，如果我们在此前或者此后的论述中，都已经或者将要指出，以往那些西方的大哲学家，一旦顺便要来处理悲剧的问题，多多少少都是在“借他人之酒杯”，来“浇自家之块垒”，那么，自己想要重新启动的这次研究，至少在初衷上还是想追求客观性的，而绝对无意去放纵自己的主观性，即使有时候也无法完全避免它。但另一方面，自己打从内心深处又并不觉得，去对希腊悲剧的千古悬案得出客观的解释，这件事对于一位当代中国的学者，其本身具有多么重大的价值和意义。毋宁说，我原本想要进行的还只是跨文化的研究，盖因为作为特异悲剧的这种文化形式，对于百年中国的实践具有太大的影响，乃至把很多文化操作都挤压得紊乱或变形了。——只不过，随着自己研究的逐步深入，竟发现从亚里士多德到黑格尔到尼采到弗洛伊德，尽管已经算是动用了西方的最高智慧，仍未能就此提出令人信服的相应解说，我才为了更好地开展今后的比较工作，而不得不动手来自行解释悲剧的问题本身。

检讨起来，以往针对悲剧问题所发出的种种解释，之所以往往会绕进各种死胡同，其中很重要的一个方法论原因，恐怕还在于对“历史决定论”的不自觉的执迷。而一旦这样也就无法灵动地、具有现场感地看到，只要是希腊的悲剧还没有实际地产生，那么，便并没有任何冥冥中的主宰，足以在暗中决定它一定就会产生，而且还非得如此这般地产生。事实上，只要不是沿着后世形成的思考模式，去“倒果为因”地唐突和扭曲历史，强行对往昔的纠结进行想当然的梳通，我们就应当设身处地地意识到，当年在希腊半岛乃至雅典城邦里，其实还是各种可能性都在并存着的：

> 在当时的那个节骨眼上，希腊哲学也正处在方生方成之中，或者说，是处在从“迷索思”朝向“逻格斯”的过渡中；而由此，也就同样充满了各种各样的游移不定，同样表现出了无论文明运势转向哪个方向都并非全无可能的或然趋势。——只需回溯一下希腊悲剧中的各种各样的呼天抢地，以及那些悲剧家们的差别很大的个性选择，我们就不难想象：那种至深的悲观、绝望的追问，那种无助的抗议、愤怒的谴责，那种对于神正论的深度怀疑，那种主张“人是万物的尺度”的主体解放，在当时也并非全无可能就转变为当时文化的精神主流，而且也正是因为这一点，才激怒了作为秩序“卫道士”

的柏拉图，让他感受到了社会彻底崩解的实际危险。[1]

而与此相连，与决定论意义下的“单因单果”的线索不同，我们还应当更加包容和广角地看到，原本参与决定文化走向的因素，在任何场合下都会是不一而足的，更不要说在那个众声喧哗、多元混杂、民意沸腾的雅典了。由此而不无奇妙的是，如果只看到希腊的某个文化因子，我们也许还会觉得那也是司空见惯，或者平淡无奇，然而，一旦把它们挨个地历数下去，整个的氛围就会显得越来越“古希腊”了，直至那种语境竟会显得越来越特异，并使得那个作为殊别文化的希腊悲剧，也自然而然要跃跃欲试、呼之欲出了。这也就是说，最终导致这种文化形式得以产生的因素，恰恰是繁多、罕见而又互动的，而它们偏偏又显得是缺一不可的，由此才造成了悲剧产生的极度“偶然性”。——事实上，也正是在如此之多的重要原因，竟又如此巧合地凑到一起的意义上，我们才坚持指出了促成悲剧形成的“偶然性”，因为否则的话，恐怕就只有归咎于某种“神秘性”了。

也正因为这样，就恰如韦尔南等人所指出的，一旦说到了“悲剧如何产生”的复杂问题，那种“单因单果”的回头溯源，

1　刘东：“儒学与存在主义”，《中国学术》，第三十五辑，第 17 页。

那种思路简化的还原主义，尽管在写作上比较省时省力，却无论如何都是不能令人信服的，——也就是说，就算你曾经抓到过最重要的成因，只要仍然在方法论上因循守旧，就照样会无济于事而功败垂成：

> 学究们于是又去别处寻找能把悲剧演出和它的宗教母体联系起来的脐带。他们推敲“悲剧”一词：tragoidia，公羊之歌，进而联想到悲剧演员，tragoidos，不是为获得一只公羊的报酬而歌唱的人，就是在公羊祭时的歌唱者。从这个假设到推测在orchestra中央，合唱队围绕着的祭坛本是用于公羊祭，即在一年一度的宗教净化仪式中用这头公羊抵罪，让城邦洗净罪孽——只有一步之遥。跨过这一步的人得出的阐释同吉拉尔所主张的类似，这种主张把悲剧演出和替罪羊宰杀仪式联系起来，悲剧在公众心灵上起到“净化”情感的作用，其原理类似一个群体把所有的冲突都聚焦到同一个受害者身上，集体处死这个恶的象征，以图摆脱危机。[1]

正是针对这样的还原主义，韦尔南等人又接着提示说：

---

1 让－皮埃尔·韦尔南、皮埃尔·维达尔－纳凯：《古希腊神话与悲剧》，第201页。

> 如果我们要理解悲剧，那么在谈及它的起源时，除了必要的谨慎，还需探究其创新之处，估量它相对于宗教活动或者更早期的诗歌形式发生的突变和转折。[1]

而基于与之相似的考虑，为了能更充分地展示这种“突变与转折”，我们接下来就毋宁通过一系列的复合因素，来更为总体与全面地还原当年的文化场域。——初步点算起来，我大概是总共找到了 12 块相关的“碎布头”，或曰 12 个与希腊悲剧相关的“关键词”。由此在后边的行文中，为了叙述的方便和行文的流畅，我又要把这 24 个彼此关联的“关键词”，排列成下述四组自然递进的发展线索，它们分别是：

神话——天人——命运——英雄——冲突——抗议

祭礼——竞技——酒神——牺牲——迷醉——悲恸

无论如何，如果所有这 12 个关键词的基本意涵，以及它们在发生学上的有机关联，都能被自己在接下来的行文中，较为清晰和循序渐进地勾画出来，那么我也许就差可算是完成了前文提出的任务——

1 让-皮埃尔·韦尔南、皮埃尔·维达尔-纳凯：《古希腊神话与悲剧》，第 201 页。

我们还会既借助于上文中的分析，再援引着来自各家的现有成说，来尝试建构起这样的一幅拼图，它将会由纷繁复杂的、又几乎不胜枚举的因子勾连而成，而其中的任何一个因子，又都显得既相当特殊，还相当关键，乃至于竟全都是缺一不可。

（一）神话——天人——命运——英雄——冲突——抗议

在第一组中，我们要先借助于上列的六个关键词，让自己的感受逐渐降落到当年的希腊城邦里，去尝试体会那里的历史语境与精神氛围。

第一个要举出的关键词，当然就应该是“神话”了。——尽管这种来自远古的神秘传说，到那个时代已经开始在远去，然而，它还是构成了人间故事的隐约根由，或者说，构成了那些悲剧人物之或隐或现的背景。维达尔－纳杰曾在他研究荷马的著作中指出，正是从荷马史诗的文脉和余绪中，又产生出了悲剧诗人的后起剧作，[1] 对于这一点大家应当都没疑问。而进一步，如果从发生学的角度，我们还可以更扩展一点来描述：又正是随着神话

1 参阅［法］皮埃尔·维达尔－纳杰：《荷马之谜》，北京：中国人民大学出版社，2015 年。

色彩的消退和人世色彩的相应增长，就先从神话那里分娩出了史诗，尔后又从史诗中脱胎出了悲剧。

不过，刚说到这里就须要留意了，尽管神话乃是分娩悲剧的母体，然而神话乃至史诗本身，都还远远不是悲剧，也未必只需借其本身，便足以去展开或预示悲剧。我们充其量只可以说，回想一下本书第三章的内容，就不难在各种形态的升华与转变中，比如在从献祭到观剧的转变中，再如从吟唱史诗到舞台剧诗的转变中，甚至从埃斯库罗斯到欧里庇得斯的转变中，不断看到那个正渐次“脱魅”的过程。在这个意义上，后来被翻译成为“悲剧”的 tragedy，也正是产生于从“迷索斯”到“逻各斯”的转折点上。

可微妙的是，也正因为介于这个转变的节骨眼上，既然仍在以神话作为故事的背景，那么，悲剧就既可被看成是标示“脱魅”的，又可被说成是在宣扬“巫魅”的，关键只在于从哪个角度去观察。比如，保罗·韦纳笔下的这么一段话，正好说明了思想在当时所具有的二重性：

> 希腊人是否相信他们自己的神话？要作出回应很难，因为“相信”意味着许多东西……没人相信弥诺斯会继续在地狱里当判官，也没人相信忒修斯会和牛头怪打斗，他们都知道诗人在“撒谎”。尽管如此，他们虽不相信，却并不感到不安；因为在他们看来，忒修斯仍

然是存在的；只是得“用理性来提纯神话”……在之后的六个世纪里，神话仍是严肃反思的主题，希腊人也尚未破除神话。理性远未胜利，通过逻各斯来提纯神话是一项由来已久的规划，荒谬突然从这中间现身而出：为何希腊人要为此等小事自寻烦恼，想在虚构中分辨良种与稗种，而非将其随手一扔，无论是忒修斯，还是牛头怪，无论是某个弥诺斯这样的存在，还是传统认为传说中的弥诺斯并不足信，都可将之抛弃？[1]

当然也正因乎此，我们就不光不能单从神话的前提出发，就去推导出悲剧的什么相应特点，也不能只因它由此在希腊发展出了悲剧，就去逼问为什么在其他的文明中，竟没有获得同等的发展或同样的发明，既然它们也都并不缺乏早期的神话。事实上，产生这种悲剧的第一种巧合就在于，它不仅要产生于神话与人世之间、或者产生于“迷索斯”与“逻各斯”之间，还更要产生于正当两者的张力达到某个平衡点的时候。这一点，也正如韦尔南等人所写到的：

---

1 ［法］保罗·韦纳：《古希腊人是否相信他们的神话：论构建的想象》，张竝译，上海：华东师范大学出版社，2014 年，第 3—4 页。

古典悲剧只有在它产生的特定的情况下才能得到理解。悲剧的诞生是当时古老的神话世界观所促发的，这种世界观把一切都视为由诸神的意志所决定的，取而代之的是随着雅典民主政治而出现的理性世界观。命运与自由之间的冲突反映了秘索斯（mythos）与逻各斯（logos）之间强大的张力。特别是在三大悲剧诗人中最年长的埃斯库罗斯的作品中，这种张力显而易见是持续不断的。[1]

这就是所谓无巧不巧的“寸劲儿”！而我们所要论述的悲剧，由此便可以说是再早一点还产生不出来，再晚一点又没必要再产生出来了。也正因为这样，这种无巧不巧的“寸劲儿”，便不仅可以昭示悲剧在希腊的诞生，也同样可以预示悲剧在希腊的消亡。正如韦尔南等人就此又写到的：

悲剧在持续约一个世纪的时间内，其产生、发展和衰落过程发生在一个特定的历史时期，非常严格地局限于某一时间段、一个危机重重的时期。当时，变化、断层和持续性都紧密融合在一起，为的是建立以下两种观

1 让－皮埃尔·韦尔南、皮埃尔·维达尔－纳凯:《古希腊神话与悲剧》，第 6 页。

> 念之间的对比：一种是在神话传统中依然活跃的古代宗教观念；另一种是随着法律和政治实践的发展而产生的新观念。神话的过往与城邦的现在之间的争论，在悲剧中尤其体现为对作为施动者的人的质疑，以及对人与其行为之间的关系的思索。[1]

这也就是说，既然从真实的宰杀牺牲，到虚拟的献祭牺牲，这种从神坛向剧场的转变，已然清晰标注了渐次“文明化”的过程，那么，一旦历史的脚步再往前迈进几步，这种对于后人仍嫌太过神秘的、竟以命运与咒语来决定剧情的剧种，在迷索斯继续遭到逻各斯澄清的时代，就很难再获得会心的理解与普遍的接受了。于是能够残留下来的东西，也不过是被提纯或被风干的文化形式，它作为以往文明的尸骸被停放在图书馆里，等待着如果有人想要来借尸还魂，那么就往里边再灌注新时代的精、气、神，以使之如大梦初醒般地复活过来，而我们就把这样的发展称作“路径依赖”。

沿着前边的那番论述，我们就来到了第二个关键词“天人”，不过依照它的内容，实则也可被表述为“两界”。——这么说不

1 让－皮埃尔·韦尔南、皮埃尔·维达尔－纳凯：《古希腊神话与悲剧》，第65—66页。

光是因为，只要人们去放纵和驰骋着想象，而创造出了居于头顶的神话世界，就自然也剖分出了上、下的两界；还因为，一旦那个迷索斯的世界开始渐出，而逻各斯的轮廓亦开始渐入，那么，到了某个相持不下的节骨眼上，所谓“天上”和“人间”的两界区分，以及它们之间的差别与对立，也就会更显眼或刺目地凸显出来。

在一方面，如果根据令人心怡的传说，甚至即使到了荷马的诗作当中，这天人两界还是可以交会的，甚至可以包括既相互伤害，又肌肤相亲。比如美丽的爱神阿芙洛狄忒，就曾同人间的英雄安喀塞斯相爱，还生下了共同的孩子埃涅阿斯；而同样是这位阿芙洛狄忒，又在特洛伊的激烈战场上，被人间英雄狄俄墨得斯刺伤了玉臂。不过这类的事情，如果验之于希腊人有关自身的传说，大概也不能算是什么咄咄怪事，毕竟他们也曾把自己溯源于神明，比如爱奥尼亚人就属于伊翁的后代，而后者又是阿波罗和克瑞乌萨的私生子。可在另一方面，不可更改的严峻现实却又在于，这些人眼下却只能作为“人”而存在了，尽管他们还是喜欢在史诗中间，把自己中间的英雄描绘为“天神般”的。遗憾的是，由此也便决定论了，尽管人类这种“有死的”存在，也可以努力去发展自己的仪容与能力，却终究无法去跟“不死的”天神相比，——大力士海格力斯的结局说明了这一点，大英雄阿基里斯的结局也说明了这一点。

当然回过头看，这种“天人两界”的严格划分，以及由此带给人类的严重压抑，早在“荷马史诗”里边就已严峻地存在了。甚至，我们更可以这样说，只要人类出于自身的死亡之苦，而想象出了生就超越这种痛苦的天神，他们就会因为相形见绌而更加痛苦，——既然那种原本“概莫能外”的自然规律，至此又并不是可以普遍适用的了。在这个意义上，后世那些悲不自胜的悲剧家们，就并不是发明了这种希腊式的意识，而只是萃取或强化了固有的意识。这一点，也正如雅各布·布克哈特已经看到的：

> 一个人如果把生活仅仅看作是对未来存在的一种准备的话就很容易承受它；真正的悲剧基于这样一种认识，那就是未来是不存在的，只有超越于个人体验的现在的延续。因此，基督教不再成为悲观主义的缘由，人类困境的悲剧在于必须接受此时此地的绝对性。[1]

此外，波默罗伊等人也同样就此指出：

> 许多宗教宣称，正直的人死后会进入天堂，俗世的

---

1 ［瑞士］雅各布·布克哈特：《希腊人和希腊文明》，王大庆译，上海：上海人民出版社，2012年，第37页。

痛苦、磨难就会解除。古希腊人得不到这样的安慰。整个古风时代乃至古典时代，他们对来世的概念都是模糊而简单的。对大部分希腊人而言，人死之时，灵魂脱离肉体，一切存在皆告终结。[1]

不过，又完全可以这么设想，如果那个“上界”像在犹太心灵里那样主导着心灵，或者反过来说，如果这个“人间”像在中华世界里这样主导着生活，那么，这就都不会构成我所说的“寸劲儿”或“节骨眼”了。然而，一旦两者间构成了某种平衡或抗衡，或者人们至少部分地萌生了抗衡的意识，却又终要为了“人不如神”而呼天抢地，那么，这样的精神氛围就可能成为悲剧的温床了。正如《希腊的遗产》一书就此所写到的：

相比而言，众神长生不老，因而做事恣意妄为，不负责任。他们不知真实为何物，因为他们行为不受自然规律的限制。“你当然不担心将来会有报复”，阿喀琉斯冲着阿波罗怒吼，因为阿波罗不顾命运的规定，掠夺了阿喀琉斯单枪匹马征服特洛伊的荣誉。宙斯把战场弄

1 ［美］萨拉 · B. 波默罗伊等:《古希腊政治、社会和文化史》，傅洁莹等译，上海：上海三联书店，2010 年，第 79—80 页。

得大雾弥漫，埃阿斯就冲着宙斯大喊大叫，“如果我们必须死，那就让我们死在阳光下吧”，这是一个道德比神更崇高的生灵的正义的谴责。宙斯对人类的著名论调——“一切呼吸空气、行走在地上的物种中，没有什么比人类更悲惨更肮脏了”——当这句话说给正在为帕特洛克罗斯之死而黯然神伤的阿喀琉斯的神马的时候，显得是多么的辛辣。英雄们不同于神马，也不同于神，英雄们落在时间的陷阱里，落在必死的命运中。正是因为意识到了“死亡的万种形式”，才使得《伊利亚特》具备了悲剧性的强度和高度。[1]

毫无疑问，悲剧家们在这方面是越走越远了，可我们仍不妨接着说，他们并不是在向壁虚构地那么做，而是沿着某种既定的文化路向；尽管我们在前边也说过，只要悲剧还未被实际地发明出来，那么这种路向就和其他路向一样，都曾并列为古代希腊人的多重选项。但不管怎么说，我们还是可以从下面的引文中，看出跟上面那段引文之间的连续性来，——当然一旦对比起来，人类的命运就无疑更加凄惨了：

1 ［英］M. I. 芬利主编:《希腊的遗产》，张强等译，上海：上海人民出版社，2016 年，第 106—107 页。

在凡人眼中，俄狄浦斯是英明的君主，与天神平起平坐，在天神眼中，他是瞎子，一钱不值。剧情的逆转正如语言的模棱两可一样，标志着人类状况的两重性。它就像谜语的一般形式一样，所以得到两种截然不同的答案；当天神借人类语言说话时，这语言的意义就向相反方向转化了。当天神从他们的立场去观察人类状况时，这状况——无论我们觉得我们自己多么伟大、公正、幸福——也向相反的方向转化了。俄狄浦斯“射箭比别人射得远，获得了最大的幸福”。可是，在永生的天神们看来，升得最高的，也是最低下的。[1]

再沿着上面的那番论述，我们就抵达了第三个关键词“命运”。对于这一点，由于希腊悲剧本被冠以“命运”的定语，我们在前文中也已讲得不算太少了，比如我在本书第二章中就曾写道，由于文明开辟的艰难、顿挫与反复，

古希腊人就把自己所遭遇的困境，无论是原生的还是次生的，全都归结为一种可怕的“命运”。或者说，

1 让－皮埃尔·威尔南：“《俄狄浦斯王》谜语结构的双重含义和‘逆转’模式”，《古希腊三大悲剧家研究》，第 504—505 页。

他们在一种神话性的思维方式中，是在把自己所要反抗的原初对象，以及在这种反抗的过程中，又意外形成的前所未知的阻力，全都看成是受到了“命运”的捉弄。由此一来，在古希腊人的世界观中，这种“命运”（*tuchē*）与“人力”（*gnōmē*）的无所不在的冲突，也就可以代表人世间的一切冲突，或者说，成为了人世间一切冲突的根源。

不过，沿着方才已讲过的“天人”之“两界”，我们还可以接着对此进行申说。应当看到，希腊精神的独到特点却又在于，它既不是像《圣经》所讲的那样，“神说，要有光，就有了光”，从而把存在物及其规律也都归于作为神的造物，也不是像《论语》所讲的那样，“天何言哉，四时行焉，百物生焉”，从而把存在物及其规律都归于大化的运行本身；毋宁说，在其文明图式开始草创的阶段，虽说“天人两界”在希腊那里都是确乎存在的，可这两种派生之物却又要同归于“命运”，而那“命运”在人们的朦胧表象中，则又因其渺不可见或藏于冥冥中，被想象成了三个灰发无牙，故而面目模糊的，一直在转动着命运纺车的老太婆。对于希腊思想的这种特点，我在早年的著作中就已描述过：

宙斯，这位奥林匹斯山的新主，却远不是造物，而是被造。诚然，他往往俨然就是宇宙主宰，至上权威，甚至声言可以为所欲为地一把将众神连同海洋和大地拉起来投在奥林匹斯山的山顶。但是，在他背后，却不时显示着另一个更为强悍有力的隐蔽者。在希腊的传说中，正像我们刚才从雅典娜的出生所看到的那样，不仅仅是人（如奥狄浦斯），要皈依一种冥冥的劫数，便是宙斯本人，也往往要对被虚构出来的命运女神表示畏惧和服膺。正由于这样，宙斯才痛恨普罗米修斯，因为他竟然矢口不讲那个可怕的秘密：在命运女神的安排下自己如果和谁结合就会重蹈其父旧辙，去生下一个更厉害的儿子取自己的王位而代之；也正由于这样，宙斯才在特洛伊战争的关键时刻为决定赫克托耳和阿基里斯的生死而不得不询问象征着命运女神无上意旨的黄金天秤。[1]

记得伯特兰·罗素曾在他的《西方哲学史》中说过，古希腊思想中最为深刻的信仰，还在于对“命运”或“劫数”的信念。而到了本文中，我们又可以就此再去发挥一步：正是在那“命运”或“宿命”的观念中，又萌生了或隐藏着要去探究“周天之数”的动机，换句话说，正是有关外在之“命运”或“劫数”的强烈

1 刘东:《西方的丑学》，1986 年，第 31—32 页。

意识，反而从内部激发出了萌芽状态的科学精神，而那种想要把握住客观规律的主观愿望，则又构成了普罗米修斯式的、想要去对抗“宿命”的人间力量。由此一来，当我们把这种“命运”观念也说成“信仰”时，也就需要格外小心和添加注脚了，因为它像演示着“命运”观念的悲剧一样，既充满了迷索斯的神秘气息，也透露出逻各斯的明晰格调，而且那种来自逻各斯的微茫曙光，还正在其中努力清除着代表迷索斯的夜影。

所以，如果能更具历史感地理解希腊的悲剧，我们就不要忘了它正处在“脱魅”的过程中，或者说，正处在人类想要去掌控“运命”或“机运”的那个节骨眼上，——在这个意义上，玛莎·纳斯鲍姆于它的后期所看到的，也恰是正待从那种总体氛围中突显出来的：

> 公元前5世纪后期的雅典，柏拉图的青年时期，是一个非常动荡不安而又交织着对人类的力量充满自信的时代。如果说人类的生活这时似乎完全受制于运气，那么同时，雅典人又比任何其他时代都更加深信社会进步可以使我们摆脱运气的影响。这种希望表现在这样一个对比和故事中：境遇或运气与人类技艺或科学的对立；以及经常相伴随地讲述人类如何通过技艺进步和发明而战胜运气。柏拉图的《普罗泰戈拉篇》讲述的正是

这一时期的故事，他批判了雅典人保守的解释，提出了一个哲学解决方法：苏格拉底论证说，只有我们发展出一种崭新的科学，一种在计数和测量中融入了实践慎思的科学，才有可能在人类的社会生活方面取得决定性的进步。[1]

不过，又正如穆尔在其著作中所转述的，人类对于各种偶然性的尝试掌控，从而对于自身命运的努力驯化，以及对于自身幸福的必然祈求，又往往会被证明是很不可靠的或相当脆弱的：

玛莎·纳斯鲍姆在她的《善的脆弱性》一书中主张，人类的幸福取决于图切，取决于几方面不可控的机会。这是由于这样的事实，我们经常会让自己被非理性的和无法控制的激情所支配，而更重要的是，也因为人类的幸福取决于众多的偶然性——而有时在性质上是不可通约的，有一些重要的东西是很容易失去的，例如亲人、食物，以及常见的健康。人们不必是一个老于世故的悲观主义者，认为“命运女神”已经为我们储存了很多逆境。甚至——或者特别可能是——最大的幸福也可以非

1 玛莎·纳斯鲍姆:《善的脆弱性：古希腊悲剧和哲学中的运气与伦理》，第 117 页。

常容易地变成其反面：健康可以毫无预兆地变成疾病，爱变成恨，和平变成战争，丰饶变成稀缺。而可悲的事情是，当灾难袭来时，我们往往才意识到自己罕有的幸福……但即使在我们最幸福的时刻，我们都往往会意识到我们的幸福具有脆弱性和短暂性，这就同时暗中破坏了幸福。[1]

顺理成章的是，这种强烈的被戏弄感或曰失望感，当然要被收纳进大量的悲剧作品中。也正因为这样，如果在神话或史诗的叙事结构中，还并不缺乏曲终奏雅的圆满结局，那么，或正由于能力的增强或愿望的增加，且还豪迈地做过孤注一掷的选择，人类内心的失望感反而同步地增长了，竟至于总要回头聚焦于自己的挫败，或者舔舐自己胸膛上流血的创口。——而无可避免的是，这种挫折与失败在当时的心情下，到头来还要被归咎于终究无可逾越的“分限”，或者终究不可掌控的“命运”，这正是希腊悲剧终究会被称作“命运悲剧”的原因。这一点，也正如韦尔南等人曾经就此转述过的：

1　约斯·德·穆尔:《命运的驯化：悲剧重生于技术精神》，第 39 页。其中译名为取一致而有所改动。

根据里维耶的观点，具体的文本分析能展现出：施动者的思考斟酌（从主体角度考虑）不仅能确认出矛盾悖谬之所在，也能引发其他的思考，施动者的思考不足以激发形成一种独一无二的选择。而促成最终决定的，始终还是一个定数（可以理解为命运），一个由神所强加的定数，一种打破最初的平衡局势的“必然性”——也正是这一“必然性”在起初促使了平衡局势的产生，而在悲剧的某一时刻，这种“必要性”就会完全倒向一边，导致失衡。悲剧人物就只剩下两种选择，并最终发现面前其实只有一条路可走。这并不是主体的自由选择，而是承认了宗教神圣秩序的必然性，这是主人公所无法逃避的，也最终使他成为一个内在具有“强迫感”的人，这种“强迫感”也存在于“决定”本身。[1]

再沿着上面的那番论述，我们又推进到了第四个关键词“英雄”。可想而知，既然悲剧是脱胎于荷马的史诗，则这“英雄”二字就属于题中应有之意，因为所谓“史诗”当然正是指“英雄史诗”，它一向就被定义为“叙述英雄传说或重大历史事件的叙事长诗”。在这个意义上，或许我们完全有理由反过来说，正由

1　让－皮埃尔·韦尔南、皮埃尔·维达尔－纳凯：《古希腊神话与悲剧》，第38—39页。

于悲剧总要以“英雄”作为它的主人公，才更说明了它跟史诗之间的有机关联。

对于这方面的内容，实则在前文中也早已有过涉及，特别是在对于普罗米修斯的论述中。按照我本人的看法，在那位半人半神的提坦身上，恰是寄寓着人类对于他们自身的、充满了持久热望的想象：

> 在一方面，在古希腊的神话传说中，是由普罗米修斯按照自己的形象，来创造了我们人类现在的这副样子；可在另一方面，或在实际的历史过程中，则是由人类按照自己的样子，再放大地造出了普罗米修斯的形象。——可以再换一个说法，在一方面，人类是把自己创造出来并引以为傲的人性，萃取其精华并当作了一种超越的神性，从而给自己制造出了一个想象的开端；而在另一方面，借助于这种作为外在镜像的神性，他们也就正当化了自己的来源，从而为自己的继续发展找到了支点。

也正是出于这个缘故，我们才可以又顺势去想到，为什么正是从序曲《普罗米修斯的生民》的旋律中，贝多芬才提炼出了那部《英雄交响乐》的主题。不过，既已写到了这里，就不必再去回顾从歌德到雪莱的相关写作了；完全可以就此一言以蔽之：沿着从史诗到悲剧再到文艺复兴的路径，也便从荷马乃至埃斯库罗斯的风格中，流出了贯穿于近代西方的精神主流，也顺便重铸出了既热血沸腾、又荡气回肠的“崇高”概念。而需要留意的是，一旦到了这个时候，又正由于悲剧作为一种复活的传统，已被包裹或附加上了各种“正当化”的解说，就使得那些“英雄”们尽管在近代舞台上，仍要像在古代祭台上那样不断受挫，但这却丝毫未曾使当时的作家和观众感到颓丧或失望；正好相反，就像贝多芬笔下那部恢弘的《第三交响乐》，会选择以“葬礼进行曲”作为其第二乐章一样，那些完全在意料之中的悲剧性情节，在当时只不过属于短暂的转换与低沉，以便在最终奏响恢弘的凯旋进行曲之前，留给观众们必要的心理休息时间。

不过话又要说回来，就不要提中国的老庄或者印度的佛教了，即使是此后希腊自身的犬儒学派，也不会追随这种普罗米修斯式的亢奋吧？正因为这样，我们从一方面当然应该认识到，这种不光不以成败或生死来“论英雄”，还反而偏要以昂扬的死亡来“论英雄”的做法，无疑是直接来自古代希腊的特有传统，——正如西蒙·普莱斯就此写到的那样：

英雄一般指已死的凡人，在坟墓或某个特定的圣地接受人们对他们的崇拜。英雄数量众多（仅阿提卡就有170 多位英雄受到崇拜）。在他们中既有重要的阿提卡英雄，如在卫城的埃瑞克特昂神庙受到崇拜的埃瑞克透斯或凯克洛普斯，也有次要的英雄，有时甚至是无名的英雄，仅仅在某一个德莫（deme）受到崇拜（如马拉松的海提尼奥斯，或雅典市政广场附近的医生英雄赫洛斯·伊阿特洛斯）。[1]

可从另外的角度，我们还应当同时认识到，光有这样的文化溪流还无法独自汇成河流，还需要一个大致成型的、或至少是可以改造的河床，才可以把昔年的郁结疏导成滔滔洪流。无论如何，尽管所谓“出师未捷身先死，长使英雄泪满襟”[2]的情况，在任何的历史和社会中都是难以幸免的，甚至，也正因为有些人最不愿去逆来顺受和最敢于殊死抵抗，他们才最有可能因其英勇乃至献身，而被后人奉为“英雄”。然而，如果有某种历史叙事预先就认定了，或者有某个独特剧种事先就安排了，所有这类英雄的下场都必定是“可悲”的，都只能遭遇破灭的下场，那毕竟还是显得太过反常和奇特了，——而更有甚者，要是还有人认为这样的安排并不令人悲观，甚至是它们终究也并没有多少可悲之处，倒还很有可能借此而激发人们向上，那就实在是显得太过出

1 西蒙·普莱斯:《古希腊人的宗教生活》，第23—24页。

2 杜甫:《蜀相》。

格或怪异了。

不过，尽管不能独自构成悲剧的起因，然而“英雄”这个关键词的作用还是不言而喻的，因为舍此我们也就不足以解释清楚，为什么可怕祭台上的可怜“替罪羊”，会在希腊城邦里转变成了“好人”的形象。——只是，这当然已属于要稍后再来细谈的话题了。

再沿着前文中的那番论述，我们又抵达了第五个关键词“冲突”。——这并不单单是因为，既然在古代希腊的精神视野中，一方面分化出了造化弄人的、作为人类分限的“命运”，另一方面又分化出了不甘顺从的、宁死不屈的“英雄”，那就必然在两造间造成剧烈的“冲突”；而且还是因为，正是在那样的精神背景下，便使得那种打从人性中萃取的神性，在希腊特有的神话世界里，或许是因为与人性贴得太近，其本身就并不是没有癖好和缺陷的，由此也就进一步加剧了“两界”间的冲突。

正因为这样，让人尤其生出兴趣的是，如果我已经在别的文章中指出，先秦思想之所以会那样地形成，也并不是出于“天人合一”的预设，反而是刚好出于相反的缘由：

> 从“民神杂糅”，到“绝地天通”，再到“以德配天”或“周初人文精神的跃动”（徐复观），再到“天道

远，人道迩，非所及也”（子产），这条线索就几乎是水到渠成地，自然走到了孔子的“礼云礼云，玉帛云乎哉？乐云乐云，钟鼓云乎哉”（《论语·阳货》）和“仁远乎哉？我欲仁，斯仁至矣”（《论语·述而》）。而我们从这里所看到的，则是从远古的天人合一、万物有灵，开始分化为天地相分、人神不扰，从而逼迫着人文世界去相对独立，以致终于凭靠着孔子的大胆创造，而突破性地发展出了匠心独具的“仁学”结构。[1]

那么，我们今番又可以从希腊悲剧的精神背景中，同样看出那个文明也并不信什么“天人合一”。刚好相反，那个既不可逃避、又不可预知的“命运”，就像中国古人所讲的“绝地天通”一样，乃属于另一个早已同我们断裂开，也无意再去投合人类之意志的世界。

也正因为这样，如果悲剧的特性正如前文中所述：

tragedy 被专门用来指称产生于古代希腊城邦中的，又于文艺复兴后再生于西方世界的某个特定剧种或体裁，而这个剧种或体裁之最基本的特征，就在于它那不

1 刘东：“儒学与存在主义”，《中国学术》，第三十五辑，第 91 页。

可调和的戏剧性冲突，以及由此所导致的、无可回避的毁灭性结局。

那么，我们就应当充满历史感地看到，它的这种个性也并非完全由虚构所导致。正相反，既然少女伊菲吉妮娅的悲惨命运，在我看来才更构成了悲剧的原型，那么，她的这种命运也并非突如其来的，而不过是她的整个家族仇杀链条中的一环，——正如施瓦布曾经不厌其详地梳理过的，那种世袭相传的仇杀不仅从未消歇，还一直延伸到了阿伽门农的家室之中，从而构成了埃斯库罗斯早期作品的背景。

然而，虽说冲突本身并非悲剧家的发明，可如果我们更加留心地分析，却会发现悲剧家所理解的冲突，毕竟又有了进一步的确定内涵，或者说，他们所关注的冲突又可以被写为“两难”。也就是说，一方面，在任何文明及其历史中，都长久或恒常地存在着冲突，可另一方面，在希腊悲剧的舞台中央，最为典型和最为揪心的冲突，或者最具感染力和震撼力的冲突，却并不是像地震海啸那样的纯然天灾，而必须要由左右为难的人生处境所构成。而无论如何，诸如此类不断花样翻新的剧情，就不能靠“述而不作”来简单获得了，而必须要依靠悲剧家们的精心营造。——当然我们也可以进而说，这种选择也不光要归结于少数作家，还更应归结于更大多数的观众，因为只有在“无法两全”

的极致困窘中，他们才最会感到撕心裂肺的震撼，从而才会对那类剧作投以最热烈的反响。

不可否认，正如在前文中刚刚讲过的，如果从本体论的角度来看，这种作为人生“两难”的深刻冲突，在希腊传统中仍属于其来有自的，正如韦尔南等人曾经就此所叙述的：

> 我们来看持这种观点的莱斯科和他所提出的双重动因理论，他的这种理论被当今大部分古希腊研究者所认同，只是每位研究者的借鉴程度略有差别而已。众所周知，荷马史诗里面的人物行动有时会引发两种不同层次的解读，即人物行为可能会被解读为神的启示和驱使，也可以被纯粹地解读为人的动机。这两种解读层面，几乎总是紧密相连、相互交错，以至于无法将两者分割开来。莱斯科认为，通过埃斯库罗斯的作品可以看出，双重动机模式已经是悲剧人类学的构成元素。悲剧人物遭遇到了强加于他但高于他的一种“必然”，这种“必然”通过人物性格变动来引领着他，而悲剧人物会把这种“必然”融入自身，以致产生意志和欲望，甚至强烈地渴望做被禁忌的事。此处，在“必然”的决定之中，又引入了自由选择的空间，否则，主体行为之责任就不能

归咎于主体了。[1]

然而进一步说，也正如在前文中已经指出的，如果再从社会学的角度来看，这种作为人生“两难”的深刻冲突，又更是来自悲剧家自己的那个时代，来自他们对于日常生活困境的铭心感受。——而韦尔南等人对这样的问题，则更是可以论述得得心应手：

> 悲剧性负罪感是在“古代宗教罪恶观”和“现代的新观念”的持续对立中形成的。前者认为：一个家族的罪，会不可避免地以神降灾祸的形式代代相传；而后者以法律的形式确立，认为犯罪者被定义为某个个人在无强制力的情况下故意选择实施犯罪行为。对于现代人来说，这两种观念似乎完全是相互排斥的。但悲剧却将对立的两者组合在一起，组合成各种平衡的状态，但两者之间的张力从未彻底平息，这一矛盾组合中任何一方也都不曾完全消失。在双重层面上都存在着决定和责任，而在悲剧中，它们具有模糊性和迷惑性，因此，决定和责任问题就成了一个始终开放的问题，我们无法给出确

1 让－皮埃尔·韦尔南、皮埃尔·维达尔－纳凯：《古希腊神话与悲剧》，第 39—40 页。

定的唯一的答案。[1]

当然，即使如此，我们还是可以这么说，就算冲突，乃至于作为人生两难的冲突，确乎构成了希腊悲剧的内容，也确乎属于希腊悲剧的生活源泉，然而，单单凭靠这种难分难解的冲突，仍不能充分地解说悲剧家的发明。这是因为，如果再返回到阿伽门农的生活世界，我们就完全可以调动起自己的经验，去体会到这类国家与个人的矛盾、事业与家庭的矛盾、荣誉与温情的矛盾等等，几乎是每个人都会经常遭遇到的；然而，要说我们总还有那么一点智慧，足以使我们并未步步都掉入陷阱，从而走向那种明显愚蠢的毁灭，那正在于我们也总是在想方设法，去对这类矛盾或冲突进行调停与化解，至少也很少让它失控般地最终爆发。由此可知，就像“冲突”从来都属于家常便饭一样，实则“和解”也从来都显得司空见惯。所以，如果仅仅从冲突出发，哪怕是作为人生两难的冲突出发，就还是不能充分地去解释那些悲剧家们，为什么总是只盯住了这类的冲突，乃至于对这种困境感到见猎心喜，而他们又为什么非要让这些冲突走向爆发，哪怕这种毁灭已经到了千篇一律的程度？

1 让－皮埃尔·韦尔南、皮埃尔·维达尔－纳凯：《古希腊神话与悲剧》，第60页。

再沿着上面的那番论述，我们又来到了第六个关键词“抗议”，——当然，这并不是指一般意义上的抗议，而是指以“英雄”的口吻朝向“命运”的抗议。实际上，我们在前边对这种“抗议”之声也已听得不少了，特别是在讨论“能否扼住命运的咽喉”的那一章里。而从那里的内容出发，我们当然也可以说，悲剧是从埃斯库罗斯的早期创作开始，或者从它将要演化成一个剧种的时候开始，就已经在持续发出这种“抗议”的声音了。

既然如此，我们也就可以把悲剧这个剧种，索性定义成为一个专事抗议的剧种，正如沃格林在《城邦的世界》里所讲的，无论是古希腊的悲剧、哲学还是史学，无不属于人们的忧时愤世之作。不过，考虑到如果不是已经自命为敢于顶撞的“英雄”，那么，人们对于淤积于内心的忧愤与哀怨，也完全有可能选择别样的发泄管道，比如像中国的思想家老子那样，反而对于外来强势采取“处柔守弱”的姿态，也对于循环天道采取“致虚守静”的策略，我们也便可以更真确地体会到，这种“抗议”的声音具有典型的希腊性，因为它只能爆发于“英雄”与“命运”的关系之间。也正是沿着这样的脉络，我们就更能知人论世地体会到，为什么贝多芬在创作完他的《英雄交响乐》之后，马上就要再来构思他的《命运交响乐》，——正如我在前文中已经写到的：

大家想必也都知道，贝多芬的名言正是“我要扼住命运的咽喉”；不过，人们也许未曾注意到，他跟着还又补充了一句：“它决不能使我完全屈服”。正是其中这个“完全”二字告诉了我们，在这里想要“扼住命运的咽喉”的意思，并不是要去彻底赢得无限的自由，甚至战胜自己作为“有死者”的“命运”，而无非是指不能仅仅因为遭遇到了人生的困局，就被它压迫得心灰意懒而无所作为，尤其是，考虑到贝多芬本人的特殊遭遇，是不能因为两耳失聪而不再坚持去作曲，否则也就无从打开自己如此丰富的心扉，无法表达自己对于困境的充满激情的反抗，和自己对于光明未来的充满欢乐的憧憬。

显而易见，这里仍在发挥那个“普罗米修斯主题”，而这个主题的另一个标志也正是“反抗”，它又无疑是从希腊的悲剧中延伸而来。从某种意义来说，如果作为“分限”的“命运”的标志是不许或禁忌，那么“英雄”的标志就针锋相对地正是偏要去打破，哪怕最终为此受到了严厉的呵斥与惩罚。由此发人深省的是，巴什拉就是沿着这种“反抗”的思路，从以往理解“俄狄浦斯情结”的基础上，又接引出了一种很特别的“普罗米修斯情结”：

尊重火焰的真正基础是：倘若孩童把手伸向火，父亲就会用尺子打他的手指。火打人，而无需烫人。不管火是火焰还是灼热，不管是油灯的火还是炉灶的火，父母始终是警惕着的。因此，火从一开始就是一种被普遍禁止的事物，由此可以得出结论：社会的禁止是我们对于火的最早的普遍认识。人对火的最初认识是不要碰它。随着孩子长大成人，禁止也精神化；打手心由训斥代替；训斥又由火灾危险的故事所代替，由天火的传说所代替。这样，自然现象很快地被纳入社会的、复杂的和模糊的认识中去，在这些认识中并无什么天真的成分。

于是，由于抑制首先是社会的禁止，个人对火的认识问题是一个巧妙的不服从的问题。当父亲不在身边时孩子想学他父亲的样，像个小普罗米修斯那样偷火柴。他奔向田野，在洼地同他的小伙伴一起建起了逃学的家园。城里的孩子很少见过这种在三块砖中燃起的火，也不曾尝过油炸黑刺李和烤在火上的滑腻的蜗牛。城里孩子不懂得这种普罗米修斯情结，而我经常感觉到这种情结。只有这种情结使我们懂得本身十分贫乏的火之父的传说为什么受到关注。……普罗米修斯情结是精神生活的俄狄浦斯情结。[1]

1 ［法］加斯东·巴什拉：“火的精神分析”，杜小真、顾嘉琛译，引自［法］弗朗索瓦·达高涅：《理性与激情：加斯东·巴什拉传》，尚衡译，北京：北京大学出版社，1997年，第96—98页。

只可惜，恰恰又由于“分限”铁律的严酷存在，这样的“反抗”到头来又总是躲不过惩罚的，——而这样一来，到了《俄狄浦斯王》行将结束的时候，索福克勒斯又不得不借着歌队长之口，道出了他对人类可怕“命运”的哀叹：

我们的祖城忒拜的居民啊，请看，这就是奥狄浦斯，
他猜出了那著名的谜语，成为最伟大的人物，
哪个公民不曾用羡慕的眼光注视过他的好运？
瞧，他现在掉进了可怕灾难的汹涌海浪里了。
因此，一个凡人在尚未跨过生命的界限最后摆脱痛苦之前，
我们还是等着看他这一天，
别忙着说他是幸福的。[1]

可即使如此，难道从这种“反抗”之余的哀叹中，我们就不能听出充满孤愤的“抗议”味道吗？或者不如这么说，当人们既以“反抗”的行动开始、又以“哀叹”的惊呼结束，而且这种过程总在周而复始的时候，这本身就属于某种确定的“抗议”姿态了，而这种不屈的姿态，也肯定是表达了他们对于生活的感受与

1 埃斯库罗斯等:《古希腊悲剧喜剧全集》，第二册，第 110 页。

态度，——正如我在前边的文字中指出过的：

> 希腊悲剧家们在其潜意识中，正是通过精心设计出的呼天抢地，而向整个社会提出了根本性的质询与挑战，从而要求回答一系列的尖锐问题：由无可回避的矛盾所导致的冲突，以及由这些冲突所导致的无可回避的毁灭，乃至对于这种凄惨结局的悲伤感受，究竟在我们的人生过程中意味着什么？或者更明确一点说，它究竟属于生活的假象、或终将被克服的，还是属于生活的本质、或总是要如此的？再进一步说，如果令人悲伤的结局是虚假的，那么，我们经由对于这个假象的克服，又可以看到生活的什么深层价值？而反过来讲，如果令人悲伤的结局是真实的，那么，我们在撕破了那一切障眼法之后，又应当如何去重新安顿今后的生活？

如果说，既是处在悲剧发展的过渡之中、而又身为雅典政治领袖之一的索福克勒斯，还就这一点表达得相对平和与中庸，那么，正如读者们肯定已经知道的，到了《特洛伊妇女》和《美狄亚》的作者欧里庇得斯那里，这种“抗议”的声音就发出得更加极端与凄厉了。也正因为如此，无论在宗教还是历史方面都采取了保守姿态的沃格林，才会对从索福克勒斯到欧里庇得斯的所有作品，乃至最终对于悲剧的形式本身都给出了明确的否定：

> 悲剧随着马拉松精神而不得不走向死亡。承担命运，是太重的负担。在悲剧完全展开的过程中，在索福克勒斯目空一切的人物中，人们可以体会到这种痛苦的例外性；一种孤寂开始弥漫在英雄周围，他的痛苦不再代表普通人。欧里庇得斯，正如我们所见，已经专注于那些在命运下崩溃的英雄的问题。认为神充满恶的反复无常，这种感受已经比相信狄刻秩序最终走向和谐的信仰更为强烈。在这种条件下，悲剧的社会功能就出了问题，并且最终是不可能的。[1]

还是基于他所笃信的、相对而言是到了后世才会出现的信仰，尽管沃格林还对最早的埃斯库罗斯给予过肯定，然而，他不光是重提了前文分析过的“普罗米修斯之罪”，还进一步借此指出了整个古典秩序的必然崩溃：

> 人的生存中自我标榜和自我膨胀的恶的冲动，普

---

1 ［美］埃里克·沃格林:《城邦的世界》(《秩序与历史》卷二)，陈周旺译，南京：译林出版社，2008 年，第 322 页。

罗米修斯将它符号化了。既然他代表的只是灵魂中的这一种力量，他就不是悲剧英雄；因为，只有灵魂整体才能够作悲剧行动。历史中的秩序悲剧，呈现在朱庇特的狄刻和普罗米修斯冲动的互动之间。一方面，普罗米修斯不单是一名践踏法律的恶棍；另一方面，宙斯也不是纯粹的善和正确的力量。整场戏剧对普罗米修斯都充满了对受苦者命运的同情口吻，这是错不了的。……普罗米修斯罪在过头，可要是不过头，他的怜悯就是一个正当的要素。宙斯出场时犹豫不决，因为他在拒绝普罗米修斯犹豫怜悯而触犯天条是情有可原之时，自己却难免怜悯之心。就宙斯而言，他的秩序不是基督教意义上的神圣的、永久的秩序。它有生、有灭，只不过是宇宙生命的一个阶段而已。宙斯自己也不是凌驾于世界之上的神，而只是世界之中的神。那些让宙斯的秩序蒙上了一丝历史色彩的特性，导致它走向衰落的特性，甚至现在就已经露出端倪。[1]

我们当然没有那样的立场，即使这样的反抗观念在当年，确

1　埃里克·沃格林:《城邦的世界》，第 332 页。

实如齐默恩所讲的那样，曾给希腊的神灵信仰以致命一击。[1]可即使如此，我们仍然可以借此而看出，就希腊悲剧的主导倾向而言，它确乎在表达着人间的“抗议”，虽说它也在自己的抗议声中，又反过来证明了那“命运”的存在。所以在这个意义上，希腊悲剧就既是敬神的，又是渎神的，既是诵神的，又是呛神的，关键还在于从哪个角度去观察。——由此出发，尽管我们不会赞成柏拉图的处置方式，但仍然可以平心地承认，毕竟是这位老师的判定更到位和老到，因为他终究是清醒看出了悲剧的危险；而亚里士多德做出的那些机巧的分辨，则终究属于强词夺理和强作解人。无论如何，由于生活中的那些偶然性，就是不能被人们彻底地解释开，又由于生活中的那种必然性，也总是不能被人们彻底地摆脱开，悲剧诗人对于人生命运的哀叹，才从根基上就质疑了整个的社会。

（二）祭礼——竞技——酒神——牺牲——迷醉——悲恸

如果前边的那一串关键词，主要是铺垫起了悲剧的思想条件，那么，它们还只能构成一些必要的条件，而无法独自构成悲剧的充分条件。换句话说，它们还只是从思想的前提中去巡弋，看看究竟有哪些或许能充填起悲剧内容的要点；然而，这毕竟还

1　阿尔弗雷德·齐默恩:《希腊共和国：公元前5世纪雅典的政治与经济》，第149页。

只是各种可能性中的一种，仅仅至此还不能理由充足地说明，就算是想要表达出那样一番人生感受，希腊人到底为什么要选择或创造这样的艺术形式。既然如此，我们眼下就需要再下潜到人类学的角度，去追踪创化那些制度时的具体路径。

为此而要率先举出的，就是至关重要的第七个关键词“祭礼”了。事实上，这个重要的节点也正是前文中的主要重点，乃至于整个的第三章“为何非要无辜者赴死”，几乎都在全力以赴地处理这个复杂问题。既然如此，读者们既已读到了这里，想必已知道我会朝哪个方向去发挥了。——由此也就只需简单交代一下，正如前文所勾勒出的“从傩到能”的变迁所示，这种“从祭礼中发展出戏剧”的方向，曾经表现为一条“放诸四海而皆准”的规律：

> 从远古时代起，世界各地就有举行公祭，迎接年岁和季节更替的风俗。公祭既非随意或偶然的，也非娱乐性的，它们多少遵循着某种统一而固定的程式，且服务于某个明确的功能和目的。在原始社会，它们代表着该社会周期性地复兴自身活力，并确保自身存续的途径。这些按季举行的典仪，构成了戏剧基本的内核，典仪的基本结构和内容……始终贯穿着戏剧之核在历史后期的表现。因此，要真正理解戏剧的本质和发展，首先要理

解这种基本形式的基础和灵感源泉。[1]

事实上，当年上演悲剧的希腊舞台，也是这样源出于供奉神灵的祭台，这一点早在柯勒律治的时代就被看到了：

> 希腊的舞台源于祭神的仪式，例如献羔羊给酒神巴科斯，我们常常错误地把巴科斯认为仅仅是快乐的酒神；——因为在古时的人们看来他是可尊敬的，认为他是那种不凭借我们的意识而在自然的生命力（the vinum mundi）中行动的力量的象征，正像阿波罗是我们的智慧的本质的有意识的行为的象征一样。在这个酒神的狂信的影响下，古代的英雄完成了许多超人的行动；——因此，人们所喜欢的战士们的故事，很快地变成了对话的内容。[2]

而维塞尔后来也同样指出了，即使到了希腊文明的全盛时代，戏剧在雅典那里也仍未脱尽宗教的功能，甚至两者有时候就

---

1 Theodor H. Gaster, *Thespis: Ritual, Myth and Drama in the Ancient Near East*, New York: Henry Schuman, 1950（《泰斯庇斯：古代近东的仪式、神话与戏剧》），转引自维塞尔：《普罗米修斯的束缚——马克思科学思想的神话结构》，第 20 页。

2 ［英］柯勒律治：《关于莎士比亚的演说》，刘若端译，引自中国社会科学院文学研究所编：《古典文艺理论译丛》（卷一），北京：知识产权出版社，2010 年，第 416 页。

像是同一件事：

> 即使是在亚里士多德的时代，戏剧表演也还带有典仪的气氛——城邦的半祭典行为——有点类似于中世纪教会祭典中的宗教剧。总而言之，我们必须认识到，对于古希腊人而言，希腊戏剧保留着一种仪式和宗教的维度，“亚里士多德的分析中存在关于这一重要背景的记忆”。[1]

只不过，要是仅限于标出这样的路径，那么雅典城邦里的文化实践，拿来跟其他的早期文明相比，还只能被说成是“并不例外”的；而这样一来，正如我在前文中已经指出的，它相对于这里开展的悲剧探索而言，也就仍会显得尚嫌不够充分——

> 正由于无论牲祭还是人祭，都曾经相当普遍地流行过，又正由于人类在经过那个阶段之后，还要朝更加“文明化”的方向前行，我们才会长出一口气地看到，再从献祭活动转化成为演剧活动，这在晚出的历史中也同样演成了相当普遍的现象。所以，如果我们判定希腊

1 维塞尔：《普罗米修斯的束缚：马克思科学思想的神话结构》，第 15 页。

悲剧最初是从祭献、特别是人祭活动中发展而来，那么
它也同样只不过是“并不例外”而已。

于是，我们就还需要进一步下探，去看看在当年希腊的祭祀活动中，为什么以导致了如此与众不同的剧种。根据古代希腊的传说，祭祀是由提坦普罗米修斯发明的。然而我想，这种说法至少是不够全面的，否则我们也就无法再跟着来解释，为什么在其他文明中也出现了同样的活动，或者也出现了充斥着这种活动的历史阶段。当然，由于受到自身特定“天人”或“两界”关系的制约，古希腊的祭祀活动又自有其独到的特点，比如，它跟《礼记》中所描述的那种既经过了先秦理性的洗礼、又经过了汉代儒生的解释的祭礼活动，就存在着相当显著的差距，因为相对于日益模糊的、“祭神如神在”的死后世界而言，后者即中华世界更着意于规范和监督祭祀的操演者，看看他们有否合乎礼仪的举止，以及合乎道德的心灵。

而无论如何，如果综合考虑这些文化间的异同，以及它们在发展阶段上的差距，那么，对于希腊祭祀活动的合理解答就理应是，既然这种祭祀活动正是由人类发明的，甚至就连它想要在祭祀中与之交流的神明本身，也同样是由这同一种人类所想象出来的，而且还跟人类共享着他们的情感甚至情欲，那么，这种活动就必然暗中贴近于人间的规则；也就是说，人类觉得最该拿什么

来款待自己的同类，他们就必然选择以此来供奉上界的神明，尽管在质和量上还应当更胜一筹。照此看来，即使那是个充满了“互渗律”的迷索斯世界，人们的活动也并不是毫无章法可寻的；而赫西俄德当年所以要去勾勒出“神谱”，也正是想要梳理那中间尚可掌握的潜在规则。

说到这里，也就回想起了这位史学家所讲过的故事，即一旦发现人类在普罗米修斯的教唆下，竟然并未把最好的肉类供奉给自己，就马上引起了宙斯的勃然大怒与疯狂报复；而有意思的是，这种小肚鸡肠式的斤斤计较，原本也是充满了世俗的人情味儿，否则我们就不妨转念来想，为什么这样一位无所不能的天神，对于天下万物原都是唾手可得，还会在意这么块微不足道的牛肉？——

赫西俄德讲述了提坦的儿子们与宙斯作对的一系列故事，这是其中的一部分。普罗米修斯是这个提坦的一个儿子。当神与人还在一起生活之时，他试图欺骗宙斯，将被宰杀的公牛的白骨外面包裹上肥油献给宙斯，将肉和内脏用瘤胃包上，使其看起来很难看，以留给凡人。虽然宙斯识破了这个诡计，但他并未戳穿它。“由此，地上的凡人在芳香的祭坛上焚烧白骨，以献给不死的天神。”这一事件造成了凡人与天神的分离，并导致一系列复杂事件的发生。[1]

由此可见，在“造化弄人”或“天地不仁”的背后，竟也还有所谓“公平”或“公道”的另一面，只不过这一面原本就脱出于人间。在这里，支配着“人神交换”的暗中规则显然是：如果谁想得到哪位神明的特别眷顾，那么作为一种实际利益的互换，他也就要拿出自己特别珍爱的东西，先去供奉那位正被祈求帮助的神明；而如果谁想要获得的愿望特别强烈，或者他想要获得的利益特别巨大，那么，他先要拿出的东西也便相应地增长。换句话说，作为一种冥冥中的等价或公平交换，不先拿出最让自己心疼或肉疼的东西，又把它毫不吝惜地献在祭台上示好，那就不会从神明那里换来相应的满足。——也唯有从这类“将心比心”的人情世故出发，我们才能同情理解当年那种大规模的、如今已让人徒觉可惜的祭祀行为：

> 泛雅典人节的祭祀活动会杀死 100 头公牛，其献祭规模非同寻常：一般来说，较小的共同体不大可能献祭如此多的动物。牛是最被看重的动物牺牲，这肯定是由其价值决定的。据我们所知，公元前 4 世纪雅典国家祭

1 西蒙·普莱斯:《古希腊人的宗教生活》，第 41—42 页。

祀至少献祭了 850 头公牛，但阿提卡的德莫或较小的城市则很少用牛做牺牲。在某些神的祭祀活动中，或一些次要场合，绵羊、山羊和猪是常见的献祭动物：牺牲及其价值都要正式记录下来，例如，记在德莫的日历上。从一些献祭品上的图像来看，私人的祭祀活动常常使用这些较便宜的动物牺牲。[1]

不过，随着进一步的“开化”或“文明化”，尽管人们想要获取的愿望并没有丝毫减弱——事实上还肯定是有所加强——然而这种伴随着苦痛杀戮的“牺牲”行动，即使如果没有在“祛除巫魅”的进程中戛然而止，也至少要转而采取不那么野性的祈求方式了。比如，我们可以从荀子的明确主张中，看到来自中国先秦理性主义的清醒彻悟：

> 雩而雨，何也？曰：无何也，犹不雩而雨也。日月食而救之，天旱而雩，卜筮然后决大事，非以为得求也，以文之也。故君子以为文，而百姓以为神，以为文则吉，以为神则凶也。[2]

1　西蒙·普莱斯：《古希腊人的宗教生活》，第 39 页。

2 《荀子·天论》。

又如，我们也可以从楚庄王的举止中，看到当时的中国人对于“牺牲”的理性放弃：

> 楚庄王寝疾，卜之，曰：“河为祟。”大夫曰：“请用牲。”庄王曰：“止。古者、圣王制祭不过望，濉漳江汉，楚之望也，寡人虽不德，河非所获罪也。”遂不祭，三日而疾有瘳。孔子闻之，曰：“楚庄王之霸，其有方矣，制节守职，反身不贰，其霸不亦宜乎！”[1]

再比如，我们还可以从司马迁的记述中，读到更为戏剧化的脱魅方式：

> 西门豹曰：“呼河伯妇来，视其好丑。”即将女出帷中，来至前。豹视之，顾谓三老，巫祝、父老曰：“是女子不好，烦大巫妪为入报河伯，得更求好女，后日送之。”即使吏卒共抱大巫妪投之河中。有顷，曰：“巫妪何久也？弟子趣之？”复以弟子一人投河中。有顷，曰：“弟子何久也？复使一人趣之！”复投一弟子河中。凡投三弟子。西门豹曰：“巫妪、弟子，是女子也，不能

---

1 《韩诗外传·卷三》。

白事。烦三老为入白之。”复投三老河中。西门豹簪笔磬折，向河立待良久。长老、吏傍观者皆惊恐。西门豹曰：“巫妪、三老不来还，奈之何？”欲复使廷掾与豪长者一人入趣之。皆叩头，叩头且破，额血流地，色如死灰。西门豹曰：“诺，且留待之须臾。”须臾，豹曰：“廷掾起矣。状河伯留客之久，若皆罢去归矣。”邺吏民大惊恐，从是以后，不敢复言为河伯娶妇。[1]

这段故事曾在中国广为人知，并且整整流传了两千年，而这种传播本身，甚至比这个故事的内容，更能说明对于祭祀的普遍理解。

而与此同时，又正如我在前文中已经指出的那样——

我们如果再放宽眼界来观察，那么，希伯来先民的那么多野蛮与暴力，后来不也都在对于《旧约全书》的不断解释中，转变成了倒是具有道德含义的“寓言”吗？甚至，再到了晚出的《新约全书》之中，就连那个沾满了鲜血的十字架，不也从起初那种让人惊惧的杀人刑具，转变成了辟邪除魔的神圣标记，和治病救人的医

1 司马迁：《史记·滑稽列传》。

疗符号吗？——更不要说，耶稣本人作为特殊的“替罪羊”，还把自己的身体转化成了无酵饼，把自己的鲜血转化成了葡萄酒，从而向信徒们源源地提供着“圣餐”。

也正因为这样，我们才会在《希伯来书》中读到大抵相似的说法：

> 他（基督）献祭的鲜血是他自己的鲜血，而非山羊和牛犊的血，由此他彻底进入了圣堂，且获得了永恒的救赎。如果说山羊、公牛、乃至一头小母牛的散乱灰烬都能够洗净那些被玷污的人罪过，并使他们获得形式上的纯洁，那么基督的鲜血所拥有的力量将比这些强大得多……[1]

还是循着同样的逻辑，我们在那座由祭台转化成的舞台上，并从已经转换为孑遗状态的暴力中，仍然闻到了来自古代希腊的浓重血腥气。而这种血腥气，也正是我本人特别关注伊菲吉妮娅命运的原因。也许应当说明的是，如果每一位思想者都只看重了

1 *Letter to the Hebrews* 9. 12–13, ascribed to Paul. 转引自西蒙 · 普莱斯:《古希腊人的宗教生活》, 第 42 页。

某一出悲剧，比如亚里士多德只看重了《俄狄浦斯王》，黑格尔只看重了《安提戈涅》，马克思只看重了《被缚的普罗米修斯》，弗洛伊德只看重了《俄狄浦斯王》，而沃格林只看重了《乞援人》，那么，我本人碰巧也最为看重一出悲剧，那就是埃斯库罗斯的那出《阿伽门农》，并认为正是在它得以展开的剧情前提中，有可能隐藏着产生悲剧的真正奥秘，——尽管埃斯库罗斯本人对于伊菲吉妮娅的悲惨命运，以及她怎样以自己的惨遭无辜“牺牲”，换来了对于特洛伊城的残酷征服，或曰那场跨海抢掠的辉煌战果，当年在舞台上也只以几句回顾来草草带过。

然而无论如何，恰恰是埃斯库罗斯留下的这出悲剧，为我们留下了最值得重视的蛛丝马迹，足以言之凿凿和方向明确地提示出，到底为什么在古希腊的那座祭台上，会转化出像“悲剧”这么令人称奇的剧种。饶有兴味的是，如果能够带着历史感去返回历史，那么，我们并不难设身处地地想到，悲剧其实只是对于作为后人的我们，才显出了它那难以接受的残酷性，可对于当年加入到剧场中观众来说，这种变态的或弱化的祭祀形式，由于那杀戮行为只是被间接转述出，而牺牲的活动也只具有虚拟的性质，所以映入他们目中的情景则刚好相反。只不过再相对而言——

> 一代又一代的后人们，只是在经历了更为久长的驯化和教化之后，才来回看这一项两千多年前的文化发

明，而由此也就难免要惊讶于它的残酷，乃至难于接受它的血腥与暴力；但他们只怕很难充满历史感地想到，它当年被如此这般地发明出来，却正是要避免在那之前的、远远比这更加残酷的暴力。

当然即使如此，既然它就是由献祭的仪式转化而来，那么在这种独特的路径依赖中，悲剧作为具有既定结构的文体或剧种，在来自雅典观众的、仍然具有传统习俗惯性的预期之下，演到最后也就只有献出它的“牺牲”，或曰让那位剧种的主角去走向灭亡，哪怕这会和中国的“大团圆”一样千篇一律；否则，他们那只“替罪羊”就完不成预期的去污任务，他们的文化实践就达不成准祭祀的目标，而参赛的剧作家也就很难获得预期的优胜了。——对于这中间看似“奇怪”的某些特点，我们到现在竟也觉得不足为奇了。

继续沿着上面的思路，我们又来到了第八个关键词“竞技”。本来，如果上一个关键词乃是“祭礼”，那么，沿着由此而沿革出的“节庆”概念，这下一个关键词也可被写为“狂欢”，其理由等到我们专门论述“牺牲”的时候，还会再稍微添加一点申论。只不过，又由于古希腊人对于“节庆”的欢度，往往要独特地采取举办“竞技”的形式，而这一点既跟别的文明有所不同——当然这中间的独特希腊性，由于近代西方的扩张或渗透，已不大能被外部世界意识到了——又与悲剧的发生有着密切关联，我们才把“竞技”这一层给突出了出来。

巴赫金曾在他的名作中指出，由于在日常生活的单调节奏中，又嵌入了超出常规的狂欢节庆，就在以往的历史中也奏响了某种“复调”：

> 不妨说（当然是在一定前提下这么说），中世纪的人似乎过着两种生活：一种是常规的、十分严肃而紧蹙眉头的生活，服从于严格的等级秩序的生活，充满了恐惧、教条、崇敬、虔诚的生活；另一种是狂欢广场式的自由自在的生活，充满了两重性的笑，充满了对一切神圣物的亵渎和歪曲，充满了同一切人一切事的随意不拘的交往。这两种生活都得到认可，但相互间有严格的时间界限。[1]

尽管限于他所研究的论题，巴赫金仅仅就此定义过中世纪，但我们却不妨再来稍加推想：要是连在中世纪都存在着这种“复

1 ［苏联］巴赫金:《陀思妥耶夫斯基诗学问题》，北京：生活·读书·新知三联书店，1988年，第184页。

调”，那么，换到了不那么拘谨和死板的时代，人们就更加需要借助放纵的节庆，来释放在心理中积攒的能量了。

而且，这种对于超常节庆的常规需求，也绝不会只限于西方的文明。正如我在主要总结中国经验时所指出的：

> 日月星辰自身的惯性运动，一圈复一圈、一轮复一轮的，原是再呆板再机械不过的，若不是各文明通过各自的运势，为天体的轨迹平添了丰富的人文意蕴，那么人类用来纪年的年、月、日，就只会是一串不断轮回的数列，而我们立足其间也肯定乏味得很。幸而，人类是一种努力发展和发挥自身记忆的动物，能够在以往的历史沿革中，借日历记下一些重要的文明路口，尔后又在民风民俗的化成之中，基于这种难忘的历史转折，针对特定的文明历法，发展出对特定人群具有特定涵义的节日，使之从集体记忆的深处周期性地涌现，并要求以最调动情绪的方式来欢庆，借以传习特定生活世界中的意义构造，由此才渐次形成了后世沿袭的节庆。[1]

一旦写到这里，就该再引入前边有关“英雄”的论述了。必

---

1 刘东：“有节有日”，《道术与天下》，第 133 页。

须意识到，由于希伯来传统对于希腊传统的压抑，使得悲剧到后来大多都失传与遗忘了，所以巴赫金从中世纪看到的狂欢节，就只能是以“笑谑”为其主要格调的，并且充满了对于神圣物的不敬与亵渎。所以，即使我们也同样可以循此去追溯，而联想到以阿里斯托芬为代表的喜剧传统，但那毕竟是跟悲剧风格背道而驰的。再者，如果参考到其他文明的普遍情况，我们或许还不妨说，既然这是在“狂欢”地欢度节庆，那么像巴赫金所看到的纵情声色、打破礼法和哄然大笑，才更加属于人类社会的常情常态。——于是，这也就再次从反面证明了，希腊悲剧的成因的确是相当殊别的；而既然如此，我们如果想更广角地说明它的成因，那么，单是从血腥的“祭礼”仪式引申过来，并且再把它转化成生活中的节庆，尽管那已经触及了相当关键的事实，只怕仍会显得理由不够充分。

正因为这样，在由“祭礼”转变成的“节庆”之上，就还需再增加一个额外的变量，那便是希腊人所特有的“英雄”情结，以及在此情结上发展出来的“竞技”活动。无论如何，尽管确实存在着“天人”之“两界”，而且“有死的”人类永远成不了“不死的”神明，但人们毕竟还保留着强烈的愿望，想要尽量地拉近自己与天神间的关系，并尽量让自己表现出“神样”的状态。——正是在这样的文化背景下，才产生出了如今已波及全球的那种竞技场。正如托马斯·斯坎伦所写到的——

对古希腊人来说，与其说竞技场是一个梦想之地，不如说是一个欲望之都更为贴切。竞技运动的这些方面相互关联：宗教背景反映了人类与神的联系，并且赋予了竞技比赛权威性；不同时期和地点举行的竞技比赛都与神话和成人仪式有关；某些神祇，包括厄洛斯，通过他们和竞技运动盛事及竞技场馆的联系，培养了不同性别和性各自的角色。简言之，古希腊人认为竞技运动现象，就像他们社会中许多其他事情一样，是神与人类在宇宙体系内的相互作用。通过宗教崇拜和仪式，人们可以接近并感知神祇，神的举动也可以符合或者反映人类的行为。盛大比赛中或之前举行的公共祭祀，竞技赛事的参与者或竞技馆内的观众举行的个人祭祀，甚至神圣的庆典中举行的竞技比赛都说明了希腊竞技和宗教始终重叠在一起。[1]

这样一来，即使不去从细节上进行还原，我们也已经有了理由去展开想象，知道在古代希腊的特有氛围中，在“节庆”“竞技”和“戏剧”这几个关键词之间，肯定是存在着相当密切的连

1 ［美］托马斯 · F. 斯坎伦：《爱欲与古希腊竞技》，肖洒译，上海：华东师范大学出版社，2016 年，第 4 页。

带关系。也就是说，如果人们会为了庆祝节日而上演戏剧，从而这种节日在某种意义上——先不管上演的剧种是怎样的——便可以被称作“戏剧节”，那么，人们也同样会为了庆祝节日而举办竞技，从而这种节日在某种意义上——也不管竞赛的项目是怎样的——还可以被称为“竞技节”。这一点，也正如托马斯·斯坎伦所写到的：

> 无论古代戏剧的起源究竟是什么，我们可以看出，在最早的公共运动会上就有了戏剧节的前身，甚至可能间接促进了戏剧的兴起。运动会很可能激发了观众对现场表演的兴趣，至少从公元前 8 世纪起，这些表演都是定期举办的，要么与宗教节日一起举办，并且常常伴随有音乐或合唱比赛。最近，有人声称戏剧根本不是某项重大创新，而是之前数个世纪流传下来的音乐比赛的传统，这些音乐比赛有的与运动会一起举办。市民云集而来欣赏这场赛事的盛况，在赛前目睹游行队伍的盛大，耳闻运动员的宣誓；为胜利者的出色表现感到惊奇和高兴，为英勇的却没能成功的挑战者们感到同情和遗憾，他们也仿佛经历了这些英雄的成功和失败。[1]

1　托马斯·F. 斯坎伦:《爱欲与古希腊竞技》，第 461 页。

也正因为这样，我们才能设身处地地了解到：为什么无论悲剧还是喜剧，这些照后世看来隶属于艺术的活动，在希腊的节庆中竟都属于“竞技”活动；而另一方面，这种“竞技”的氛围和规则，在当年又是如何刺激了悲剧的发展，促使围绕着这种已被发明出来的形式，不断涌现出技压群雄的悲剧诗人，以及他们所带来的花样翻新的剧作。正是在这种“竞技”的意义上，我们或许可以说，这些不断创作出“英雄”形象的诗人，或者这种参与特殊“竞技”的运动员，他们本身也是想成为在场上获胜的“英雄”；而且，如果他们笔下或剧中的“英雄”总是遭遇败绩，那么他们自己反而是想大获全胜的。这一点，也正如托马斯·斯坎伦所写到的：

> 节日场合举办的戏剧比赛常有戏剧诗作家和其他作家“斗诗”，其结果的不确定性往往吸引了大量的观众。将这种行为往深层次说，诗人不仅是比赛选手，他还是虚构角色之间冲突和斗争的呈现者。当然，竞技比赛的过程偶然性较大，结果不受比赛者的控制，从这点来说，它不具有戏剧行为中那些由人类建构出来的艺术统一。然而，看似偶然性较大，没有紧扣环节的竞技比赛，却有自己严格的技术战术和比赛规则。因此，观众观看竞技比赛或是戏剧，关注的都是一系列熟悉套路如何产生许多神奇的结果。诗人是戏剧中所有台词、行为

和布景的执笔者，而对竞技比赛来说，运动员的身体能力和大脑灵活程度决定了整个比赛的走向。[1]

饶有兴味的是，就像悲剧当年在希腊被发明出来，原是为了用虚拟的牺牲献祭，来取代实际生活中的暴力一样，当年的奥林匹克竞技大会，其本意也不过是虚拟的“和平时的战争”，所以也是沿着同样的文明化路径，来借以取代现实发生的残酷战争。我们经由这种内在的发展理路，也就更加验证了前述那一串关联。只不过，也正由于这种非要彼此对决、争出输赢的“竞技”体育，原本就有着由此长成的特定路径，所以，它也就和由“祭礼”转变成的悲剧一样，对于得以更加文明化的后人而言，仍会显露出相应的野性或残酷性。甚至，即使对希腊的悲剧和喜剧而言，尽管把它们当作“竞技”会获得更多的动能，然而这种制度也难免有其负面的效应，——否则的话，也许那些诗人还不致在激烈的竞争中，去刻意营造出最出人意表的冲突后果，不断去触动和挑战社会能够忍受的极限，以致终于导致悲剧在其登峰造极之时，也就不得不步入下坡而逐渐式微了。

再沿着前边给出的论证，我们又抵达了第九个关键词“酒

1 托马斯 · F. 斯坎伦:《爱欲与古希腊竞技》，第 469 页。

神”。事实上，尽管我们已经列出了不少的关键词，然则在希腊悲剧的所有成因中，还要数这个“酒神”才是最为诡异的，特别是当它到后来被尼采单独拎出来之后。——而这也就从侧面说明了，即使把前述的成因都加在一起，看起来已经是相当振振有词了，但它们仍不能构成悲剧的充分条件。

史学家希罗多德曾经指出，这位“酒神”原属于外来的神明，后来却被希腊人加以改造了：

> 墨兰波斯就是那位把狄俄倪索斯的名字、他的崇拜仪式以及带着男性生殖器游行介绍给希腊人的人。然而，他并没有彻底领悟全部的教条，因而他还不能原原本本地把所有教义都介绍过来。不过，从他那个时代以来，许多有智慧的人却已经把他的教义补充得更加完善了。可以肯定的是，带着男性生殖器的游行，就是由墨兰波斯引入希腊的。希腊人还从他那里学会了供奉狄俄倪索斯的仪式，而且他们现在还这样做。[1]

不过很显然，希腊人当年从外部引进这位神明，显然不是专门为了发明悲剧的，因为我们从不同种类的艺术作品中，都能够

---

1 ［古希腊］希罗多德:《历史》，徐松岩译注，上海：上海三联书店，2008 年，第 99 页。

目睹到这位神明的风采：

纵观那许许多多以狄俄尼索斯为原型的诗歌和绘画创作——这些作品当时就备受人们的称赞，我们岂敢奢谈用一篇短文尽揽其全貌。在诗歌领域中，酒神颂歌、喜剧、悲剧（其中包括羊人剧）这些作品都完全是，或者说基本上主要是，作者在酒神狄俄尼索斯的祭拜仪礼中受到激发而创作的；在那些寓言式的舞蹈和合唱中那种更为欢快的音乐和与此相类似的理想传奇故事也都同样是围绕这个主题创作的，而且这种创作发展到了一个登峰造极的境界。如果有人希望感受一下源于这位酒神的造型艺术创作主题在这方面所受到的巨大影响到了何种程度，他只要随便去参观一家博物馆或者任何一个收藏有古代雕塑作品、花瓶画或其他造型艺术品的摹本仿作的地方就够了。在这些形形色色新奇而又丰满的艺术造型作品中，他随时随地都能够见到酒神狄俄尼索斯的形象和感受到他的临在。[1]

不过，要是就后人对于希腊的解读而言，却又只有悲剧与

1　利奇德：《古希腊风华史》，第229—230页。

酒神的关系，才堪称最为重要和关键的话题。如果我们在前边已经讲到，悲剧既属于一种“竞技”活动，又属于一种“祭祀”活动，那么眼下再进一步说，它所涉及的特定的“祭礼”，则又主要跟这位“酒神”密切相关。尼采曾经就此这样写道：

> 这是一个无可争辩的传统，希腊悲剧在其最古老的形态中仅仅以酒神的受苦为题材，而长时期内唯一登场的舞台主角就是酒神。但是，可以以同样的把握断言，在欧里庇得斯之前，酒神一直是悲剧主角；相反，希腊舞台上一切著名角色普罗米修斯、俄狄浦斯等等，都只是这位最初主角酒神的面具。在所有这些面具下藏着一个神，这就是这些著名角色之所以具有往往如此惊人的、典型的“理想”性的主要原因。[1]

即使我们在这方面，并不愿盲从尼采接下来的信口发挥，然而对他所表述的这种史实，还是大致可以采信的。

这也是因为，我们就此还有其他的佐证。事实上，当代的历史学家和古典学家，已把这方面的史实大体弄清了。——比如，普莱斯就曾告诉我们，酒神节或悲剧节的举办日期，是可以根据

1　尼采:《悲剧的诞生》，周国平译，桂林：广西师范大学出版社，2002 年，第 62 页。

文献而确定下来的：

> 在雅典……大狄奥尼索斯节（或城市狄奥尼索斯节）上演悲剧，这一节日为期 3 或 4 天，开始于射鹿节月的第 10 日。这一日期记录在一个大型日历上，该日历就刻写在位于市政广场的执政官柱廊（Portico of the Basileus）内。狄奥尼索斯节的举办日期非常固定。公元前 270 年，这一节日的举办时间需要推后 4 日，于是人们就在射鹿月的第 9 日之后又插入 4 天，由此，这一年的大狄奥尼索斯节仍旧在射鹿节的第 10 日开始。[1]

再比如，波默罗伊等人也曾告诉我们，酒神节（或悲剧节）的创办时间和创办人，也可以根据文献而基本确定下来：

> 庇西特拉图还设立了新的节日，即较小规模的乡村酒神节和较大规模的城市酒神节或大酒神节。像酒神节和泛雅典娜节那样的大型节庆规模宏大，公元前 534 年前后悲剧赛会成为酒神节庆典的活动之一。庇西特拉图执政时期，雅典人对酒神的崇拜情绪更加高涨，大量在

1 西蒙·普莱斯:《古希腊人的宗教生活》，第 33 页。

> 酒神节期间宴饮和享乐的场面出现在陶瓶画上。酒神节期间，一群身披羊皮的人组成歌咏队吟唱酒神颂歌，同时加入与其首领的情节对话，这就是所谓的“山羊之歌”，希腊语称之为 tragodia，公元前 5 世纪这种表演形式转化为伟大的古希腊戏剧。[1]

对于这位总是让人意态酣醺、乃至不饮自醉的神灵，我们有些话还要留到“迷醉”那个关键词中再讲。所以在这里就仅限于指出，一旦抓住了悲剧同“酒神”的特殊关系，我们就更能看出该剧种在文明的运势中，究竟处在怎样的位置或阶段。不约而同地，大概是由于酒类造成的酩酊状态，乃至于“恍兮惚兮”的通灵幻觉，就使得它在不同部落的初民那里，全都被用作“祭礼”中的主要催化剂。不光在古代希腊文明中是如此，在古代中国文明中是如此，而且新墨西哥的普韦布洛人，至少在人类学家本尼迪克特的笔下，也同样需要借助酒力来获得通神的幻觉。[2] 不过，伴随着文明脚步的逐步向前迈进，酒类的这种文化功能也会逐渐减弱，或者不如这么说，就连它本身也要经历“祛除巫魅”的过程。正因此我们才会看到，为什么跟最称发达的商代酒器相比，

---

1 萨拉 · B. 波默罗伊等:《古希腊政治、社会和文化史》，第 197—198 页。

2 参阅［美］露丝 · 本尼迪克特:《文化模式》，王炜译，北京：社会科学文献出版社，2009 年。

周代酒器的种类已大为削减与简化；进而，周人又不仅写出了旨在禁酒的《酒诰》，还在祭祀场合干脆用清水来当作“玄酒”。而到了汉代成书的《礼记》一书中，“乡饮酒礼”就更成了人们的世俗活动，而所谓“祭酒”也已变作了群体“首领”的代称。

此外又值得一提的是，如果就希腊地区的“酒文化”来看，尽管葡萄这个物种本身，最初并不是由希腊人所驯化的，然而它却很适应当地的土壤与气候，而且，鉴于这种多汁水果的产量既高，却又很难较长时间地储存，就必须对其果实进行相应的转化，而最好的办法似乎就只有拿来酿酒。凡此种种的物质条件，也就滋养了那位怪神狄奥尼索斯，并且给后来的酒神—悲剧节的发展，创造了风俗习惯上的基础。而如果再由此联想到，后来在其临近地区兴起的基督教，也是同样利用了这样的条件与基础，甚至还进而利用了葡萄本身的颜色，而把相应的饮品说成是耶稣的鲜血，那就更可理解葡萄酒的广泛可诠释性了。——当然，如果跟后者那种信仰形态相比，正如我们后来从尼采那里读到的，悲剧毕竟还要属于酒神精神的“日神化”，或者说，毕竟还比基督教稍多地脱去了“巫魅”的古风。

再沿着上面给出的论述，我们又来到了第十个关键词“牺牲”。这里应当先来说明一下，如果只去留意照顾文脉的连贯，也许就该先来解说“迷醉”一词，不过，由于悲剧本是“多因多果”地形成的，所以我们宁可把此中的多重原因，更为复杂而缠绕地编织下去，不再给人留下“一气贯通”的印象。

我在以前的文章中指出过，别看它们在后世转化成了嬉闹与欢乐，其实好多节庆都是由生活中的恐惧转化来的，比如中国的清明、端午、重阳等节日均大抵如此。事实上，我们也正是从这样的心态转化中，才看到了人们美化与改造生活的潜能：

> 节庆的另一个特点，又在于它必然要“逢凶化吉”。也就是说，尽管节庆的源起未必全都喜庆，但后世那个敦风化俗的过程，却一定要再把它转化成欢乐的由头。从这个意义上讲，日历上的那些个具体的日期，也就逐渐从表现转化为再现，从所指转化为能指，其符号意义也主要旨在诗化和幻化人间的生活，以使文明的时间表不再意味着干巴巴地挨年头数日子，而是表现为由节庆装点出来的接踵而来的美不胜收的花环珠串。唯其如此，人间世才丰盛得值得一过，而不是一步步挨向最后的刑期。[1]

由此而显得不可忽略的是，实际上古代希腊的酒神节狂欢，最初也是同恐惧的心理连在一起的。正如有学者基于简·哈里森

1 刘东：“有节有日”，《道术与天下》，第135页。

的研究而综述的：

现在的酒神节总使我们将酒神祭祀仪式与狂欢联系在一起，而事实上，酒神祭祀仪式的最初形态与功能并不是狂欢，而是恐惧。它明显地体现在古希腊一个被称为“老狄奥尼索斯节”的节庆中……我们看到，仪式的“驱鬼”与神话关于酒神以再生战胜死亡的神话具有内在的同一性。“驱鬼”正是酒神祭祀仪式的根本功能，也就是酒神祭祀仪式发生的根本原因。酒神节的源头，酒神节与花月节、塞斯谟福利节、萨格利节的内在联系使我们从仪式的角度进一步认识到酒神神话体现的本质性内容，正如哈里森所说，这些节庆仪式的主要目的是以安抚的形式驱逐鬼，从而产生净化的功能并保持与促进丰产，酒神体现的正是经过驱逐与净化仪式后生命战胜死亡、新生与旧死交织、人与自然界万物生生不息、生命循环往复的本质。因此，酒神产生于古老的驱逐仪式，即通过某种方式或借助某种“魔力”驱逐“鬼魂”，鬼魂实际上是对自然灾害、死亡危险等不安全事物的恐惧感。[1]

---

1 汪晓云：“仪式及其象征的发生学研究：以酒神祭祀仪式为例”，《西北民族研究》，2006 年第 4 期，第 30—31 页。

因而，就像西方每年十月底的万圣节，也是从对于各种想象中的鬼魅的恐惧，转变成了“不给糖就捣乱”的嬉闹一样，希腊的酒神节同样属于由恐惧转化来的狂欢。也许，正因为这种象征着醉醺醺的神明，既很容易带来欣快、又很可能夺人心智，他就更会带给人们喜忧参半而不知是福是祸的感受，正如韦尔南等人就此写到的：

> 和葡萄酒一样，狄俄尼索斯是双重的：极端可怕，无限柔和。他作为他者令人吃惊地显现、闯入人类世界，他可能采用两种形式：或是在大自然之中，摆脱一切束缚、脱离日常的和自己的限制，同神幸福地合为一体。进场歌所庆祝的就是这种体验：纯洁、神圣、欢乐、柔和的至福。或者坠落至混乱、血腥的、谋杀的疯狂，把相同和其他混为一谈，把最亲近、最亲爱的人当作野兽，把自己的孩子、把第二个自我亲手撕裂；这是恐怖的不洁之行，无法救赎的罪恶，永无止境、没有出路的不幸。[1]

至关重要的是，也只有到了关注这个因素的时候，我们才

1　让－皮埃尔·韦尔南、皮埃尔·维达尔－纳凯：《古希腊神话与悲剧》，第 423 页。

可以更顺理成章地理解，为什么偏偏是基于这么个酒神节，才能“嫁接”上那个被译为“悲剧”的剧种 tragedy。——当然刚刚说到这里，又必须随即就跟着指出，由于文化的发明总是带有偶然性的，所以这样的可能性也并不排斥，如果当初有人想要借着这个酒神节，鉴于它原本就有“喜忧参半”的特征，也可能反而去“嫁接”上另一个被译为“喜剧”的剧种 comedy。

但无论如何，如果我们眼下都还能记得，早先的“山羊之歌”原本就是“替罪羊之歌”，而且在最初的那座祭台——舞台上，原本也只有一个披着羊皮的演员，那么我们就不难设身处地地想到，为什么这位主角一定要做出那样的“牺牲”，——毕竟，他原本就是一位命中注定的、准祭礼中的“牺牲”，原本就要站在那里等着替人类顶罪。而既然已经分析到了这里，我们对于那句“借引起怜悯与恐惧来使这种情感得到净化”的经典名言，也就可以获得全新的却并不符合亚里士多德原意的理解了：尽管“怜悯与恐惧”的观众那里都是确实存在的，然而那“怜悯”却只是由于目睹了“牺牲”的可怕遭遇；此外更重要的是，尽管“净化”对于观众也是确实存在的，但那却只是指由于有人顶替了自己的罪过，从而也带走了威胁城邦的潜在污染与灾异，并且由此带来了心理上的如释重负。

不过，一旦解决了这个烦难的问题，下一个疑难也就接踵而至了。我们在前文中已经指出过，实际上《俄狄浦斯王》中的主人公，正是那种足以带走灾异的“替罪羊”。这一点也正如韦尔南等人所讲的：

> 作为既有政治性又有宗教性的演出，悲剧可以与其他形式的政治、宗教模式进行有用的对比。因此我们曾经提示过，在剧院里出现俄狄浦斯——这个净化的预言家和他的城邦的拯救者，之后成了可憎的祸害并且被城邦排斥和流放——的时候，雅典和希腊其他地方存在两种机制，其中第二种是第一种的政治化版本。“代人受过者”（pharmakos）是一个“替罪羊”（然而却是在人类中选择），城邦每年驱逐他一次，他是一年中所积累的罪孽的象征，之后城邦需要在一年的时间里面负担他的费用，就像是一个微不足道的国王，用的是公共财政的拨款，“俄狄浦斯的确携带了让所有公民受苦的不幸”，这些人在剧本一开始还祈求他帮他们摆脱这种不幸……亚里士多德说，那个不能生活在社群中的人“根本不是城邦的一部分，因此或者是一只粗野的兽，或者是一位神”。这正是索福克勒斯笔下人物的命运。[1]

---

1 让－皮埃尔·韦尔南、皮埃尔·维达尔－纳凯：《古希腊神话与悲剧》，第 342—343 页。

然而无巧不巧，真正能被亚里士多德看重或选中的，竟又只有索福克勒斯的这出《俄狄浦斯王》。而且，这位哲人选中它的理由又并不在于，这位曾经杀父娶母的莽撞汉子还能算得上什么完美无缺的英雄；恰恰相反，倒正是因为这位悲剧中的主人公，可以符合自己提出的“哈马提亚”的理论，亚里士多德才举它作为悲剧的唯一范例。也就是说，正由于一方面并没有“犯罪的故意”，另一方面又毕竟有“犯罪的事实”，才使得这位悲剧主人公的最终毁灭，既可以符合疏而不漏的正义原则，又可以被投以并不嫌过分的同情。——正如韦尔南等人又就此指出的：

> 正如俄狄浦斯自己所声明的那样：虽然做出了弑父娶母的乱伦行为，但这既不能归咎于他本身（soma），也不能归咎于他的行为（erga），事实上，他自己什么也没有做。或者说，当发生弑父娶母的乱伦行为时，因为他毫不知情，所以其行为的意义完全颠倒了，即正当防卫变成了杀父，胜利后获得的赐婚也变成了乱伦。从人类法律的角度来看，他是无辜的也是清白的；但从宗教的角度来看，他又是有罪的、耻辱的。在毫不知情、没有任何恶意和犯罪意图的情况下，俄狄浦斯的所作所为，对控制人类生活的神圣秩序而言，可谓是一个不小的打击和触犯。这很像是那种吃鸟肉的鸟——正如埃斯

库罗斯所言——，俄狄浦斯也曾两次啃食自己的肉，第一次是他亲手杀死了自己的父亲，第二次是他与自己的亲生母亲结婚。就这样，俄狄浦斯就像神话传说中的人物一样被无故地选中，受到神的诅咒，最终，他被隔离在社会之外，也被排除在人性之外。从此以后，他就成为了无城邦、无归属之人，代表着被排斥于城邦之外的人的形象。[1]

不过由此一来，另一个问题就需要澄清了。且不说亚里士多德的这种说法，一旦联系到大量的悲剧实例，尤其是联系埃斯库罗斯的剧作，肯定会显得不能够自圆，仅就我们在前边谈过的内容而言，这种无论如何也称不上“道德典范”的悲剧主角，还能否同有关“英雄”的关键词连在一起呢？——在我看来，这样的问题既是搅混蛮缠的，却又是隐含着某种关键答案的。毕竟，悲剧的成因是极其复杂的，或曰沿着不同来源延伸下来，所以，一旦作为“英雄”的主人公，又和作为替罪羊的“牺牲”，在悲剧的舞台上叠映到了一起，那么，这两种来源也就复杂地编织到了一起。而由此也就决定了，为了能够把台上的剧情讲通，即使那主人公算得上一位“英雄”，也必须再让他暴露出某些缺陷来；

1　让－皮埃尔·韦尔南、皮埃尔·维达尔－纳凯:《古希腊神话与悲剧》，第106页。

而反过来，即使那主人公算不上一位“英雄”，也必须再要让他（或她）显出某种气概来。

由此看来，尽管电影《伊菲吉妮娅》并不属于古典的作品，然而柯杨斯基却毕竟是位希腊导演，算得上是吃透了悲剧的这种复合精神，所以，当他最终沿着施瓦布给出的那类解说，让伊菲吉妮娅再讲出下述话语的时候，尽管是那样的不合人间的情理，却又算是贴合了“多因多果的”悲剧的逻辑——

> 女人的美貌已经引起了足够的战争和残杀。例如廷达瑞俄斯的女儿海伦。我的亲爱的朋友，你可别也是为了一个女人而死，而且还要为了我再去残杀别人。不，让希腊国拯救我吧，我是自愿的！[1]

我们沿着前边的论述，又来到了第十一个关键词“迷醉”。看起来，趁着反正要向着神明集体敬酒的日子，就索性顺势发展出开怀痛饮的节庆，这种文化的创造也属于人之常情。比如我们都记得，有一首著名的唐诗就曾吟哦道：“鹅湖山下稻粱肥，豚栅鸡栖半掩扉。桑柘影斜春社散，家家扶得醉人归。”[2]而此中值得

1 古斯塔夫·施瓦布：《希腊古典神话》，第 289 页。

2 （唐）王驾：《社日》。

注意的是，正是从这种原是在祭祀土地神，后来又“家家扶得醉人归”的“社日”中，也同样发展出了以“跳神”为原型的“社戏”，这就更加验证了前文中讲过的那种文明化路径。

我们当然都还记得，无论尼采还是哈里森都还曾指出，酒神在希腊的原初意义毋宁是恐惧。不过话又说回来，在人类对于节日的必然创造中，那恐惧终究是会向欢庆与嬉闹转化的。更不要说，这还是一个专门供奉酒神的节日，因而此时必不可少的杯中之物，就终会带来融融的欣快和陶然的醉意，于是也便越发增添了节庆的气氛。由这一点出发，我们方能更加真切地体会到，这个酒神节对于希腊人来说，恐怕比起任何别的节日，都更要表现为专属于人间的节日。换句话说，狄奥尼索斯所带来的那股“酒劲儿”，可比别的“神灵附体”来得更为普遍与迅捷，也更加屡试不爽，所以，即使这位酒神也能算作一位神灵，似乎也并不远隔在六合之外，而只隐藏在人们的身心之中。这一点，正如韦尔南等人曾写到的：

> 心醉神迷、热忱、附身的完满，还有葡萄酒的幸福、节日的欢乐、爱情的愉悦、日常生活的至福，如果人们懂得接受狄俄尼索斯，如果城邦能够承认酒神，那么他可以带来这一切，就像他可以给排斥他的人带去不幸和毁灭一样。但是任何情况下他都没有来宣布彼岸的

命运更好。他并不提倡逃离世界，也不声称可以通过苦行的生活方式，让灵魂得到永生。人们反而应该接受他们的凡人境遇，懂得相对弥漫在人类四周、能毁灭他们的神力，他们什么也不是。狄俄尼索斯也不例外。酒神的信徒臣服于他，就像受制于超越他的非理性力量一样；酒神不需要向谁负责；他在我们的规则、习俗、忧虑之外，在善恶之外，极其温和又异常可怖，他在我们周围、在我们身上，唤起他者的多种形象。[1]

也正因为这样，才形成了我们早从罗素笔下读到过的情景，只是当年还一下子弄不懂希腊人何以竟如此狂放：

对于巴库斯的崇拜究竟是什么时候从色雷斯传到希腊来的，我们并不清楚，但它似乎是刚刚在历史时期开始之前。对巴库斯的崇拜遇到了正统派的敌视，然而这种崇拜毕竟确立起来了。它包含着许多野蛮的成分，例如，把野兽撕成一片片的，全部生吃下去。它有一种奇异的女权主义的成分。有身份的主妇们和少女们成群结队地在荒山上整夜欢舞欲狂，那种酣醉部分地是由于酒

1　让－皮埃尔·韦尔南、皮埃尔·维达尔－纳凯：《古希腊神话与悲剧》，第 434 页。

力，但大部分却是神秘性的。丈夫们觉得这种做法令人烦恼，但是却不敢去反对宗教。这种又美丽而又野蛮的宗教仪式，是写在欧里庇得斯的剧本《酒神》之中的……巴库斯的崇拜者就是对于审慎的反动。在沉醉状态中，无论是肉体上或者是精神上，他都又恢复了那种被审慎所摧毁了的强烈感情；他觉得世界充满了欢愉和美；他的想象从日常顾虑的监狱里面解放了出来。举行巴库斯礼便造成了所谓的“激情状态”，这个名词在字源上是指神进入了崇拜者的体内，崇拜者相信自己已经与神合而为一。人类成就中最伟大的东西大部分都包含有某种沉醉的成分，某种程度上的以热情来扫除审慎。没有这种巴库斯的成分，生活便会没有趣味；有了巴库斯的成分，生活便是危险的。审慎对热情的冲突是一场贯穿着全部历史的冲突。在这场冲突中，我们不应完全偏袒任何一方。[1]

此外，西蒙·普莱斯对于一个疯狂历史事件的转述，也可以佐证罗素在上文中的那些描述：

1 伯特兰·罗素:《西方哲学史》，上卷，第 37—39 页。

参加狄奥尼索斯崇拜仪式的人们会暂时抛弃自己的理性。作为撰写斯基泰（黑海北部）民族志的一部分，希罗多德记述了一个传说，既强调了狄奥尼索斯神的希腊性质，又描写了这一崇拜仪式的疯狂。斯基泰国王斯基列斯在包里斯提涅人的希腊城市（奥尔比亚）里像一个希腊人那样生活了一个月，这是位于黑海北岸的米利都殖民地。他以希腊的方式敬神，甚至参加了狄奥尼索斯·巴科奥斯的崇拜仪式。斯基泰人随后听说了他参加这一仪式的事情："你们斯基泰人嘲笑我们［希腊人］，只因我们狂欢并为神疯狂，但如今，这位神祇也使你们自己的国王神魂颠倒，他也在狂欢并为神疯狂。"当看到这位国王在街上跟着一支狂欢歌舞队一起发狂之后，斯基泰人发动叛变，推翻并杀死了斯基列斯。希罗多对这一仪式持矛盾态度：它被表现为典型的希腊崇拜，但又反常地呈现出为神疯狂的状态。[1]

如果我们联想到，即使到了现代社会，平时那么彬彬有礼、甚至冰冰冷冷的英国人，一旦集聚到足球场上纵起酒来，都会短暂地变为丧失理性的狂徒，那就不难想象在雅典全盛期的剧场

1　西蒙·普莱斯:《古希腊人的宗教生活》，第134页。

中，一旦让数万观众都同时感到醺醺然，那更会聚积起怎样熏天的酒气来了。正是在这个意义上，韦尔南等人曾经指出，“在希腊悲剧中，之所以设定标准，就是为了有人违反它，或者是因为它已经被违反；正是在这种意义上，希腊悲剧来自狄俄尼索斯，混乱、违规之神。”[1] 而事实上，也正是因为有了酒精的助兴，很多平素的底线才被临时地突破，而严峻的社会规则才有了片刻的放松，由此才形成了短暂的放肆、胡闹或狂欢。而相比起来，尽管中国至少是从周朝开始，就逐渐地被文明化为“礼仪之邦”，但却仍在较为偏远或下层的社会空间，保留着“新婚三天无大小”的风俗。我们想到了这一点，也就更能理解韦尔南等人的论述了：

> 狄俄尼索斯有众多特质，即便是在山区的野地之间，他也善于表达性欲、醉酒和狂喜等情感，使得他成为了宣泄之神。他还是“女性的宙斯”，阿里阿德涅的神话伴侣，雅典阿帕图里亚节圣婚仪式中“巴斯利娜”的丈夫。作为女性的宣泄与自由之神，他代表的是一种狂欢的精神，这一点也反映在纪念他的雅典戏剧节上。男性狄俄尼索斯狂欢节与布劳隆的阿卡提亚节同时举

1 让－皮埃尔·韦尔南、皮埃尔·维达尔－纳凯：《古希腊神话与悲剧》，第 279 页。

办，在这个狂欢节上，男性们通常酩酊大醉，还与妓女翻云覆雨。[1]

也正是借助于此刻朦胧的醉眼，由于理性临时放弃了监守之责，平日里所谓外与内、物与我的大防，此刻似乎都已拉近或取消了距离，甚至，就连平日里作为文明基准的真与假、虚与实，此刻似也都发生了移位或转换。这使我们自然而然地想到，原来这位酒神狄奥尼索斯，才堪称最为称职的“戏剧之神”，因为他既可以幻化这个现实世界，又可以落实那个幻想世界，从而既可以催化得“人生如戏”，又可以点化得“戏如人生”。这一点，也正如韦尔南等人所指出的：

> 即使在奥林匹亚山上，狄俄尼索斯也是他者的化身。如果说他的功能是“神秘的”，他让人类脱离变化的、感知的、多重的世界，让他越过分界，在这道门槛的另一边就能进入永恒的、持久的，（统）一的世界，永远保持不变的世界。他的角色不是这样，他并不借助苦修或者避世的手段让你们脱离地上的生活；他把神明和人类、人类和兽类、人间和彼岸之间的界限都模糊

1 让－皮埃尔·韦尔南、皮埃尔·维达尔－纳凯：《古希腊神话与悲剧》，，第 479 页。

了；他让孤立、隔离的人得以沟通；他通过规则化的恍惚状态和附身术的形式突然出现，在自然中、在社会群体中、在每个人类个体身上，通过一系列的奇事、鬼怪幻景、幻觉和打乱日常习惯的做法，颠覆了秩序，或是升入上境，在那里所有的生物间存有理想的情谊，黄金时代的幸福和谐突然重现，或是恰恰相反，对于那些拒绝狄俄尼索斯、否认他的人而言，则是贬入下界，陷入令人毛骨悚然的混乱。[1]

由此也就不妨说，如果那九位由阿波罗所统领的缪斯，乃是一般意义上的艺术、特别是甜美的抒情诗人的女神，那么这位照尼采看来正跟阿波罗相对的狄奥尼索斯，则又恰是凄厉的悲剧诗人们特有的看护神。而事实上，如果我们此刻还能回想起，悲剧正是介于从迷索斯到逻各斯的转折点上，那么我们甚至又不妨说，这些诗人在那个由祭台转变成的舞台上，所扮演的角色又可比作文明化的“祭师”。换句话说，在这样一个特定的酒神节上，他们所要发挥的特定文化功能，恰恰是要诱发那位神明的“酒力”，从而让所有参与祭拜的信众，或曰参与观剧的观众，都能够尽量获得酩酊的“通灵之感”。这一点，也正如韦尔南等人所写到的：

1　让－皮埃尔·韦尔南、皮埃尔·维达尔－纳凯：《古希腊神话与悲剧》，第411—412页。

高尔吉亚在《海伦颂》中赞美的神力给人的精神施加了极有约束力的魔法，使得没有哪个凡人能抵御得了。狄俄尼索斯在剧本自始至终正是运用了同样的神力以施展法术。在这种意义上，酒神扮演了深奥的魔法大师的角色（如果他没有把自己一部分能力分给悲剧诗人，酒神甚至是唯一一个掌握此法的）。最后也是最重要的，悲剧并不把理性与灵魂宗教、智慧与情感完全对立起来，如西格尔之明鉴，悲剧并不把价值观念体系一分为二，彭透斯和狄俄尼索斯的世界各自有自己的理性与非理性、明见与疯狂、智慧和妄想的形式。[1]

无独有偶，作为一种不期而合的佐证，本尼迪克特笔下的某些美洲部落，在祈求超出日常的通灵感觉时，也同样要借助于恍兮惚兮的酒力：

人们用喝发了酵的仙人掌果汁的办法在礼仪上获得那种对他们说来是最有宗教意义的受恩宠状态。……在他们的习惯做法和他们的诗歌中，喝醉酒和宗教信仰是同义词。喝醉酒能把那种朦胧的梦幻和明察洞鉴混而为

1　让－皮埃尔·韦尔南、皮埃尔·维达尔－纳凯:《古希腊神话与悲剧》，第 426 页。

一。它使整个部落感到一种和宗教信仰相关的兴奋。[1]

只不过相比起来，如果在那边还停留在一般的原始歌舞中，那么，希腊人却早已利用了这样的文化心理，而进行了绝对属于革命性的发明。这不仅是指人们已经准此发展出了戏剧，这一点在其他文明中也不乏其例，还更是指戏剧在希腊已不再是简单重复的，而是由那些专事写作的准"祭师"们，不断且自觉地对之进行内容与形式的填充，使之越来越成为充满创意的作品，从而在传统习俗中渗入了当时的社会内容。在这个意义上，如果原始部落企助于酒力的状态，乃是共同参与和整体狂欢的，那么，在希腊这边却出现了某种社会的分化，也就是说，即使观众在剧场中会如痴如醉，但他们背后的作家却毋宁是清醒的。

可无论如何，这种让人们物我合一的剧场效果，不管剧作家本人的头脑如何清醒，都必须被有力地传递给观众们，否则那些剧作家就肯定是事与愿违了，而这也正是每逢那个酒神节，才最容易营造出的幻化感觉。正如韦尔南等人所写到的——

戏剧这种文学体裁的发明——把虚构搬上舞台，让人身临其境感受其真实性——，只能在狄俄尼索斯的崇

1　露丝·本尼迪克特:《文化模式》，第 58—59 页。

拜活动中发生，因为他是幻觉、混淆之神，代表了现实与表象、真实与虚构之间发生了模糊。[1]

这一点之所以值得强调，乃是因为一旦缺乏了这种幻化的感觉，让观众恍然觉得在那台上的正是自己，或者正是自己的同族或同类，那么，那个由“替罪羊”转化来的悲剧主角，在原本正待看到“污染”被去除的文化心理中，其惨遭“牺牲”便并不显得多么无辜，便属于历史习俗中的当然，于是也就很难获得普遍的同情了。

我们沿着前边的那番论述，又来到了第十二个关键词“悲恸”，而这已是这组关键词中的最后一个了。——大家必须耐住性子的是，其实也只有写到了这里，才可以顺理成章地来厘清：悲剧何以会具有它那最独特的特点，从而在跨文化的传播与翻译中，被人们据此而干脆称为“悲恸的剧种”？

无论如何，如果人们创造节庆的一般特点，正在于逢凶化吉和转悲为喜，那么，在希腊城邦特有的“小空间”中，就一定是存在着什么特殊的情结，使得人们至少到了酒神节的这一天，并没有去借着酒劲而破涕为笑，反倒要趁机表达出内心的“悲恸”。

---

1 让－皮埃尔·韦尔南、皮埃尔·维达尔－纳凯:《古希腊神话与悲剧》，第 219 页。

不待言，也正是在这个意义上，我们才在前文中指出过，尽管希腊悲剧正是由替罪的“祭礼”转化而来，但如果谁要是贪图省事或头脑简单，只把这个剧种径直“嫁接”到那个“祭礼”上，那就仍不能充分说明其中的奥妙，——正如韦尔南等人就此指出的：

> 学究们于是又去别处寻找能把悲剧演出和它的宗教母体联系起来的脐带。他们推敲“悲剧”一词：tragoidia，公羊之歌，进而联想到悲剧演员，tragoidos，不是为获得一只公羊的报酬而歌唱的人，就是在公羊祭时的歌唱者。从这个假设到推测在 orchestra 中央，合唱队围绕着的祭坛本是用于公羊祭，即在一年一度的宗教净化仪式中用这头公羊抵罪，让城邦洗净罪孽——只有一步之遥。跨过这一步的人得出的阐释同吉拉尔所主张的类似，这种主张把悲剧演出和替罪羊宰杀仪式联系起来，悲剧在公众心灵上起到“净化”情感的作用，其原理类似一个群体把所有的冲突都聚焦到同一个受害者身上，集体处死这个恶的象征，以图摆脱危机。[1]

正因为这样，我们就必须再探进古希腊人的心灵，看看在那

1 让－皮埃尔·韦尔南、皮埃尔·维达尔－纳凯：《古希腊神话与悲剧》书，第 201 页。

里到底存有怎样的悲沉，竟至于非要设个专门的日子来宣泄它。而在我看来，如果想要达到这个目标，就还是要追溯到希腊人当时的文化背景，即“天人”恰巧被剖分为相对分立的“两界”，以及由此造成的既剧烈震荡又屡遭挫折的“冲突”，——正如我在前文中也已经指出的：

> 如果那个“上界”像在犹太心灵里那样主导着心灵，或者反过来说，如果这个“人间”像在中华世界里这样主导着生活，那么，这就都不会构成我所说的“寸劲儿”或“节骨眼”了。然而，一旦两者间构成了某种平衡或抗衡，或者人们至少部分地萌生了抗衡的意识，却又终要为了“人不如神”而呼天抢地，那么，这样的精神氛围就可能成为悲剧的温床了。

有必要再次强调指出，这种相对分立的“天人”之“两界”，以及由此造成的对于不可逾越的“分限”的失望，正是在由迷索斯向逻各斯的转换中，适巧达致了某个平衡点的特有现象。因此，正如我又在前文中所讲的：

> 如果在神话或史诗的叙事结构中，还并不缺乏曲终奏雅的圆满结局，那么，或正由于能力的增强或愿望的

> 增加，且还豪迈地做过孤注一掷的选择，人类内心的失望感反而同步地增长了，竟至于总要回头聚焦于自己的挫败，或者舔舐自己胸膛上流血的创口。

而进一步说，恰如普罗米修斯的那个故事所昭示的——那正巧也属于最早的悲剧题材——正因为自度已经有了长足的进步，人类才敢于想象去跟天神分庭抗礼；只可惜，这种文明的进展却又招致了惨痛的代价，从而导致了在“英雄”与“命运”之间的毁灭性的“冲突”。

此外，这种在文明进展中所招致的“冲突”，又不光表现在“天人”的分立上，还更进而表现在日趋复杂的人类社会中，这就是我在前文中已经提到过，并且在此后还会大书特书的“两难”。事实上，越是晚出的希腊悲剧家，就越会把注意力投放到这种让人左右为难、无法两全的窘境上，或者也可以这么说，他们是把这种人间事务中的冲突与繁难，也看成了命运于冥冥中的捉弄与牵绊。而吊诡的是，所有的这一切，既堪称作为文明标尺的逻各斯的进展，又可以看成逻各斯在古老传统前的碰壁，——正如韦尔南等人曾经就此写到的：

> 对于现代人来说，这两种观念似乎完全是相互排斥的。但悲剧却将对立的两者组合在一起，组合成各种

平衡的状态，但两者之间的张力从未彻底平息，这一矛盾组合中任何一方也都不曾完全消失。在双重层面上都存在着决定和责任，而在悲剧中，它们具有模糊性和迷惑性，因此，决定和责任问题就成了一个始终开放的问题，我们无法给出确定的唯一的答案。[1]

唯其如此，才导致了潜藏于希腊心底的愤懑与悲沉，而一旦这种深埋中的悲沉找到了发泄的管道，它也自然就会夺路喷涌而出。说到这里，我们就不禁要赞叹酒类本身的广泛的“可诠释性”了，——它竟是既可以用来欢庆人生，也可以用来喟叹人生，既可以用来表达愉悦，又可以用来发泄苦痛，既可以让人们感到满足，又可以让人们感到不满，而更多的时候，则都是哀乐并生和喜怒参半的。正因为这样，我们才会刚在曹操的笔下读到“对酒当歌”，就看到他马上由乐转悲地写下了“人生几何”；也正因为这样，我们也才能在李白的笔下，读到“抽刀断水水更流，借酒浇愁愁更愁”的自反诗句。而由此再去推度，古希腊人当年借着“酒神节”的大好日子，反倒在恍惚酩酊中去长歌当哭，由喜转悲地去喟叹自己的身世，这就不仅不会再让我们匪夷所思，反要为这种借题发挥而由衷赞叹。事实上，借用弗洛伊德的经典说

1　让－皮埃尔·韦尔南、皮埃尔·维达尔－纳凯：《古希腊神话与悲剧》，第 60 页。

法，尽管苦与乐的经验乃是人生之常量，可真正堪称辉煌的文明成果，却又在于艺术家对之进行巧妙的“升华”。

作为一种很有影响力的佐证，对比着基督教的过于驯化和匍匐在地，尼采也看出了希腊悲剧所以会产生，倒正是人类力量相对强大的结果：

> 难道悲观主义必然地是没落、沉沦、失败的标志，是疲惫和虚弱的本能的标志吗？——就如同在印度人那里，按照种种迹象来看，也如同在我们这里，在“现代”人和欧洲人这里？有一种强者的悲观主义吗？是一种基于惬意舒适、基于充溢的健康、基于此在之充沛而产生的对于此在之艰难、恐怖、凶恶、疑难的智性上的偏爱吗？兴许有一种因过度丰富而生的痛苦？一种极犀利的目光的试探性的勇敢，它渴求可怕之物有如渴求敌人，渴求那种相称的敌人，以便能够以此来考验自己的力量？它要以此来了解什么是“恐惧”吗？恰恰在最美好、最强大、最勇敢时代的希腊人那里，悲剧神话意味着什么呢？还有，那狄奥尼索斯的伟大现象意味着什么？从中诞生的悲剧又意味着什么？[1]

1　尼采:《悲剧的诞生》，孙周兴译，北京：商务印书馆，2015 年，第 3—4 页。

所以，正如李白另一首以酒为题的诗歌中所吟，既已看到了“黄河之水天上来，奔流到海不复回”，既已知晓了“高堂明镜悲白发，朝如青丝暮成雪”，那么，又何妨豪爽地说出“五花马，千金裘，呼儿将出换美酒，与尔同销万古愁”呢？[1] 当然在事实上，也并不是人人都敢随时来正视生命的残忍一面。既然如此，要是平时还不敢把这些都给说开，至少在仗着酒力时却不必如此掩饰吧？所以，令人豁然开朗、拍案叫绝的是，我们从唐代诗歌中所看到的古人心态，跟我们在希腊酒神节中所看到的场景，竟能有如此暗通款曲、若合符节之处。

应当留意到，当尼采写出上述那段文字的时候，已经距他写作《悲剧的诞生》一书有十六年之久了。也正因为这样，他才有了更成熟的心智来回顾它，并试图将论点讲述得更加周全：

> 希腊人越来越强烈的对美的渴求，对节庆、快乐、新崇拜的渴求，真的起于缺失、匮乏、伤感和痛苦吗？因为假如这恰恰是真的——而且伯里克利（或者修昔底德在伟大的悼词中让我们明白了这一点，那么，在时间上更早地显露出来的渴求必定从何而来，那种对丑的渴求，更古老的海勒人那种追求悲观主义、追求悲剧神

---

1 （唐）李白:《将进酒》。

话、追求此在基础上一切恐怖的、邪恶的、神秘的、毁灭性的和灾难性的东西的美好而严肃的意志，——悲剧必定从何而来呢？莫非来自快乐，来自力量，来自充沛的健康，来自过大的丰富么？还有，在生理上来追问，那种产生出悲剧艺术和喜剧艺术的癫狂，狄奥尼索斯的癫狂，究竟有何意义呢？怎么？莫非癫狂未必是蜕化、衰败、迟暮文化的征兆么？[1]

不过，要是说到十六年前的那位尼采，尽管也算最让人惊叹的少年天才了，可他当时毕竟还是太过年轻了，所以他那本有关悲剧诞生的名作，如果到了事后再来精准地分析，仍只属于古典学知识与叔本华美学的拼合，或者说，是拿古典学知识强行填充了叔本华的美学框架。——而一旦说到他所追随的这位叔本华，尽管由于受到了佛教思想的影响，而对生命状态充满了本体的悲观，但却在美学观念上相当的传统与守旧，竟以为只要能泯灭主体的意志，而以静观的心态去观照事物的表象，便可以获救般地臻于审美的境界。由此便可领会，这种对于生命状态的总体悲观，和对于这种悲观状态的审美点化，到了尼采的那本《悲剧的诞生》中，就正好转化成了他的“酒神精神”和“日神精神”。

1 尼采:《悲剧的诞生》，2015 年，第 7—8 页。

也正因为这样，尽管尼采这本书可以说影响甚广，在文学青年中几乎人手一册，却由于本身的二重结构和含混其词，显出了既分化又吊诡的阅读效果。也就是说，人们往往是要么看到了尼采对于酒神精神的披露，从而只把生命的本源视作悲沉的醉境，要么看到了尼采对于日神精神的张扬，从而只把生命的意义归于艺术的点化。

而无可否认的是，在这本他后来不无悔意的“少作”中，尽管也在前提中也铺垫了人生的无常与残忍，可尼采仍是沿着传统美学的故有套路，而把整个希腊乃至人类的艺术奥秘，都说成了对于“酒神精神”的“日神化”：

> 希腊人认识和感受到了人生此在的恐怖和可怕：为了终究能够生活下去，他们不得不在这种恐怖和可怕面前设立了光辉灿烂的奥林匹斯诸神的梦之诞生。那种对自然之泰坦式强力的巨大怀疑，那冷酷地高踞于一切知识之上的命运，那伟大的人类之友普罗米修斯的兀鹰，那聪明的俄狄浦斯的可怕命运，那迫使俄瑞斯忒斯去干弑母勾当的阿特里德斯的家族咒语，质言之，那整个森林之神的哲学，连同它那些使忧郁的伊特鲁利亚人走向毁灭的神秘榜样——所有这一切，都被希腊人通过奥林匹斯诸神的艺术的中间世界持续不断地重新克服掉

了，至少是被掩盖起来了，从视野中消失了。为了能够生活下去，希腊人基于最深的强制性不得不创造了这些诸神：我们也许要这样来设想这个过程，即由于那种阿波罗的美之冲动，经过缓慢的过渡，原始的泰坦式的恐怖诸神制度演变为奥林匹斯的快乐诸神制度了，有如玫瑰花从荆棘丛中绽放出来。倘若人生此在没有被一手更高的灵光所环绕，已经在其诸神世界中向这个民族显示出来了，那么，这个如此敏感、如此狂热地欲求、如此独一无二地能承受痛苦的民族，又怎么能忍受人生此在呢？把艺术创建出来的同一种冲动，作为引诱人们生活下去的对人生此在的补充和完成，也使得奥林匹斯世界得以产生，而在这个世界中，希腊人的“意志”就有了一面具有美化作用的镜子。[1]

可说来也巧，如果尼采的处女作是这本《悲剧的诞生》，那么我本人的处女作则正是那本《西方的丑学》。也正因为这样，我简直从一开始就不相信这种“艺术的辩证法”，或者说，不相信艺术能有这种“变戏法”般的魔力。而且，我还进一步相信，这位作为现代思想鼻祖的尼采，之所以就此又不那么“现代”，

1　尼采：《悲剧的诞生》，2015 年，第 33—34 页。

在很大程度上又偏偏是因为，他本人正因为是作为“开山”，反而未及读到后来的现代派作品，比如未及读到波德莱尔的《恶之花》，因为正是那种“以丑为本”的现代作品，才彻底地否定了这种江湖术士式的“艺术辩证法”。而说来不无吊诡的是，其实又正是尼采本人，才以“上帝已死”的惊世观念，帮助形成了这类“彻底看破”的艺术；可在这样的作品出现之前，凡是能被称作“艺术”的东西，就必然带有阿波罗式的特征，换言之就必然是美的艺术。

另一层吊诡又在于，如果艺术的全部奥秘和不二法门，都只在于这种“酒神精神”的“日神化”，只在于不可思议地“化腐朽为神奇”，只在于把生活中的所有悲恸与忧愁，都幻化成艺术中自觉求假的美好，那么，我们与其说尼采这本书是论述了“悲剧的诞生”，还不如说干脆说，尽管他毕竟还是承认了人生中的悲恸，其实不过只是在论述“悲剧的消亡”罢了。正是在这个意义上，我们才在前文中指出过，尽管尼采本人也许并未意识到，但他还是沿袭了亚里士多德的老路:

> 亚里士多德的这种经典定义，其在认识论上的支撑论据又在于，据说作为艺术手段的“模仿”，就是有这等“点石成金”的魔幻能力。实际上，在“逻各斯”对于“迷索斯”的努力消化中，这类“艺术辩证法”一直

> 都盛行于西方，以致我们直到在尼采的早期著作中，都还能看到代表着艺术的日神精神，同样在点化代表着生存意志的酒神精神，并且也同样导致了人生境界的神奇陡转。而这样一种辩证的思路，很可能就是从亚里士多德的笔下开始发端的，他在《诗学》一书中貌似有理地提出，尽管一具可怕的尸体或可怖的动物，如果放到现实世界中来会令人生厌，但是，要是以画笔对它进行惟妙惟肖的模仿，那么人们就会变得反而又去欣赏它。

但无论如何，正由于已经经历过现代派艺术的洗礼，我们反而就更能理解希腊当年的悲剧了。说到底，狄奥尼索斯所象征的千古悲沉，根本不必去等待着阿波罗的到来，才能被点化成为堪称艺术的东西；恰恰相反，这位酒神本身就代表着人生的一极，从而其本身就足以产生出艺术，并以这样的艺术来打动观众。所以，正如大卫·休谟所看破的：

> 人们总是认为，从悲剧的眼泪、悲痛和同情中获得愉悦，这在解释上是一个难题；如果所有的同情都是令人愉快的，那么，它可能就不是这种情况。一所医院会

是一个比舞会更有趣的地方。[1]

而我们基于这种大彻大悟的心情，再去重读希腊的悲剧就会发现，其实人生中的悲恸情结，不多不少就是悲恸，而人生中的哀叹情结，也不多不少就是哀叹，它们从来都没有被转化过，也根本不可能出现那样的转化。——比如，我们再读读埃斯库罗斯笔下的《普罗米修斯》：

看哪，这已是事实，不是空谈。
大地已经开始震颤，雷霆滚滚，
在地下深处发出
沉闷的轰鸣，闪电的火焰般鬈发
闪烁着明亮的光辉；风暴席卷，
旋起茫茫尘埃，各种气流
一起疯狂地奔突，互相撞击，
彼此冲突，扑向相对的方向；
大海腾起，和苍天浑然一片。
这强大的冲击无疑来自宙斯，
给人带来寒颤，向我袭来。

1 Hume, D., *The Letters of David Hume*, Electronic edition, Oxford: Clarendon Press, 1932.

啊，我无比神圣的母亲啊，
啊，普照世间万物的光亮大气啊，
请看我正遭受怎样不公正的虐待。[1]

又如，我们再读读索福克勒斯笔下的《奥狄浦斯王》：

啊呀！凡人的子孙呀！
你们的生命，我看什么也算不上。
有谁，有谁的幸福
不只是一个影子，
眼前一晃消失了？
啊，不幸的奥狄浦斯呀！
你的命运，你的命运告诫我，
不要称任何凡人
“幸福的”。[2]

又如，我们再读读欧里庇得斯笔下的《伊菲吉妮娅在奥利斯》：

---

1 埃斯库罗斯等:《古希腊悲剧喜剧全集》，第一册，第 207 页。
2 埃斯库罗斯等:《古希腊悲剧喜剧全集》，第二册，第 91 页。

没有一个凡人是彻底幸运的，
也没有一个凡人是全然幸福的，
因为，从来没人生而没有忧伤。[1]

在这方面，三大悲剧家竟是无一例外。而所有的悲恸归结起来，就使我们想起在《悲剧的诞生》中，尼采曾讲过这么个悲伤的故事：

有一个古老的传说，说国王弥达斯曾在森林里长久地追捕狄奥尼索斯的同伴——聪明的西勒尼，却没有捉到。后来西勒尼终于落到他手上了，国王就问他：对于人来说，什么是绝佳最妙的东西呢？这个魔鬼僵在那儿，默不吱声；到最后，在国王的强迫下，他终于尖声大笑起来，道出了下面这番话："可怜的短命鬼，无常忧苦之子呵，你为何要强迫我说些你最好不要听到的话呢？那绝佳的东西是你压根儿得不到的，那就是：不要生下来，不要存在，要成为虚无。而对你来说次等美妙的事体便是——快快死掉。"[2]

---

1 埃斯库罗斯等：《古希腊悲剧喜剧全集》，第三册，第 14 页。

2 尼采：《悲剧的诞生》，2015 年，第 32 页。

尽管我们不知道，尼采本人是否注意到了，但只要对读一下《安提戈涅》，就会发现它的歌队也在同样吟唱着：

一个人最好是不出生，
既出生了，求其次，
早死早好。
因为，轻浮的青年时期一过去，
什么痛苦他能幸免？
什么劳累他能不受？
嫉妒、内讧、纷争、战斗、谋杀，
最后，那个极端可恨的
老年到了，衰弱无力，
没有亲戚，没有朋友交往，
各种各样的不幸
纠缠着他。[1]

所以，这里哪有什么化丑为美？哪有什么转悲为喜？哪有什么点石成金？而实实在在、千真万确地，就只有长吁短叹、悲天悯人、长歌当哭。——从道理上讲，正如福斯特在《这受难的国

1 埃斯库罗斯等:《古希腊悲剧喜剧全集》，第二册，第 206—207 页。

度》中所说的："人类并不只是死亡被动的受害者。即便他们是死者，他们也是参与者；他们为死亡作准备，想象死亡，涉险死亡，忍受死亡，也试图去理解死亡。"[1] 所以，尽管我们只能从残留的文字中，读到悲剧作品中所反映的人生体验，而不能亲临当年的环形剧场，来目睹观众对于这些台词的反应。但无论如何，既然他们一直在支持这种创作和演出，也就说明这种呼天抢地并非没有人缘，或者更加复杂而吊诡地说，他们对它是既很恐惧与哀怜，也很赞叹与投入。的确，既然人生中原本就有这剧烈的冲突、巨大的不公和至深的伤痛，那么，为什么这种东西就不能被表现呢？再说，希腊人又不是没有别的艺术形式，让他们从另一方面去感受日神的阳光。所以，所以哪怕一年中只有这么一天，让他们体认一下人生中的残忍一面，以便获得如梦方醒和醍醐灌顶，也未始不是一种很好的替换，从而也有可能构成健康的平衡。

1 ［美］德鲁·吉尔平·福斯特:《这受难的国度：死亡与美国内战》，孙宏哲、张聚国等译，南京：译林出版社，2015 年。

文景

社科新知 文艺新潮

Horizon

悲剧的文化解析：从古代希腊到现代中国（上卷）

刘东 著

出品人：姚映然
责任编辑：冯慧敏
封扉设计：储 平

出　　品：北京世纪文景文化传播有限责任公司
（北京朝阳区东土城路8号林达大厦A座4A 100013）
出版发行：上海世纪出版股份有限公司
印　　刷：山东临沂新华印刷物流集团有限责任公司
制　　版：北京大观世纪文化传媒有限公司

开本：820mm×1280mm 1/32
印张：13.5 字数：229,000 插页：2
2017年5月第1版 2017年5月第1次印刷
定价：59.00元
ISBN：978-7-208-14287-9/B·1245

图书在版编目（CIP）数据

悲剧的文化解析：从古代希腊到现代中国. 上卷 / 刘东著. —上海：上海人民出版社，2017
ISBN 978-7-208-14287-9

Ⅰ.①悲… Ⅱ.①刘… Ⅲ.①悲剧-文学研究-世界
Ⅳ.①I106

中国版本图书馆CIP数据核字（2017）第007386号